石ころのうた

三浦綾子

角川文庫
17368

わたしは何のために自伝を書こうとするのであろう。人間というものは、自己を語る時、たいていは愚痴か自慢話に陥るといった人がいる。自己をきびしく凝視した人のみがいえる痛烈な言葉である。

　わたしは既に「道ありき」に青春時代の自伝を書き、「続道ありき」に結婚以後、「氷点」入選までのわたしたち夫婦の生活を書いた。それは、共に「愛と信仰の告白」をなさんがためであった。

　この「石ころのうた」は、女学校に入った時から、小学校教師として敗戦を迎えるまでの、平凡な女の、平凡な話である。

　「いかなる英雄といえども、その時代を超越することはできない」という諺のあることを、「道ありき」にも書いたが、まして平凡なる人間は、超越するどころか、この世の時流に巻きこまれ、押し流されてしまう弱い存在なのだ。

　わたしは、平凡な一少女のわたしが、次第に軍国時代の色に染められつつ、ついに敗戦にあって挫折するまでの自分を、見つめてみたい。

　先年、奈良に講演に行った時、一人の青年教師が、

「あなたは、二十三歳にも四歳にもなりながら、軍国主義も、政治も批判することができなかったのか」

と、わたしに激しく詰めよったことがある。それは、自由に本が読め、自由にものがいえる時代に育った青年が、その時代の中でいえる言葉だった。彼には、軍国主義の時代に育つということ、生きるということが、どんなことかわからなかったのだ。時代が育てる人間という問題がわからなかったのだ。グアム島に二十八年生きた横井軍曹に向っても、この青年は同じ言葉を発するかも知れない。

わたしが女学校に入学した昭和十年四月現在の家族構成から、述べてみよう。

父、堀田鉄治四十五歳、母キサ四十歳で、兄三人、姉一人、弟三人、妹一人、わたしをふくめて十一人の大家族であった。

長兄はまだ二十三歳で、牛乳屋をしてい、次兄は前年十二月に軍隊に入隊し、三番目の兄が鉄道の小荷物係として勤めていた。

姉とわたしが女学生で、一番下の弟はまだ二歳だったから、新聞社に勤めている父の収入が二百円位だったが、家計が必ずしも楽だったとはいえない。何しろ、一日に四升から四升五合、米が、二升五合から三升で、夜は一升五合炊いた。つまり、朝炊く

申母音の音声は、父親の母音とはちがっている。
中国語の音声はまた、英語の音声ともちがって
いる。

 英語を話す人が、「お母さん」と言うとき、
中国語の「媽媽」ということばの音声とは、明ら
かにちがった音声を出している。あるいは、日
本語の「おかあさん」ということばの音声と比
べてみても、やはりちがっている。

 このように、ことばの音声は、一つ一つがち
がっている。

 しかし、それらの音声の中にも、何か共通す
るものがあるはずだ。でなければ、人はこと
ばを使ってコミュニケートすることができな
いだろう。

 「お母さん」ということ
ばを使って、母親を呼ぶと
き、父親の使うことばと子
どもの使うことばの音声が
ちがっていても、それを聞
く母親には、自分が呼ばれ
ていることがわかる。

 ことばの音声は、一人一
人ちがっていても、そこに
共通するものがあるから、
人は、ことばを使って、お
たがいの意志を伝えること
ができるのである。

月に三俵の米は軽く食べた。当時の一俵が、三十円として、九十円が米代に消えてしまうのである。

父の収入は、当時として相当の高給である。大きな小学校の校長が、百円ぐらいの月給だったと記憶している。父は新聞社の営業部長として、広告取りが専門の仕事だった。まだ電通のような広告業のない頃だったから、この仕事は、記者よりも第一線の仕事で、いわば新聞社を背負って立っていたといえる。父の収入は、歩合制で、多い月は三百円に及んだという。

この父は、昭和四十四年四月三十日に死んだが、その時わたしは、市の名士たちから、父の人柄について聞かされた。誰もが先ずいったことは、父が非常に温和で優しい人であったということだった。国会議員の佐々木秀世氏夫人の話では、その夫人の父上がどこかに旅行する時は、必ず広告代をちゃんと包んで留守番の者に預け、「これは、堀田さんが来たら上げるように」といって、出かけたということである。旭川市内の新聞社の営業マンで、父が第一の成績を上げ、続く第二の人との差は、はなはだ大きかったということも聞いた。

その後、無尽会社に外交員として働いた時は、二十一人の外交員全部の成績よりも、父一人の成績のほうが大きかったというから、外交面では確かに、優れた能力を持っていたのかも知れない。

それはともかく、先生はその時、
「あなたは何部に入っていますか」
といわれた。園芸部と答えると、
「美術部に入ったらどうですか。この間の靴のデッサンが非常にいいと、大滝先生がほめていましたよ」
と、熱心にすすめてくださった。大滝先生とは美術の教師である。わたしは小学校時代、いつもクラスから二人選ばれて、展覧会に絵を提出させられたが、わたしの絵はうまいというより、乱暴な烈しい絵で、わたし自身あまりいいとは思えなかった。
話はそこで終りかと思った時、先生は、
「堀田さんは、上級生から手紙をもらったことがありますか」
といった。もらったことは今にきっと手紙をもらうから、気をつけるようにしてください」
「あんたのようなタイプは、今にきっと手紙をもらうから、気をつけるようにしてください」
と、思いがけぬことをいわれた。どういうふうに気をつけたらいいのか、わかりようがない。気をつけますともいえないので、わたしは黙っていた。
先生はまた、話を小説に戻し、アンドレ・ジイドも読んでいいなどといった。
わたしは、その時なぜか急に、胸にわだかまっていた寺田良子に対する無礼な自分

を見透かすような目をしていたそうだ。姉はいう。
「一言でいえば、あんたって、ウンチもオシッコもしないような感じの子だったのよ」
 小学一年から六年まで受持ってくれた渡辺ミサオという先生が、
「あなたは、圧迫されるような、恐ろしい感じの子供だった」
といったことがあり、女学校の歴史の教師藤界雄先生にも、
「君は、どうもこわくて指名できなかった」
といわれたことがある。
 こんなふうにいわれるわたしは、おそらく何のかわいげもない生徒で、特別かわいがってくれるほどのものはなかったと思う。
 ただ、新井先生は照れ性で、クラス全員の顔を万べんなく見渡しながら授業するといったことは、どうしてもできなかったのではないかと思う。それで、一々うなずきながら熱心に話に聞き入っているわたしの顔を見ながら授業しているうちに、いくらか情が移ったのかも知れない。
 わたしも講演に出かけるようになって、千人二千人の聴衆の中に一人でもうなずいて聞いている人があると、非常に話しやすく、ついそちらに目がいくことを、幾度も経験する。

そして、今はヘッセの「デーミアン」を読んでいると答えると、
「ああ、ヘッセはいいです。いいものを読んでいますね」
といった。
　新井玉作先生は三十をいくつか過ぎたばかりの、国語の教師だった。よほどひげが濃いのか、剃りあとが青々としていた。というより、黒々としていたというほうが適切のような気がする。無論絶えず剃っていられたのだろうが、いつも無精ひげを伸ばしている感じにも見えた。そのせいか、生徒たちはこの先生を、新漢とかダラ漢、あるいは玉作、田吾作などと呼んでいた。
　背は高くはなかったが、がっちりとした肩幅や、大きなギョロリとした目に暖かさが溢れていて、わたしには男らしい好ましい教師に見えた。わたしは入学早々から、新井先生にひいきされていると、級友たちにいわれていた。
　それは、先生が、わたしと大野ヨシという生徒の顔ばかり見て授業するからだった。大野ヨシは、三年の時結核で死んだが、色白のふっくらとした頬と、黒い目が美しい少女だった。が、一方のわたしは、決して愛らしくもなければ、美しくもない少女だった。
　三歳年上の姉の評によると、わたしはめったに笑顔を見せたことのない、無口で無愛想な子だったという。眉がうすく、口が必要以上にきりっとしてしまっていて、人の心

いろいろな仕事をしていた。元日以外は休めない仕事だった。それを知っていて、新井先生は「忙しいか」と聞いたのであろう。

先生は、わたしを職員室の隣の応接室につれて行った。そこは十坪程の広さもあったろうか。部屋の中央に四角い大きなテーブルがおかれ、そのまわりに背の高い椅子がぐるりと並んでいて、応接室というより、小会議室という感じの部屋だった。何となくうす暗い部屋で、一方に中庭に面する窓があった。四年通った学校だが、なぜか、この中庭にどんな木があったか、どんな庭だったか、全く記憶がない。

先生とわたしは向い合ってすわった。庭の向こうの屋内運動場から、ピアノの音が聞えていたのを覚えている。運動場のすみにあるピアノを、音楽部の生徒が練習していたのだろう。

「堀田さんは何か読んでいますか」

何をいわれるのかと、不安だったわたしに、先生は少していねいな語調でいわれた。

「何かって?」

「小説か詩です」

「ああ、小説でしたら、小学校の四年生頃から、菊池寛や、久米正雄や、牧逸馬などを読んで……徳冨蘆花や、森鷗外も少し読みました」

わたしは口答試問にでも答えるように、一生懸命、作家の名を連ねたようだった。

その昭夫が、激しく泣くのを見て、わたしは二重に胸が痛みわたしもまた声をあげて泣いた。

(この昭夫もつい二年前の十一月、横断歩道を渡っていて、車にはねられて死んだ)

妹は死んだ。満六歳の誕生日を迎えて二日後であった。受持の新井玉作先生が、級友を何人かつれて葬式に来てくれた。この中に寺田良子もいた。

陽子への惜別の情は、その後長くわたしの心の底にあり、その思いが後に「氷点」のヒロインに陽子という名をつけさせた。

わたしは、陽子にせめて一目でも会いたい思いのあまり、夜毎近くの刑務所や、中学校などの並ぶ真っくらな淋しい場所に行って、

「陽子ちゃん、出ておいで」

と、大きな声で叫んだものだった。

陽子の葬式が終って幾日かたった。わたしと寺田良子とは、相変らず誘い合って通学していた。だが、わたしは遂に、彼女に対する非礼を詫びることができなかった。

その日、学校から帰ろうとするわたしに、新井玉作先生が近づいて来ていった。

「堀田さん、忙しいですか。ちょっと話があるんですが」

わたしは、朝夕牛乳配達をしていた。瓶洗いや牛乳の殺菌、請求書作成などまで、

この友人は、近所に住む寺田良子といい、朝夕共に通学していた間柄だった。礼儀正しく、真面目な控え目な彼女は、わたしの無礼な返事に驚いたが、顔に怒りを出さなかった。

二、三日後、わたしたちきょうだいは病院に呼ばれた。家から病院までの一キロ余りの道を、わたしは泣きながら走った。病院に着くと、妹はしきりに寒い寒いといった。六月二十四日のその日はあたたかかった。

わたしは、弟の乗ってきた自転車に乗って、湯たんぽを取りに帰った。ペダルを踏む足が、夢の中のように、もどかしいほどのろかった。湯たんぽを入れても、陽子はしきりに寒がった。わたしは弟と共に一心に陽子の手をこすった。が、陽子の手はわたしの手の中で冷たくなっていった。

医師が「御臨終です」といって時計を見た。母がワッとベッドの下に泣きふし、前垂れで顔をおおった。きょうだいは誰もが号泣した。わけても、妹の頭のところに立っていた弟の昭夫の泣声が高くひびいた。昭夫は陽子のすぐ上で小学校三年生であった。

まだ小学校に入らない陽子が、昭夫より先に昭夫のならっている読本を読み、算数をおぼえた。昭夫は生来虚弱でキリギリスのように痩せていゝ、すべての面で陽子に強い劣等感を抱いていた。

相がありありとあらわれていた。
　陽子が入院して以来、留守番に来ていた母方の祖母は、
「陽ちゃんは賢いからねえ」
といって、メリンスの前垂れで涙を拭いていた。
　陽子の容態は悪くなる一方であった。わたしは学校の帰りや、朝夕の牛乳配達（わたしは小学校四年生の秋から、女学校を卒業するまで牛乳配達をしていた）の時など、不覚にも路上で涙をこぼすこともあった。
　その時も、陽子のことを思い、あと幾日持つかと、胸の引きちぎられる心地で、友人と歩いていた。と、その友人が、
「陽子ちゃんはその後どうですか」
と尋ねてくれた。途端にわたしは、いいようのない怒りをおぼえた。それは無論、友人に対してではない。陽子を奪い去るであろう苛酷な運命といったものに対して、いい知れぬ怒りをおぼえたのである。
「わからないわ！」
　わたしは、ありがとうと感謝すべきなのに、激しい答えをした。友人は驚いて黙った。すまないと思ったが、わたしは自分の気持を説明するだけの心のゆとりがなかった。

と質問され、いち早く手を上げて、
「グッドバイ」
と天晴れ（あっぱ？）な答えをして笑われたり、散々だった。女学校に入ったその年の、五月も半ば頃だったろうか。陽子は数え年三歳になるかならぬうちに、いつのまにか字を読みした。陽子は数え年三歳になるかならぬうちに、いつのまにか字を読み、満五歳のその当時、四年生ぐらいの読み書きや算数ができた。それでいて素直でおとなしく、母の自慢の子であった。

チフスというのは誤診だったらしく、一か月程して避病院から帰った時は、腹膜に水がたまり、ふっくらとしていた頬は、見る影もなく肉が落ちていた。

一日だけ家にいて、翌日陽子は市立病院に入院した。家を出る時、陽子は、
「わたし、また病院に行くの？ 病院に行って死ぬんでない？」
といった。僅か五歳で、ハッキリと死を意識していたのだろうか。実に静かな声だった。家人は思わずハッとして、
「大丈夫。すぐよくなって帰ってくるよ」
と慰めたが、陽子は、
「そうお」
と、淋しそうにうなずいただけだった。既に目のまわりはくろずみ、いま思うと死

「市立のボンクラ！」
とわたしを嘲笑した。その頃旭川には、わたしの入った市立高女と庁立高女、そして私立高女があった。なぜか市立高女には、庁立高女より成績の劣っている者が進学していると思われていて、彼らもまた、わたしの制服を見て、そう思ったのであろう。わたしは黙って彼らを睨みつけた。内心まことにおだやかではなかった。わたしは成績がいいか、悪いかはともかく、小学校時代、級長副級長を幾度もつとめていたし、ずっと首席だった三輪昌子という仲よしも一緒に進学していたから、
「市立のボンクラ！」
には、腹にすえかねたのだ。
しかし、今になって思うと、女学校に入ったばかりのわたしは、正直の話全くボンクラだった。
「あんた、リーダー買った？」
といわれて、
「リーダーってなあに」
と問い返して笑われたり、英語の時間、社長というニックネームの宮北治平という教師に、
「お早うを、英語で何というか、わかりますか」

を抱えて、多忙な家事に追われる身であったが、いつも着物をきちんと着、髪をきれいになでつけ、身だしなみを整えていた。横ずわりにすわるなどということもなく、非常に忍耐強い人で、激しい気性の父に逆らって、口論するということなど全くなかった。わたしたち子供に対して、口やかましい母ではなかったが、子供たちはみな、父よりも母を畏れていたのではないだろうか。いずれにせよ、子供たちの中には、父にも母にも口返しをする者はなかった。また兄弟同志、家の中で口論することもほとんどなかった。

それは、大家族が平和に暮らしたいという願いからであったか、父の怒りを買うことを恐れたためか、母を辛い立場に立たせないためであったか、よくはわからない。とにかくわが家は決して、明るくのびやかな憩いの場所ではなかった。

ただ、こんな家庭の中にあって、なぜかわたしは、父に叱られたことが、全くといってよいほど、ない娘だった。

女学生になったわたしは、ある日、路上で、二、三人の中学生(当時、小学校を出ると、男子は五年制の中学校、あるいは商業学校、女子は女学校に入った。中には家庭の事情で、六年のみで社会に出たり、小学校高等科に進んだりした友もいる)とすれちがった。すれちがいざま、彼らは、

の態度を、先生に打ち明けてみたい衝動にかられた。わたしはそのことを、せっかちな口調で語りはじめた。話しているうちに、妹のことが思われて涙が溢れてあとも、わたしはポタポタと紺サージのひだスカートの上に涙をこぼしていた。話した先生がその時何をいってくれたかは忘れた。が、わたしはその時初めて、新井先生に対して恋心にも似た甘い感情を感じたことを覚えている。

わたしの母ははなはだ記憶のよい人で、親戚知人何十人もの誕生日、結婚記念日、命日などを克明に覚えている。単に何月何日と覚えているだけでなく、誰それの結婚の日は晴れていたとか、あの人の死んだ日は雪の降る寒い日だったとか、その時の天候まで記憶しているのだ。この記憶のいい母が、わたしの勉強していた姿は一度も見たことがないというのだから、わたしは余程の怠惰な人間であったにちがいない。
その代り、小説を読んでいた姿だけは、よく覚えているという。いつもタンスによりかかって、本を読んでいたそうだ。何しろ多勢のきょうだいである。弟たちがどたんばたんと相撲を取っている、傍で赤ん坊が泣いている、一人が泥まみれになって帰ってくる、というような騒ぎが日常であった。そんな中で育ったわたしは、騒音には強かった。うるさくて読書ができないなどということはなかった。それどころか、いくら母に呼ばれても、その声が耳に入らず、夢中で本を読んでいたものである。こん

なわけで、わたしは今も、銀座のど真ん中でも小説を書けそうな気がする。

当時わたしは、ジイドの「狭き門」「田園交響楽」ドストエフスキーの「罪と罰」その他、椿姫、女の一生、のようなポピュラーな翻訳ものを読み漁っていた。クオ・バディスがおもしろかったのも、その頃のことだった。といっても、わたしはこづかいを一銭ももらってはいなかった。本を買うことなどできはしない。父母に本を買ってもらうという家庭でもない。たいていは人から借りるか、姉の百合子が借りてきた本をわたしは読んでいた。

わたしの通った女学校には、校長を始め谷地、宮北、藤、植松、数坂と思い出すかぎりよい教師が多かった。民主的な明るい学校で、自治会が活発だった。学校自治会は各クラスから三名の委員が選ばれて構成されていた。この自治会は教師や生徒が傍聴した。各クラスから学校に対する要望事項が提案され、その提案理由を委員が説明する。わたしはその委員の一人だった。

わたしのクラスからは、各教室に寒暖計を設置すること、黒板は緑色に塗ること、その他数項目を提案した。一年生のわたしは、自治会の様子は皆目わからなかった。いかなる要領で説明すべきかも、勿論わからない。黒板の黒いのは光って目に悪いとか、厳寒の候には、室内の温度を一定にしてスト

ーブをたく必要があるといったのはよいとして、予算がなければ、先ず一年のクラスから整備して行ってほしい。一年生は小学校から来たばかりで、まだほんの子供だから、みどり色の黒板や寒暖計は、上級生よりも必要であると、はなはだ手前勝手なことを、わたしは堂々と要求したのだった。

翌日、新井先生が、
「今度の一年には凄いのが入ってきたと、職員室で評判になったよ」
そんなことをうれしそうにいっておられた。

今でもわたしは浅薄で思慮が足りない。いいたいことを遠慮会釈なくいうので、好意を持って聞いてくれる人には問題はないが、時々物議をかもすことがある。が、幸い、教師たちは好意をもって、聞いてくれたのだろう。

この自治会で、わたしは補習科の渡辺妙子という上級生を知った。補習科とは、本科四年卒業後、小学校教師志望者の進むコースで一年の課程であった。

この渡辺妙子のつぶらな澄んだ目、ばら色の頬、聡明でしとやかな言葉づかいは、何ともいえない魅力があった。これが同性に憧れの情を持った最初だが、なぜか、校内で彼女を見かけることはほとんどなく、直接話しかけたこともなかった。

この一年の時以来、卒業するまで、わたしは委員としてさまざまな要求をした。思い出の中にあるその二、三を拾ってみよう。

その頃、スカートの長さは床上何センチとか、上着の丈は何センチとか規制され、雨の日にレインシューズは不可、長靴をはくことに定められていた。また流行歌を歌うことも禁止されるなど、細々とした規則にしばられた生活だった。
　わたしはその後、学年が進むにつれて、学校自治会で、これらを一つ一つ打ち破ることに喜びを感じて行った。
「レインシューズがなぜいけないのですか。長靴はスカートやオーバーの裾を早くすり切らせます」
などといい、レインシューズ解禁となり、おしゃれな女学生は、早速レインシューズをはいたが、わたしはずっと長靴で通した。
　中でも、わたしがくだらないと思ったのは、流行歌を禁じられていたことである。「急げ幌馬車」「赤城の子守唄」「二人は若い」などのうたわれた頃で、俗悪な歌詞や曲のものはほとんどなかった。流行歌などは禁じても無駄で、放課後、生徒たちは机に腰をかけたり、窓辺に並んで歌ったりしていた。掃除しながらでも、口をついて出てくるのは流行歌である。思春期の少女が流行歌を歌わないほうが、むしろ不自然でもあった。
「ちょっと、その歌詞教えてよ」
という、女教師さえいたのだ。にもかかわらず、流行歌は禁止されていたのである。

わたしは自治会で、ある流行歌を示し、
「この歌のどこがいけないのでしょうか。学校は明らかに守ることのできない規則を、多く作りすぎています」
と詰めよった。こうして流行歌も解禁となったが、結果としては、解禁前も後も、歌う者は歌い、歌わぬ者は歌わぬこと同様であった。
 ある時の自治会で、わたしはついに幾人かの教師に白眼視されるに至ったことがあった。
 当時、何としても授業を怠けているとしか思えない教師が一人いた。彼は一時間のうち五分と口を開かず、あとは黙々と机間を歩くだけだった。それは、机間巡視の形をとりながら、明らかに自分自身の思いにふけっているとしか思えなかった。生徒たちの間に、不満の声が起きたが、それを自治会に持ち出そうとする者はなかった。わたしはそれを、受持の教師にでもひそかに相談すればよかったのだが、自分一人の考えで、いきなり他の教師や生徒たちの傍聴する自治会に持ち出してしまったのである。
 幸か不幸か当の教師はその場にいなかったが、他の教師たちの顔色がさっと変った。ある教師がわたしを見据えるようにしていった。
「堀田さん、毒も薬になることだって、あるんですよ」
 校長は黙りこくっている。

わたしは早速立ち上って応酬した。
「毒か薬か見分けのつかない年齢のわたしたちには、薬を与えてください」
このあと、幾月かの間、三、四人の教師たちは、廊下ですれちがっても、全くわたしを無視した。今までは笑いかけたり、話しかけたりしてくれた教師たちなのだ。のちに、ある教師が、
「あんたのようなきかない生徒は、学校始まって以来初めてだ」
と、笑いながらいった。多分、言葉の過ぎるわたしへのこらしめのつもりで口を利かなかったのだろう。あとはもと通り何のわだかまりもなかった。
考えてみると、あの封建的な時代に、このような発言を許していた学校は珍しかったのではないだろうか。
実はわたし自身、結婚して三浦にいわれるまで気づかなかったのだが、わたしのものいい方は実に強いらしい。わたしは、その持前のものいい方で、この自治会の席上、先生方に無遠慮に迫ったのではないだろうか。「盲蛇に怖じず」というが、何も知らぬ人間ほど、わきまえがなく、大きな口をききやすい。わたしは、小生意気な少女時代の自分を想像して、今更ながらざんきに耐えないのである。

二

昭和十一年秋、北海道において陸軍大演習がおこなわれることになった。天皇来道の発表があったのは、その何か月か前だった。わたしたちの学校には、勅使が来られるというので、学校中は大変な騒ぎだった。二百メートル程離れている牛朱別川(ウシュベツ)に、生徒たちは机や窓を運び、タワシでごしごしと洗う作業を、幾日もさせられた。が、誰一人文句をいう者はなかった。勅使が自分の学校に来るということ、それは大きな誇りであり、栄誉だったのだ。なぜ誇りであり栄誉なのか、誰もそんなことを考える者はなかった。

真夏、じりじりと照りつける太陽の下に、わたしたちは整列させられた。自転車に乗った男の教師が、小旗を持って、整列しているわたしたちの前をゆっくり通って行く。

「頭(かしら)、右っ!」

の号令のもとに、白い服に黒いジャンパースカートをはいた女学生たちが、兵隊のように、さっと一斉に頭右をする。

「なおれ」

の号令で、その自転車の教師を目送する。一人でも、そのまなざしがそろわぬと、再び頭右のやりなおしである。無論帽子はかぶっていない。旭川の夏はしばしば三十二、三度にもなる。風のない暑さは、黙っていても汗をふき出させる程だった。虚弱

な生徒は、バタバタと倒れて行くが、このまことに簡単な、今考えると只一回の練習でよかりそうなことを、実に幾度も、そして何日もの間くり返された。
〈一体何のためだろう〉と疑う者もいなかった。天皇を沿道に迎え、勅使を自分の学校に迎えるためには当然のこととして、全くわたしたちは素直だった。今思えば、何人も貧血で倒れる程の猛訓練の必要はなかったはずだ。が、天皇を迎え、勅使を迎えることを機に軍国精神、皇室尊崇の精神を高揚させようとしたのかも知れない。
このほか、わたしたちは市民体育場で披露するためのダンスを練習させられたが、これもまた日の丸の小旗を両手に持っての猛練習だった。

ひらけゆく十一州
　菊の香の高きが中に

……

という天皇奉迎歌も、他の授業をつぶして練習させられたものだ。
わたしは、これらの練習を思い出す時、いつもなぜか、そのこととは無関係に、スポットをあてたように鮮やかに浮かんでくる自分の一つの姿がある。それは、級友たちがみんな帰った教室の中で、自分の席にすわって、机を見つめている自分の姿なのだ。
（わたしが死ぬのは、胃腸病か、発狂の末の自殺か、どちらかだ）

わたしは真剣にそう思っていた。そのことがなぜ、天皇奉迎の訓練と同時に思い出されるのか、わたしはふしぎでならないのだ。余りに暑い日ざしの中に、幾度も同じ練習をくり返したことと、関係があるのだろうか。わたしは自分の中に、人と融和しない、ひどく孤独な性格を見るようになった。例えば、級友たちと川の中で机を洗っている時、わたしはふいに口をつぐみたくなったものだ。自分の語っている言葉も、相手の語っている言葉も、ひどく無意味に思われるのだ。そして突如として語るべき言葉を失うのだ。

同じ頃、遠足に行った時も同様だった。わたしは遠足に行くことに恐怖すら覚えた。自由に級友たちと話をする時間があることが、恐ろしかったのだ。何を語ってよいか、わたしにはわからなくなる。語りたくないというより、語ることに喜びが湧かなかった。教師たちや友人たちのうわさ話をしたところで、何の楽しさも感じないのだ。女学生の話題は、人のうわさ話か、自分の家族の話かであった。

別段わたしは、その話題を軽蔑したのではない。いかにも楽しそうに話し合うことが、なぜかわたしにはできなかったのだ。それまではできたことが、突如できなくなったのだ。そんな心の変化を、わたし自身だけが知っていた。

「親友になってね」
「おそろいのペンシルを買わない？」

などと、無邪気にいってくれる友人たちの中で、なぜわたしは断絶を感じたのだろう。そんな自分をみつめていると、いつの日か、発狂するのではないかという恐れが、わたしの心に宿った。
　にもかかわらず、わたしは大変な大食漢であった。大きな皿にカレーライスを三杯ぐらい、ぺろりと平らげても、さして満腹を感じなかった。大食と、ノイローゼとは、正反対のものではないだろうか。それが同居していたところに、十四歳の成長盛りの、バランスを失った少女の姿があったのかも知れない。
　その頃、わたしは隣のクラスのMという少女から手紙をもらった。
「わたしはあなたが好きです」
という言葉に始まり、
「この手紙は、誰にも見せずに焼き捨ててください」
という言葉で終っていたその手紙は、明らかにラブレターであった。彼女は、スキーもテニスもピンポンも、バスケットボールもよくでき、万能選手といえた。その上彫の深い顔立をしていて、彼女を慕う下級生や、かわいがる上級生は絶えなかった。が、わたしは、彼女のその手紙に嫌悪はその手紙の中に、二つほど誤字があった。女だけの学校の中で、異性に対するあこがれが、形を変えて同性に向うことのあることを、わたしは小説によって知っていた。それはごく普通の心理状態

で、むしろ健康であると書いていた作家の言葉も知っていた。わたしはその手紙を読んだ時、新井先生が、
「上級生から手紙をもらったことがありますか」
といった言葉を思い出した。そして、
「あなたのようなタイプの人は、手紙をもらうから気をつけるように」
といわれたことも思い出した。
どう気をつけてよいかわからないその注意を、わたしは忘れるともなく忘れていた。その後、わたしは下級生からも同様の手紙を幾度かもらったが、上級生からもらったことは一度もない。そのMと、校庭の藤棚の下で話をしていた時、ふと気がつくと、屋内運動場の窓から、鈴なりに顔を出して生徒たちが見つめていたのを、今も覚えている。昔の女学生たちは、同性でも特に手を握るなどということはめったになかった。男性に対する恋情がプラトニックであったのと、同様であった。

二年生の二学期、歴史の教師から井伊大老についての感想文を提供するように、学年全部が命ぜられた。この教師は、前にもふれたが藤界雄といって、長身の独身青年教師だった。非常に人気があって、生徒からよく口説かれているという話だった。わたしたちの二級上にXという優秀な生徒がいた。その生徒が、毎夜この教師の下宿に

行き、泣いてその情を訴えても、きびしく拒絶するだけだといううわさもあって、そ れが更に人気をあおった。無論、Xに対する誰かの嫉妬から出たでたらめなうわさで あったにちがいないが「きびしく拒絶した」という一点は、藤先生のイメージにぴた りと合っていて、話が一層真実らしく伝わったのだろう。

藤先生の授業には、熱と気魄があった。明らかに授業の準備をしているのが、学ぶ 生徒にもハッキリとわかった。キュッキュッキュッという、皮靴の音もきりりと緊っ て、その足音を聞いただけで、生徒たちの神経は緊張した。がらりと戸をあける藤先 生の手には、いつも小黒板が下げられていて、重要な事項が極めて要を得て書かれて あった。その小黒板を見るたび、

（あ、先生は勉強しておられる）

と思い、その真摯な態度に打たれた。

授業開始の礼が終ると、先生はエンマ帳と呼ばれる教師手帳をひらく。前の時間に 教えたことを質問するためなのだ。エンマ帳には生徒の名がアイウエオ順に記されて おり、そこに試験の点数が書きこまれてある。

「この間は、どこまででしたかね」

などという、ルーズな先生とは全くちがっていて、自分の教えたことをはっきり覚 えていての質問である。三、四人は必ず指名され、そしてその点数は記入される。授

業の最初からピリリと緊張するのも無理はない。無論授業中も、熱心に耳を傾けなければならないわけだが、実は別段努力をしなくてもいいほど、おもしろくかつ明晰な授業であった。

ふしぎなことに、わたしは先生に習った二年間、エンマ帳をひらいて指名されたことは、只の一度もない。なぜ指名してくれなかったのかと、後で尋ねた時、前に書いたように、

「君は、どうもこわくて指名できなかった」

ということであった。

この先生は、明治天皇の遠戚にあたるといううわさがあった。真偽はともかく、そううわさされてもふしぎではない気品があった。わたしは、この先生のいわれたことか、書かれたことかは忘れたが、今も覚えている言葉がある。

「ある人が失業した。そしてデパートの屋上に上った。彼は悲観のあまり自殺した。失業しても、飛び下りない人もいるのだから」

ここで先生は、唯物史観、唯心史観という言葉を使っていられたように記憶する。が、原因必ずしも同じ結果を生まない。だから、彼が失業したために飛び下り自殺をしたと、単純にはいえない。失業しても、飛び下りない人もいるのだから」

わたしはこの言葉を非常に感銘して聞いたためか、その後の生活でしばしば思い出した。片親のために非行児になったという話を聞いても、片親でもそうならない者もあ

ると思い、失恋して自殺したと聞いても、失恋して自殺しない人もあるのだと、よく思ったものだ。これは、先生が考えられたとおりに、わたしがその言葉を受けとっていたか、どうかはともかくとして、
「人間は、一つの原因によって同じ結果を生み出すとは限らない存在である」
ということだけは、常に考えるようになった。このことは、人間に与えられた自由という大きな問題に、後にぶつかった時にも、思い出した言葉である。
 もう一つ、この先生の言葉で覚えていることを書いておきたい。
「おお寒いと、銭湯に入って来た男が、戸をばちんとしめて湯槽の中に飛びこんだ。彼のしめた戸は、跳ね返って十センチもあいた。彼の行為はなぜ悪いのか。それは、自分だけのことを考えて、他の人々のことを考えないからである」
 これは一見、まことに平凡な比喩であり、話であるが、この言葉を聞いた時、わたしは実に清新な風に吹きあてられたような気がした。タテヨコの中で、つまり歴史のタテ糸と社会のヨコ糸のクロスしたポイントに立たされている人間を、先生は説こうとなさったのだろう。それがあまりに、日常しばしば見かける光景を例にとっての話だったため、一層感銘深かったのだと思うが、少女時代の感受性豊かな頃だけに、これも実に印象に残る言葉となった。
 さて、先生から出された井伊大老についての感想文を、わたしは一夜のうちに一気

に書いた。先生がなぜ、井伊大老という人物を特に選んで書かせたのか、当時のわたしにはよくわからなかった。井伊大老といえば、悪人と相場の決まっていた時代である。先生はおそらく、この井伊大老を愛すべき人物として考えていられたのであろう。

わたしは非常に映画が好きで、よく姉と映画を見に行った。あの頃はたしか、学生が単独で映画館に入るのは、禁じられていたはずである。嵐寛寿郎の鞍馬天狗、市川右太衛門の旗本退屈男のシリーズをはじめ阪東妻三郎のチャンバラものなどが大好きで、よく見に行った。ある映画の中に、「尊皇」という字が、スクリーンの底から小さく浮かび上り、それが大きく観客に迫った。つづいて「攘夷」「討幕」という字が同様にクローズアップされては消えた。それは、わたしには実に新しい手法に思われた。そして、一度わたしもこの言葉を真似て使ってみたいと心ひそかに思った。

それで、井伊大老の感想文を書こうとして原稿用紙に向った時、何のためらいもなく、冒頭にその言葉をすえた。が、書いてわたしはいささか落胆した。あのスクリーンの底から、ぐーっと浮かんできて、観客に迫るような効果は少しも感じられないのだ。「えい、ままよ」と一気に書いたわけだが、その感想文が一位に選ばれて、校友会誌に載った。今読み返すと、少しもうまいとは思われないが、十四歳の日の記念に、ここに書き写しておこう。

井伊大老について

本二　堀田綾子

尊皇！攘夷！討幕！

今やこの声は高々と起り、国内の輿論は佐幕、尊皇の両派に分裂するの止むなきに至った。この頃、西洋強国の魔手は東洋に延び、東洋の青空は次第に妖雲に覆はれつつ有ったのである。

妖雲は日本の空にも次第に近づきつつ有った。果して妖雲は襲った。即ち露国は東侵主義をもって屡々蝦夷及び樺太に寇し来つた。又英国軍艦は突如長崎に入港し、亡状を極めた。米国使節ペリーの来朝、つついてその再来、同国第一回総領事ハリスの下田着任。あくまで威圧的な米国の態度は幕吏を始め士民をして周章狼狽なす処を知らずの醜態を演ぜしめたのである。

米国との通商の件は朝廷と幕府との意見の相違から幕府は朝廷と米国との板ばさみとなり、時の老中堀田正睦は、不首尾の為日米通商条約の調印問題解決出来ずと職を退き、此処にますます尊皇、攘夷の叫びは京都を中心に次第々々に高まって行く。

尊皇！　攘夷！　警鐘の乱打を聞く幕府の苦境！
この風雲急を告ぐる国難と幕府内部の大きな困難とを双肩に荷つて登場した人は、他ならぬ近江琵琶湖畔の彦根藩主井伊直弼その人であつた。
剛毅果断な彼はこの危機に非常置の職、大老となつて出現したのだ。第十三代将軍家定の継嗣問題は将軍の病弱から当然な事の如く起つた。そして折からの外交問題の切迫。しかし賢明なる彼は攘夷論を何処までも押通さうとする賢明主義派の将軍候補一橋慶喜を頑としてこばみ、近親主義派の有力なる候補者紀伊の徳川家茂を押立てて、遂にこの問題を解決した。
又英仏両国の我が国に攻め来るを未然に防がんとして御裁可をも待たずに遂に米国との間に条約の調印を決行し、更に攘夷に固つて居る志士を武蔵野の刑場に送つてしまつたのだ。
この様に普通、我等に考へる事の出来得ぬ方法でもこれが正しいと信ずるとあくまで押通すというのが彼の性格であつた。
彼は男子の意気に燃えて居た。
彼は天から授かつた運命を素直に歩んでいつた。彼は一個人としてはどんなに嫌であつたらう事でも国家を思ふ真心は遂に何ものをも退けたのだ。将軍継嗣問題においても若しも彼が大勢に押されて国家の事が念頭より失せてゐたならば確かに、

「諸大名が慶喜公をと言うのだから皆に憎まれぬ様に彼を推そう」と考へたであらう。しかし慶喜が如何程国家を思ひ、賢明であつたにしても慶喜は水戸の攘夷論者を其の背景としてゐる。其の頃の世界の大勢を知らぬ者を危険極まるこの時に当つて将軍としたならば或は攘夷を断行し、其の為めに我が国は実に多くの不利益をかうむつたかも知れぬ。後世の者が之を顧る時、実に心胆を寒からしめられるのである。

しかし後世の我等の中には未だに彼を非難するものが多い。

「何故、貴女は彼を非難するのか」と問へば「一天万上の我が君の御裁可をも待たずに通商条約の調印を決行した事と安政の大獄をひき起した事よ」これは或る少女の言葉だ。

非難の出処は大方この辺らしい。が御裁可を待たなかつたのにしても英仏の我が国に攻め来るのを米国によつて救はれ様としたからだ。其の頃の我が国の財政と武力とを考慮したからだ。

何時、英仏が来ないとも限らない時に畏い事ながら御裁可を仰ぐ事が出来なかつたのだ。

日本の為に！

この様な大胆な行為は井伊でないと出来なかつたであろう。余人なら大老職を辞

すかキ印になる処だ。井伊なればこそ如何なる場合にも泰然自若として難局を打開する道を探知しえたのだ。他の者ならポカンとして攘夷論を称へてもただ指をくわえて眺める位のものであったらう。しかし斬らなければ国家の不利。一行、一言総て大局から見て国家を考へ理性を失はず情に負げずに斬ったのだ。

彼も人の子、夜はず日毎に処罰される者の心中を察し家族の嘆き等彼の強い意志に輝く瞳の底には必ずやあつい涙があつたであろう。又或時は心臓をえぐられる様に辛く悲しく時を過した事もあらうに。

しかし彼は「情に負けてゐられぬ。辛い使命を果たさねばならぬ」と考へて国の為に尽くしたのだ。

国を思ふ事こそ一つであれ其の国家を思ふ方法が変っているばかりに、斬るもの、斬られる者の違ひがあるのだ。同じ国家を思ひつつ斬る、斬られるその人々の心中は？……

直弼はただ断の一字いささかの私情もはさまず彼の信ずる処を目をつむつて成しとげたのだ。

同じく国を思ひつつ、一人は忌まれ、一人は慕はれ、悲しくも争はねばならず、万延元年三月三日桜田門外で水戸浪士の手によつてはかなくも白雪を血の花と散つてしまつた。

井伊大老はこの国難の多くを処理する為に生れ、成し終ったが為に死んでいった。私は井伊大老を偲ぶ彼の行為に無言の教訓があるのを感ずる「これからは益々必要に迫られるこの果断の二字、私達はこの心を持って世の荒波を押切り、我が大日本帝国を発展せしめ、国威を世界に輝かさねばならぬのであると」と。

今読み返すと、空虚なほど無意味な言葉が並べられているような気がしてならない。いかにも十四歳の少女らしい背伸びした姿がうかがわれる。歴史の教科書に出ている難解な熟語や漢字を使い、ひどく気負って書いてある。この作文の中に、

「大義親を滅す」

という当時の思想に、情ないほど素直に染められている自分の姿を見る。たとえ、悪人のほまれ高かった井伊直弼に、少女らしい同情を感じたにせよ、安政の大獄を肯定したのは、いささか恐ろしい心情に思われる。これが、当時日本全国を覆いつつあった思想でもあったのだ。

しかし、この作文でさえ、頑固なある老人は、

「天皇の御裁可を待たなかった反逆の徒を、あまりにもかばい過ぎている。問題だ。危険思想だ」

といったということをわたしは聞かされた。そのために、わたしは本気で、もしや

警察から呼ばれはしないか、藤先生に迷惑がかからないかと、心を痛めたものである。それほど、当時天皇についてふれることは、勇気のいることであった。
この作文は、学校の中でも、外でも、割合評判になった。それは、こけおどしの熟語や、難解な漢字が使われていたことと、一見うまい文章と思われたためと、日常生活を書いた作文の中に、一つだけ「井伊直弼について」などと、改まった題がつけられていたためだったからかも知れない。二年の三学期、わたしは弟の鉄夫から、それからどれほどもたたぬうちに、この作文は校友会誌に集録されたわけだが、
「綾ちゃん、綾ちゃんは不良か」
といわれた。
「どうして？　わたし不良なんかじゃないわよ」
わたしはむっとした。この弟は二つ年下で、その春庁立旭川中学に入学したばかりだった。頭も悪くはなかったが、滅法きかぬ気の少年で、運動神経がはなはだ発達していた。小学六年生の時、剣道の試合で十四人抜を遂げ、教師を驚かせたほど、負けん気の子だった。特にけんかするわけではなかったが、わたしはこの鉄夫と、当時よく取っ組み合いをした。小柄だが相撲も強い弟に、女のわたしがそう簡単に負けたことはなかったのだから、わたしもかなりきかなかったにちがいない。姉はそれを覚えていて、

「あんた方、よく取っ組み合いをしたわねえ。綾ちゃんはいつもいつも青い顔になり、鉄ちゃんはいつも真っ赤になっていたわ」
と笑うことがある。
 わたしはこの弟が、今でもかわいい。
 それはともかく、いきなり弟から不良かと問われたことは、姉としてはなはだ不面目であり、腹立たしいことであった。
「だってさ、上級生から、お前の姉さん綾子っていうのかって、よく聞かれるぞ」
 弟もおもしろくなさそうであった。わたしは中学生などの友人はいない。いるとすれば、大成小学校時代の同期に、男子クラスが二学級あったから、その中から旭中に進んだ者なら、あるいはわたしの名を知っているかも知れない。だが、どうやらそれらしくもなかった。
 その謎はやがて解けた。わたしの友人K子の家に遊びに行った時、わたしは彼女の兄の旭中生に紹介された。背のすらりとしたその旭中生は、顔を真っ赤にして、そばにあったうちわで顔をかくしていった。
「ぼく、あなたの、井伊大老について読みました。ぼくの友だちも何人か読んでいます。女子大に行くそうですね」
 当時、大学に進学する女学生は、学年に一人もなかった。せいぜい女子師範か、専

攻科に進学する人がいても、それも一学年に二人といなかったのではないだろうか。とにかく進学率の極めて少ない時に、女子大に行くのかといきなり聞かれて、わたしはびっくりした。行かないというと、
「そうですか。でも、ぼくの友達はみな、行くだろうといってますよ」
といわれ、なるほど女学生にしては固い題材の作文が話題になったのかと、ようやくわたしは気づいた。わたしの弟が、しばしばわたしについて聞かれて、不良かと案じた真相は、どうやら井伊直弼にあったわけである。

　　　　　三

　旭川中学と、わたしたちの女学校は三百メートルほどしか離れていなかった。で、登校途中、いつもわたしはこの旭中生たちとすれちがった。その中に、毎朝のようにすれちがう旭中生がいた。旭中生というのは、その頃の旭川中の女学生のあこがれの的ではなかったかと思う。カーキ色の、いわゆる国防色の制服は、遠くから見てもすぐにわかった。何となく、それは眩しいものであった。
　わたしがその中学生にいつもすれちがうのは、刑務所の灰色のコンクリートの傍であった。いつもわたしは、寺田良子と一緒に登校していたが、帰りはたいていわたしの方が遅い。

その日は確かに晴れていた。わたしが一人、カバンをぶら下げて学校から帰ってくると、電柱の陰からついと、くだんの中学生が近よって来た。明らかにわたしに向って歩いて来るのだ。いつもなら、六、七メートルの道の片側をわたしが歩くと、彼はその向う側を歩いているのだ。それが今、真っすぐにわたし目がけて歩いてくるのだ。わたしは、一瞬身がまえるようにして、彼を見た。

「あの、今晩六時、永隆橋の堤防の所で、会ってください」

わたしは、初めて彼の顔を近々と見た。顔に無数のニキビが出ていた。

「いやです」

はっきりとわたしは答えた。

「どうしてですか」

「学校でとめられているからです」

わたしはそのまま足早に、彼から遠ざかった。一度に、旭中生全体が嫌いになった。少女時代とは、そういう潔癖なものなのだろうか。自分の心に何の用意もない時、不意に、会ってくれなどといわれて、わたしはたちまち嫌悪を感じたのだ。

（いやらしい！）

それからは、彼とすれちがっても、わたしははなはだ冷淡な、というより幾分軽蔑するようなまなざしで、彼を見た。

わたしには、少女らしい柔らかいやさしさといったものが欠けていたのだろうか。否、少女期というものは、固いつぼみのように、かたくななまでに潔癖な時代なのだと、わたしは思う。今思うと気の毒なことだが、わたしはたちまち、彼を不良学生として眺めるようになった。そしてその気持は当分つづいた。

今の高校生のように、男女共学でなかった時代の教師や大人たちは、異性との交遊を異常なまでに警戒していた。万が一、女学生と中学生（中学生はすべて男子であった）が街を歩いていたとしたら、たちまち停学問題か、下手をすると退学問題にさえ至る不祥事件とみなされる。だから、わたしのような平凡な女学生には、とても堤防で彼らと話し合うなどの冒険はできなかったが、同期の友人の中に、その点こぶる自由な人がいた。幾度教師に注意されても、平気で男生徒とつきあっている人がいた。彼女が担任教師に連れられて、職員室に出向くのを目撃したわたしは、彼女のその態度に度胆をぬかれた。これから説教をくらうというのに、彼女は踊るような足どりで、指を鳴らしながら、いとも楽しげに教師の後について行くのだ。彼女は黒い大きな目の、クレオパトラのような美少女だった。

間もなく彼女は退学をさせられたが、わたしはこの時の彼女の態度に感じて、退学後の彼女とつきあい、教師に注意されたことがあった。

このごろ、街で男女高校生が手をくんで歩いているのを見て、時折かの美少女クレ

オパトラを思い出す。人間が人間をいかに見るかという、その視点がどれほど多くの人生を変えていくことだろう。もし彼女が今の時代に生まれていれば、退学させられることもなく、伸びやかに青春を享受できたかも知れない。何も退学させられる程のことは、していなかったのではないかと、気の毒に思うこともある。

手を絡ませあって歩いている現代の高校生に驚くわたしは、
「そんなこと驚いているの？ 今はもう学校の中で、好きな男の子と手をつないで歩いている時代なのよ。本当にこの頃の若い子ときたら、驚いてしまう」
と、高校を出て間もない女の子にいわれて、わたしは啞然とした。

わたしの頃の、男女学生が手をつないで歩くよりは、よかったような気がするのはなぜだろう。話は少しそれたが、朝夕、あのニキビの中学生を軽蔑するように眺めてすれちがっていたある夕、わたしは彼が、七、八人の中学生と歩いて来るのに出あった。彼らはわたしを見ると、一列横隊となってわたしのほうに向ってきた。わたしの体はぴりりと緊張し、思わず目を伏せた。が、彼らに背を向けることはわたしにはできなかった。わたしはためらわず歩いて行った。彼らはニヤニヤと笑いながら、近づいて来る。頭の中で、わたしは何という遂に、わたしのすぐ目の前に来たが、退こうとしない。頭の中で、わたしは何というべきか、言葉を探した。

一列横隊にわたしをさえぎった中学生たちに対して、何というべきかと思い迷った時だった。その中の体格のいい一人が、

「おい」

と、野太い声をかけてきた。瞬間、わたしは恥も外聞も忘れて叫んだ。

「助けてぇーっ!」

途端に、中学生たちがあわてふためいて逃げ去った。それはあまりにあっけないほどだったが、わたしは彼らの逃げ去ったあと、急にひざががくがくして、その場にしゃがみこんでしまった。

それ以来、わたしはかの問題の中学生に会ったことはなかった。彼は多分、登校の道筋を変えたのだろう。それでもわたしは、時折彼に会うかも知れないと期待に似た気持を持った。一体いかなる心理であったのだろう。それはともかく、

「助けてぇーっ!」

という女の悲鳴が、八人の腕白少年たちを敗走させる威力、いや効果のあることをわたしは身をもって知ったのである。

彼らは、今、どこにどうしているだろう。わたしと同年代のあたりの男子は大方戦争に行った。だから、彼らのうちの何人かは戦死しているのではないかと思う。当時の学生たちを思い起こす時、わたしは必ず反射的に、彼らは戦死したのではないかと

想像させるのだ。何とも悲しい時代に育ったものである。そんなことがあってから、どれほどもたたない頃、多分鎮守の祭りの夜だったと思う。七月二十一、二日が旭川の祭りなのだ。わたしと姉は肩を並べて、祭りの人出で賑わう、六丁目通りの雑踏の中を人におされるように歩いていた。道の片側には、サーカスや人形芝居、オートバイの曲乗り、牛娘、猿芝居などの見世物小屋が、路上にのしかかるように大きなテントを張って、五、六丁もつづいていた。それに向い合ったもう一方の道端には、つぶ焼、アイスクリーム、氷水、ところてん、綿アメ、まり、笛、金魚、バナナなどを売るよしず張の店が並んでいる。わたしと姉は、アセチレンの匂いの漂う中に、バナナの叩き売りをみたり、かれた声で客を呼びこむ男の口上に聞き入ったりして、祭りの夜を楽しんでいた。

と、姉がわたしの脇腹をつついた。

「あれ、前川さんの正さんじゃない？」

前川正とは、もとわたしたちの家の隣に一年程住んでいた、わたしより二歳上の中学生だった。

いわれてすぐ前を見ると、やや色の浅黒い、しかし端正な容貌の学生が人波の中を歩いてくる。

「まあ、本当ね。前川さんの正さんだわ」

わたしは、今すれちがおうとしている前川正を見ていった。が、彼はふり向きもせず過ぎて行った。たしか、父親か誰かと同伴だった。その時の横顔が、いかにもすれちがいざまに名前を呼ばれ馴れているような印象だった。
「聞えないふりをして行っちゃった」
わたしは腹立たしげにいった。前川正が小学四年、わたしが二年の時、一棟二戸の右手が彼の家、左がわたしの家だったのだ。一年隣にいただけで、彼は五町ほど離れたところに移って行った。彼は旭中に一番で入学し、以来五年間優等生であることなど、わたしは彼の噂を聞くたび、心ひそかにこの幼馴染を誇りに思っていたのだ。それなのに、彼は見知らぬ他人のような顔で通り過ぎたのだから、わたしはいささか中っ腹になったわけである。
「仕方がないわよ。正さんは、ああいう顔をするより、しょうのない年頃なんだもの」
僅か三歳年上の姉だが、もう女学校を卒業していて、電話局につとめていた。姉の言葉を聞いて、女学校三年生のわたしはしみじみ姉をおとなだと思ったものである。
この時すれちがった前川正は、後に北大医学部に進んだが、在学中に肺結核となり、同じく肺結核となったわたしの恋人となった。
祭りですれちがってから、十年もあとであったが、彼のほうから、祭りの夜のこと

を覚えているかとわたしに尋ねた。やはり彼は、恥ずかしくて、姉のいったように「ああいう顔をするより仕方がなかった」ようであった。

彼はまた、わたしをキリスト教に導き、短歌を教え、アララギに誘ってくれた恩人でもある。彼はわたしとめぐりあって五年後に死んだ。彼のことはわたしの著書「道ありき」に詳しく書かれていて、読者からの手紙の中には、その死をいたむ声がはなはだ多い。

わたしに短歌を教えてくれた前川正の歌を、ここに少し抄出してみよう。

この友は半纏（はんてん）を着るが得意にてマルクスの著書若干を備ふ

意識的に一線を引きて処女（をとめ）に対するも永病む吾の小さき倫理

殺されしガンジーにふれ不可能と思はれむ主義を貫けといふ

性欲の処理のことなどためらはず問ふ君に異なる世代を感ず

平和をば唯祈るより術なきか組織なく気力なきクリスチャン我等

平和とは永劫の希望かと思ふ時風見矢が方向を転じたり

サングラス掛けて昼間の街に出づ永病めばアカシアの芽吹きにも感傷しつつ

教会のプチブル性を肯へば或時は僕も思ふクリスチャン・コミュニストの可能性を

娶ることなくて病みつつ果つるべしまた霞の降る季節となりつ

異性間の友情は信じないと母は言ふ夜遅く帰り来し吾が錠おろす時

笛の如く鳴り居る胸に汝を抱けば吾が淋しさの極まりにけり

茫々天地間の実存と己れを思ふ手術せし夜は

ストリップ劇観る事もなく病めれどもいつよりかバタフライといふ語も知れり

遺言の筆談終へて今は唯打ちたるモヒにしばし眠らむ

前川正は昭和二十九年五月二日に死んだ。ギプスベッドに絶対安静を強いられていたわたしは、彼の死に目にも会えず、葬儀にも行き得なかった。病床において、わたしは挽歌(ばんか)を何十首か詠んだ。

雲ひとつ流るる五月の空を見れば君逝きしとは信じがたし

君逝きて日を経るにつれ淋しけれ今朝は初めて郭公が鳴きたり

耳の中に流れし泪を拭ひつつ又新たなる泪溢れ来つ

マーガレットに覆はれて清(すが)しかりし御柩と伝へ聞きしを夢に見たりき

丘に佇ち君に撮(うつ)されぬし時もこんなに淋しい顔をしてゐたのか

夢にさへ君は死にぬき君の亡骸を抱きしめてああ吾も死にぬき

吾が髪と君の遺骨を入れてある桐の小箱を抱きて眠りぬ

妻の如く想ふと吾を抱きくれし君よ君よ還り来よ天の国より

さきほど姉のことにちょっとふれたが、姉は黒目がちの色白な顔で、わたしよりずっと人目を惹いた。轟夕起子の出演した姿三四郎の映画を見た級友たちの何人かが、わたしの姉にそっくりだといってくれた。

この姉と街を歩いていると、男という男は必ずといってよいほど、姉を見た。わたしの顔などみる男性は一人もなかった。わたしは劣等感に悩むという愛らしいところの全くない性格だった。かえって男性の目を惹く姉を持っていることを誇りにさえ思っていた。だから、おもしろがって、

「ほら、また、えこちゃんの顔を見た。男って正直だわ」

と笑ったりもした。姉は百合子という名前なのだが、わたしが幼い頃「ユリコ」と発音ができず「エコ」と呼んだため、以来今に至るまで家族から「えこちゃん」と呼ばれてきた。

当時の女学校は、父兄同伴ならば、喫茶店に出入りすることを許されていた。わずか三歳年上の姉でも、勤めを持った社会人だから、父兄とみなされる。目に立つ若い姉と同伴であるより、わたし一人の方がむしろ安全といえたが、規則には時々こうしたばかばかしい面がある。
　ある時わたしは喫茶店で姉にいった。
「たまには、男の人をわたしのほうに向かせてみようか」
「どうするの。話しかけるの？」
「一言も口なんかきかないわ。まあ、だまってみていてよ」
　わたしは斜かいの席にいる青年に視線をあてた。わたしはじっと彼を注視した。青年がわたしに気づいた。わたしはそのまま三分ほど彼から視線を外らさなかった。
「見てごらん。彼、きっとわたしのほうをみるから」
　わたしは姉にささやいた。果して青年は、しきりにちらちらとわたしを見はじめた。やがて彼らが先に席を立った。
「まあ、おどろいた。あの人、お金を払う時も、綾ちゃんのところばかり見ていたわよ」
　姉が呆れていった。
〈男は美しい女よりも、自分に関心を持つ女に惹かれる〉

という詩人の言葉を思い出し、わたしはテストしてみたのだった。その後時々、恋愛心理学の実験などといって、わたしはこのいたずらをくり返した。無口で無愛想なわたしだったが、そうした不良性が既に芽生えていたのだろう。

わたしが女学校三年の昭和十二年は、六月に第一次近衛内閣が成立し、七月に蘆溝橋事件によって日支事変が起こり、南京占領のあった年でもある。

わたしの父の兄は五十歳を過ぎていたが、准尉（衛生）として召集され、北支に渡った。その頃のわたしたちは、授業時間を割いて出征兵を見送りに行ったり、慰問文を書かされたりした。はみがき粉、石けん、便箋、手ぬぐいなどを入れた戦地の兵たちへの慰問袋もよくつくった。

昭和七年の上海事変以来、わたしたちは兵士への慰問文を書くことに馴らされていた。が、日本の国が戦争をしているという実感がなかった。むしろ、昭和十一年の二・二六事件で、大臣たちが暗殺された事件のほうが、なまなましかった。この二・二六事件が、翌年の日支事変と、どのようなかかわりを持つかを知るには、わたしたちは社会的に幼なすぎた。世界を震撼させた南京の大虐殺さえ、終戦までほとんどの日本人の知らぬところであり、戦争はまことに遠い国で起きている事件に過ぎなかった。

学校では、時々時局講演会が催された。が、生徒たちはほとんど何も聞いてはいな

かった。「天皇機関説」の美濃部博士を罵倒する話もあったが、わたしたち女学生は、紙を折ったりノートに落書したりしていた。聞きたい話を聞くのではなく、強制的に聞かされるのだ。身を入れて聞くわけがない。この時の自分たちの気持がわかるので、わたしは学校などで、学生やPTAの人たちに講演をするのは、気が進まない。

当時『国体の本義』という本が、国民教育の書として、幅広く読まれた。天皇が著しく神格化され、その天皇に生命を捧げ奉ることを光栄とする教育がなされはじめたことも、わたしたちは何の抵抗もなく受け入れた。
「問答無用」が陸軍のあり方であり、「問答有用」とした綴方教師が検挙される時代であった。わたしの記憶する限り、わたしの身近で、戦争反対をとなえたり批判をしたりした教師はいなかったような気がする。

こうした時代の中にあって、未だに忘れられないのは数学教師中村トク先生のことである。中村トク先生は三十三、四であったろうか。わたしが三年生になった時の数学の先生だった。ギリシア型の、ちょっと冷たい感じのするほどに理知的な美人だった。ある日この先生が授業時間に生徒たちにいった。
「今日も、たくさんの兵隊さんが出征して行きました」
そして、瞬時言葉をとぎらせ、

「皆さん、人の命って、本当に大事なものですよ」
といったかと思うと、ハラハラと涙をこぼし、ハンケチをしばらく目に当てられた。
「失礼しました」
ハンケチをポケットにおさめた先生は目も鼻も赤くされていた。わたしはひどく心打たれた。この理知的な数学教師は、まちがっても感情に激して泣く人とは思われなかった。
この先生は、急病でその後一か月とたたぬうちになくなられた。が、
「人間の生命は大切なものですよ」
といった先生の言葉が、千鈞の重みをもってわたしに迫ったのは、残念ながらずっと後のことである。
中村先生の家は、わたしの家のすぐ向かいにあった。かしこそうな子供さんが三人と、妹さん、そして新聞社に勤めていたご主人計一氏がいられた。
この中村計一氏はプロレタリア詩人小熊秀雄や、今野大力の友人であった。恋愛によって結ばれたトク先生もまた、同じ思想の人だったのだろう。
「人の命って大切なものですよ」
と、ハラハラ涙をこぼされる以外、教壇からは何もいえない時代だったのだ。皇族に対する言葉の使い方が悪いといって、新井先生は危うく不敬罪にされるところであ

ったと述懐されていたが、そんな時代だったのだ。今にして、中村先生の涙にこもる万言の思いがよくわかる。だが、その頃のわたしは、先生の残された「命は大切だ」という言葉を、単純に胸にしまっていただけであった。

三年のたしか二学期だった。わたしは心ひそかに休学をねがうようになった。学校がいやになったのだ。わたしのクラスは二年までは、まとまりのいい平和なクラスだった。
 が、三年になって、善意が善意として通らない、奇妙な雰囲気が一部にあった。例えば、わたしの最も親しかった友人が、ふいに口を利かなくなった。はじめは、それほど気にもとめなかったが、十日たっても半月たっても、彼女はわたしに口を利かない。
 詮索することの嫌いなわたしも、ついにその理由を彼女に尋ねてみた。話しかけても返事をしてくれないので、手紙で尋ねた。
「私が頭にほうたいをしているのを見て、あなたはあれはどこも悪くはないのに、F先生の目を惹くためだと、いいふらしているというではありませんか」
という返事に、わたしは驚いた。わたしは彼女を敬愛していた。また、万一敬愛し

「先生の目をひくために、ほうたいをしている」

などという奇妙な発想は、とても持てない性格である。全くの中傷だった。一人でも、そんなばかげた中傷をする人間がいるということが、わたしには不快でならなかった。しかも、それに似たいやな事件が、ほかにも幾度かあった。

わたしは断然休学することに決意した。休学すれば、学業成績は落ちる。が、わたしはそれを承知の上で休むことにした。学業成績よりも、もっと大事なものがあるように、わたしには思われた。

休学の魅力の一つに、授業料を払わずにすむということもあった。わたしは、定められた日に授業料を払ったのは、一年生の四月ただ一回だけであった。あとは、父が事務室に届けていた。だから、授業料袋がわたしの手に戻ったことはない。並んでいた友人が、一度も授業料袋の返って来ないわたしに気づき、しばらくの間、わたしを特待生だと思いこんでいた。

特待生というのは、成績抜群の生徒に、授業料が免除される制度だが、わたしたちの学校には、その頃そのような制度はなかった。あったとしても、決して成績抜群とはいえないわたしは、該当しなかったことだろう。

わたしは、父がやりくりをして、授業料を届けていることを知っていたので、三か

月休めば、父も少しは楽になるだろうと思った。が、理由なく休学はできない。わたしはリューマチになることにした。小さい時からリューマチ気があったし、冬に向っていつも膝が痛むんだから、全くの仮病でもない。医師に、足が痛むので診断書を書いてほしいと頼むと、いとも簡単にさらさらと書いてくれた。神経痛やリューマチの診断はつけにくいと聞いていたが、全くその通りであった。

わたしは六畳間に布団を敷き、枕もとに本をうず高く積んで、毎日読書した。トルストイ、ゲーテ、スタンダール、ゾラ、チェホフ、何でも読んだ。また、冬の宿、綴方教室、生活の探求なども読んだ。だが、それらの本から、わたしは人生に対する考え方も変らかをつかみ得たわけではなかった。その証拠に、わたしは確実に何ず社会への目も開かれなかった。つまり、文学者の名前と、本の題名がわかっただけであった。

毎日わたしは、どくだみを土瓶で煎じて飲んだ。四角い囲炉裡の炭火に灰をかけ、火を弱めてことことと煎じると、何ともいえない侘しい匂いが漂って、わたしの気はめいった。

「これが人生だ」

わたしはそんなことを、どくだみを飲みながら思い、学校はやめてもいいと思ったりした。わたしの心の中に、自分の生活を、自分の手で破壊したいような思いがしの

びよっていた。大人や子供が、絶え間なく出たり入ったりする大家族の茶の間にすわって、わたしは生きていることに、一人前に倦怠を感じていたのだ。だからこそ破壊したい思いにもかられたのだろう。

わたしはまた、毎日銭湯に通った。リューマチには薬湯が効くと信じられていた。当時の銭湯には、必ず薬湯の浴槽が片隅にあった。

休学の間、牛乳配達の仕事は休んだ。弟たちが手伝ってくれたからだ。それでも忙しいと、時々牛乳瓶を何十本もぶら下げて届けに行った。

こんな日々をくり返して三か月近くたった十二月、母の妹が結婚することになった。わたしをかわいがってくれたこの叔母は頭もよく、明朗な性格であった。この叔母の送別会ということで、姉と叔母とわたしの三人がつれ立って、チロルという喫茶店に入って行った。

入った途端、わたしは棒立ちになった。チロルには、新井先生と矢島という理科の教師がいたのである。喫茶店への出入は、父兄同伴以外法度であることは、前にも書いた。叔母と姉が共にいたとはいえ、わたしは休学中の身なのだ。学校は休んでいるが、喫茶店には行っているということになるのではないか。

とにかく、わたしは二人の先生のそばに行って、おじぎをした。だが、二人とも全くそ知らぬ顔で、礼も返してくれない。わたしをかわいがってくれている新井先生は、

「もう足はいいの」
と、尋ねてくれるものと思った。が、先生は何もいわない。仕方なく、わたしは叔母たちと一緒に隣のボックスにすわった。

新井先生は、前にも述べたように、心のあたたかい先生である。もう一人の矢島先生もわたしは好きだった。矢島先生は、映画俳優 髙田浩吉を大柄にしたようなハンサムだが、歩き方が少々悪い。それで一ミリびっこという渾名があった。わたしはこの教師に、一、二年の頃理科を習った。矢島先生はまともに教卓に向かって授業をしたことがない。教壇の上を行ったり来たりしながら話をするのはまだいいほうで、窓に腰をかけたり、チョークをほうり上げながら話したり、ある時は皮の上靴をはいた両足をデンと教卓の上にあげたまま授業することもあった。

頭脳明晰な先生は、博学で、ピアノを弾いたり、短歌なども作っていた。が、字はまことに乱暴で板書も生徒のほうも、うしろ手で書いたりする天衣無縫なところがあった。だがこの字の汚い先生も、わたしの答案に、

「もっときれいに書けよ」

と、乱暴に殴り書きしてあったことがある。わたしのノートは、誰も読めないほど汚なく、ある教師は、

「あんたの答案は、読まずにマルをつけることにした。だから、まちがわないで解答しなさい」
と、いったこともある。
　それほど汚い字のわたしよりも、矢島先生は、もっと汚なく見えたが、実は闊達ないい字であったかも知れない。それはともかくこの先生に、
「もっときれいに書けよ」
と、わたしは注意をいただいたのだ。苦笑せずにはいられなかった。
「俺のおやじは、ただの一度も親孝行をせよといったことがない。偉いおやじだ」
　矢島先生はいつかわたしたちに、こんなことを洩らしたことがあった。当時は忠孝が、人間の第一の道とされていた。無論、今も親孝行は人情の自然であって、その人間が問われる大切な倫理であろう。
　下手をすると誤解されそうなことを、矢島先生はあえてわたしたちに語ったわけだが、わたしは先生の言葉の中に、先生の父親に対する敬愛と信頼を感じとった。この言葉のゆえに、わたしは先生を並々ならぬ教師として、尊敬するようになった。
　その矢島先生と新井先生が、二人ながらわたしを無視したのである。わたしは、その理由がわからなかった。後に休学を終えてから、わたしは矢島先生にその時のこと

を尋ねてみた。
「それはね、あんた。本来、生徒が喫茶店に行くのはタブーなんだ。しかも、あんたは休学中だろう。わたしたちがあんたに礼を返したり、言葉をかけたら、立場上、何とか文句をいわなければならないだろう。だから、わたしたちは、あんたを見なかったことにして、おじぎをされても、知らんふりをしていた。見ていないってことは君、文句のつけようのないことだからね」
これが口やかましい教師になら、何をいわれるかわからなかったであろう。新井先生と矢島先生は、何と味のある先生であったことか。今思い出しても、二人のほのぼのとした暖かさが、わたしに伝わってくるような気がする。
この矢島先生は、間もなく少尉として召集され、肺を病んで帰還し、惜しくも亡くなられた。
わたしは、二学期の期末考査だけは受けようと、学校に出て行った。受持の女教師は異議をとなえなかったが、学年主任の新井先生がいった。
「試験なんか受けるなよ。もし、今までの自信を失ったら、学校生活にいや気がさすだろうからな」
わたしは学期末の試験など、大したことはないとタカをくくっていた。もともと、わたしは勤勉な性格ではない。どうしてもよい点数をとりたいという根性もない。だ

から、期末考査をそれほど恐れることもなかった。が忠告に従って、期末考査を休むことにした。

ところが、その学期の通知箋を見て、わたしは驚いた。丙が三つもあったのだ。あとは乙ばかりで、甲は一つもない。わたしはいささかショックを受けて、新井先生のところへ行った。

通知箋を見て先生は絶句した。そしてやがて吐息とともにいった。

「休学した学期は空欄でいいんだ。本当は評価のしようがないんだから。ぼくなら空欄にする」

と、少なからず同情してくれた。

休学のためテストを受けなかった場合の成績は、前学期の八割として査定された。九十点は七十二点、七十点は五十点とする。当時六十点以下を丙とした。

「こんなことをされるのなら、テストを受けさせてやればよかった」

新井先生は、ひどく残念がった。その暖かい言葉に打たれて、

「丙があってもかまいません。これが、わたしの実力だとは、思っていませんから」

と、いかにも平静を粧った。しかし、点取り虫ではないつもりだったわたしも、この通知箋は焼き捨ててしまった。

そんなこともあったせいか、三学期から学校に戻ったわたしに、新井先生は何かと

心を配ってくれた。寒い日など、教室に入るなり、
「おい、堀田さんをストーブの傍にすわらせろよ」
と、ストーブに近い級友と席を替えてくれたりした。
 それにもかかわらず、わたしは学校が次第に嫌いになり、朝は銭湯に行ってから学校に行ったり、裁縫の時間は静養室にエスケープしたり、早引したりするようになった。さすがの新井先生も、このわたしの態度に呆れて、
「このクラスの出席簿は、あんた一人の早退や遅刻で、斜線だらけだ」
と、叱ったことがあっただろうか。
 叱られても仕方がなかった。わたしは、ほとんどの級友が挙手する時も、ぼんやりと窓の外を見ていることがあった。こんな素直でない状態の毎日は淋しくうつろなものだ。が、わたしはそのうら淋しい生活の中にいることを好んだ。こんな状態がどのくらいつづいた頃だろうか。
 ある日の昼休み、わたしが廊下を通って運動場に行こうとすると、生徒用玄関の柱にロシア人の少年が、大きな籠を片手に持って、おずおずと立っていた。十六、七歳だろうか。大きな青い目が、ひどく淋しそうで、わたしは足をとめた。
 白系ロシア人が、一時、旭川にも少なくなかった。野球選手になったスタルヒンなども、家の近くに住んでいた。

故国を追われたこの少年に、わたしはいいようもない同情を覚えた。売れるのか、売れないのか、少年は、玄関の柱によりかかって、生徒たちを待っていたのだ。わたしは彼のために、弁当を持たずに登校し、子供の頭ほどもある大きな平べったいアンパンを買って食べることにした。

少年は、わたしが近寄って行くと、ニコッと笑い、そのすき透るような白い手でパンを渡してくれた。わたしも少年も別に言葉は交さなかった。

が、わたしの心は慰められた。空虚な淋しさが次第に消えた。わたしは少しずつ快活を取りもどして行った。

パンを買うたび、どうしてこの少年の家族が国を追われたのか、まだ階級問題も知らないわたしには、ふしぎな思いがするばかりだった。

一度、少年と話し合いたいと、わたしは思った。が、いつしか、彼の姿を玄関に見かけることがなくなった。鼻のあたりに少しそばかすのある少年の顔が、今もわたしの目の底にある。

四

前にも述べたとおり、わたしはひどく無愛想で、無口な少女であったらしい。らしいというのは、周囲からはそういわれたが、当人としては、別段無愛想でも無口でも

ないつもりだったからである。それに、わたしの心の中はいつも夢見勝ちであったし、たいていの人には好意を持っているつもりであった。

休学していたわたしは、再び学校に通うようになって野沢長吉という数学の教師が新しく赴任してきているのを知った。前に書いた亡くなった中村トク先生の後任の教師であった。野沢先生は、既にピノキオというニックネームで、生徒たちに敬愛されていた。

どちらかというと、わたしは数学が得意だった。が、三か月も休学して、毎日小説ばかり読んでいたのだから、すっかり遅れてしまっていた。習わなかった因数分解など、全くわからない。だが、わからなくても、わたしは数学の時間が楽しみであった。

「わたしは叫びのある授業をしたい」

と、先生は時々いった。

先生は、小学校の教師だったが、中等学校教員の検定を受けて女学校の教師になっただけに、実力があった。当時、この試験を文検といい非常な難関であった。わたしたちは大学卒業の教師よりも、文検にパスしたこの先生の学力を上であるとして尊敬していた。教授法も、到底大学出の教師が及びもつかぬほど、巧みで懇切だった。そして、熱気をはらんだ授業であった。

わたしは時々、野沢先生に数学を習っているというより、生き方を習っているよう

な錯覚をおぼえた。数学を教えながら、先生は自分の生活を語った。古本屋に本を売り、おやきを買って食べながら勉強したとか、ドストエフスキーの文学について、青年らしい素直さで語ってくれたり、またある時は、当時評判だった火野葦平の「麦と兵隊」や「土と兵隊」などを読んでくれたりした。

この数学を教えることに巧みで、かつ人生を論じてくれる教師に、わたしは非常に心惹かれた。長い間休んでいて、わからないところの多いわたしを、特別に残って先生に教えてもらった。非常に親切でやさしい先生と、公然と二人っきりでいられるのはうれしいことであった。

わたしは、先生と二人の時間を持つために、わかっていることでさえ、わからないといいたいほどであった。今、この先生を思い出すと、先生の面影に、亡き恋人の前川正、そしてわたしの夫三浦の顔がだぶるのだ。それほど三人が、似た顔立ちであることも、わたしにはふしぎな気がする。

わたしのクラスに菅原きみという級友がいた。彼女はわたしより一つ年上だが、非常に大人っぽく、話術が巧みで、習字や音楽もすぐれていた。まだ十六、七の学生なのに落語がうまく、父兄の前で一席落語を演じたこともある。彼女はよくわたしをつかまえて、

「ブス、ブス」
といった。が、なぜか、わたしは腹が立たなかった。むしろ、遠慮なく率直にそういってくれる彼女に信頼感さえ抱いていた。彼女の、陰でいう言葉も、目の前でいう言葉も、恐らく同じであろうと安心できたのだ。現在、彼女は帯広(おびひろ)地方で農事改良普及員として活躍し、北海道新聞に大きく紹介されたこともある有能な人である。
　彼女にいわせると、わたしはいつも窓の外ばかり見ているか、頭のフケを机の上に落して、それをかき集めては、フーッと息を吹きかけて飛ばしていた不逞(ふてい)な少女であったらしい。その上、冬ともなると、ニッカーズボンという足首にゴムのついた紺色のズボンをはき、更にその上にスカートをはいて通学していた変った人だったと、彼女はいう。
　これは、当のわたしがすっかり忘れていたことだが、冬になるとひざが痛むので、スカートの下にズボンをはいていたことは確かである。わたしは、幸か不幸か、未だになりふりかまわぬ人間である。が、スカートの下にズボンをはいて通学しながら、何ら恥ずかしいと思ったことがなかったとは、吾(われ)ながらおどろきである。この、
「人がどう思おうとかまわない」
という、人目を気にしない性格は、今に至るまでついてまわって、わたしの大きな長所ともなり、短所ともなっている。

菅原きみさんは、ある日、遊郭に兵隊が遊びに行くのは悪いことだと思わないかと、わたしにいった。当時旭川には七師団があり、中島遊郭は七師団の要請によって出来たといわれている。

わたしの家の一町ほど裏に、牛朱別川が流れていた。その川をへだてた向うが中島遊郭であった。そこには二十何軒かの遊郭があって、わたしは牛乳配達で毎朝毎夕その街を歩いていた。

が、実のところ、遊郭は何をするところか少女のわたしにはわからなかった。毎朝、そのあたりだけは、何となく朝の遅い街だと感じてはいた。夕方牛乳を配達する頃は、遊郭の玄関先にちり一つなく、大きく引き伸ばした若い女たちの写真が、額に入れられて、広い玄関のつき当りの壁にずらりとならんでいるのを見、奇異に感じたこともあったが、それだけだった。

旭川には、佐野文子という立派なクリスチャンがいて、命を賭して廃娼運動をしていたことは、小学生の頃に聞いて知ってはいた。女史が廃娼演説の最中に、日本刀で斬りつけられ、バッタリ倒れたが、やがて立ち上って再び話をつづけたという話や、橋の下で牛太郎たちに取りかこまれて半殺しの目にあった話も聞いた。

だが、それも小学生のわたしには、一つの話として聞いただけで、命がけで、なぜそんな活動をしなければならなかったかということは、わからずにいたことであった。

菅原きみに、悪いことだと思わないかといわれて、わたしは、
「悪いことだと思う」
と答えたが、実のところ、彼女は、やはりまだ何もわからないとはいえなかった。彼女は、わたしをいつも子供扱いにするので、わたしも背のびをしていたのだろう。
「あんなところに行くと、病気はうつされるし、女の人もかわいそうだし……」
彼女が深刻な顔をしていうので、わたしも深刻にうなずいたが、どんな病気をうつされるのかも、皆目わからなかった。
　時々、遊郭の女が牛朱別川の川原で血を喀いて死んだだとか、橋の上まで逃げて来て、牛太郎に殴られたり、蹴られたりして引きずり戻されたという話も聞いたが、そのことと、遊郭の生活に結びついて理解するには至らなかった。無関心ということは、何と恐ろしいことだろう。つい、目と鼻の先の出来ごとであっても、関心を持たぬ限り、それは遠い世界の出来事である。この無関心はわたしの持つ大きな罪悪の一つのように思われる。わたしは生来、詮索（せんさく）を好まない。友人たちと、相当親しくなっても、相手が話をしてくれなければ、きょうだいは何人か、親はどこにつとめているかなどという簡単なことも尋ねはしない。まして、その家の事情を根掘り葉掘り尋ねたりはしない。これは、無論、一面長所とも言えるが、やはりどこか親身に欠けている。

石ころのうた

わたしが、遊郭に対して無関心であったことは、この性格が災いしていたためかもしれない。が、それだけではない。やはり何かが欠けているのだ。朝夕、遊郭の前を通りながら、わたしはなぜ女たちのあの大きな写真が玄関のホールにずらりと並んでいるのか、遊郭とは何をするところなのか、なぜ遊郭の女がいじめられたのかなどと疑問を持たなかったのだろう。

いや、つゆ程の疑問も持たなかったわけではない。何か感じてはいたのであろう。はずなのに、なぜ、それを人に問うことをしなかったのであろう。それは友人の菅原きみに尋ねることだって出来たはずなのだ。

性的に無知であったのだ。社会意識にめざめていなかったとだけかたづけられないものを、わたしは自分の中に感ずるのだ。

それはともかく、兵隊が橋を渡って、大門をくぐり遊郭に行くのだから、その道に立って兵隊たちに呼びかけようと菅原きみがいう。彼女とわたしは制服姿のまま、二人ならんで、

「遊郭に行くのはやめましょう」
「遊郭に行くのはやめましょう」

と呼びかけた。このことは、わたしの幼少時代を書いた「草のうた」にもちょっと触れたが、兵隊たちは、平然と、あるいはニヤニヤと二人の顔を見ただけで、唯の一

人も歩みを返した者はなかったこと、無論である。
二人はまた、夏休みを利用して、軍事献金を十円しようと思い立った。前述の寺田良子をふくめて三人、資金は八銭宛で二十四銭である。花屋に行って、その庭から花を買い、束にして一軒一軒売って歩いた。
兵隊たちが戦争で苦労している以上、自分たちも、自分で汗した金を国に献げるべきだという意識が、既にわたしたちには植えつけられていたのだ。しかし何と物事の本質を見極められない、幼稚な活動であったことだろう。

その頃、わたしたちの学校では、陸軍病院への傷病兵慰問熱が高まっていた。わたしも友人に誘われて四人ほどで出かけて行ったが、白衣を着た兵士たちのずらりと臥ている部屋に入った時には、さすがに緊張していた。異性との交遊を禁じられていたから無理もない。せっかく見舞に行っても、こちらから何と口をきいたらいいのか、誰一人わからない。だんまりを決めこんだ少女たちの口をひらかせるために、兵士たちは名前を尋ねたり、好きな教科を尋ねたりして、大童（おおわらわ）であった。十六、七の少女と何の屈托（くったく）といっても、彼らも二十をいくつも越さぬ若者である。共学を知らない時代の男女は、すれていた者はいない。共学を知らない時代の男女は、もなく話すことのできるほど、兵士たちの洗濯をしてやったり、共に記念写真を撮っお互いにはにかむことが多く、

たりすることで、最初の慰問を終ったような気がする。
わたしの訪ねた病室の兵士たちは、そのほとんどが胸膜炎であったり、結核患者であったのであろう。熱に目のうるんだような兵も何人かいた。
その中に、どこか他の人たちとちがった感じの、穏やかな落ちついた兵士がいた。慰問を終って帰ろうとするわたしに、その兵士はハガキの投函を頼んだ。ちらりと見ると英語で書いた文面だった。
それから二、三日して、何人かの兵士たちから礼状をもらった。誰もが故郷を離れて病んでいて、淋しかったのであろう。礼状をくれた一人は、わたしにハガキの投函を頼んだ泉安夫という兵士だった。

泉安夫の便りは、字も文も上手で軽薄さがなかった。単なる礼状なのだが、おざなりでなく心がこもっていた。山形県の酒田市出身であることを知り、わたしは再び彼を見舞おうと思った。わたしたちの学校の女教師の一人と同郷だったからである。
その女教師や級友たちと共に、わたしはまた同じ病室を訪れた。どの部屋も、女学生や若い女性の見舞客で賑わっていた。異性との交遊を厳禁されている女学生たちにも、傷病兵慰問だけは許されていた。いわば傷病兵だけが青春時代の異性へのあこがれを満たしてくれる存在だったのだ。
今の時代のように、男女共学で、健康な若い男女が手を組んで街を闊歩し、あるい

はドライブに、あるいはボーリングに、ダンスに、喫茶にという自由な交際をしている姿からみると、白衣姿の傷病兵を、その枕もとに見舞うだけで満足した青春は、あまりにもつつましく、侘びしすぎたかも知れない。

それはさておき、わたしたちは花や壁かけなどを、なけなしの小づかいをはたいて買い、その後もたびたび彼らを見舞った。そしてようやく、ぎこちない会話も自然になり、次第に泉安夫とも親しくなって行った。

彼の体は回復に向っていた。回復すれば郷里の山形に帰ることになっている。わたしはそのことが淋しいような気がした。控え目に、ぽつりぽつり酒田の話や本の話などをする彼に、わたしは少女らしいほのかな想いをよせていたのかも知れない。

いや、彼に想いをよせていたのは、他にも何人かいた。その級友たちは、ふっくらと色白で、唇も紅をさしたように美しい少女ばかりだったから、色の浅黒い、そして眉のうすく、唇もうすいわたしは、最初から引立役であった。

ある日曜日、その日はなぜか、わたしが一人で見舞に行った。病室に入って行くと、十人以上もいた同室の傷病兵たちが、

「あ、きたきた」

と、口々にいった。何のことかと思うまもなく、彼の隣ベッドの兵が、

「やあ、泉は待ってましたよ。今日など明け方の四時頃から、もう目をさまして待っ

ていたんです」
とわたしに告げた。彼はあかくなった。わたしは驚いた。が、からかわれているようでもない。彼は、
「庭に出ませんか」
と、はにかんだ表情で、わたしを誘った。みどりのさわやかな庭に出て、わたしたちはベンチに並んで六月頃であったろうか。
「あなたには、どこか誠実を感じさせるものがあるんです」
彼はそんなことをいった。が、十六歳のわたしは、何と答えてよいかわからなかった。
「もし結婚するとしたら、どんな男性が理想ですか」
彼は口ごもりながら尋ねた。わたしは持前の単純さで、日頃考えていることをいった。
「わたしは少なくとも十歳ぐらい年上の男性でなければ、結婚したいとは思いません。経済的にも確立していないし、人格的にも頼りがなくて……」
「どうしても十歳ぐらいちがわなければいけませんか。年齢の差の問題より、その人間の問題じゃありませんか」

控え目だが、彼はゆずらなかった。彼は五つ上の二十一歳であった。やがて、彼がその郷里の山形に帰還することになり、早朝、彼の同郷である女教師とわたしの姉と三人で駅まで見送りに行った。

すると、彼はひどく緊張した顔でわたしをものかげに呼び、

「迎えにくるまで、待っていてください。八年後に必ず迎えにきます。あなたは待っていてくれますか」

といった。その真剣なまなざしに、わたしは思わずうなずいた。八年後と彼がいったのは、先にいった十歳年上云々のわたしの言葉が意識されていたのかも知れない。たのは、先にいった十歳年上云々のわたしの言葉が意識されていたのかも知れない。これが生まれてはじめて、結婚を申しこまれた経験であった。

汽車が出る時、

「握手なさいよ」

と女教師がいってくれたが、わたしは首を横にふって、手を出さなかった。若草色のレインコートに両手をつっこんだまま、ただじっと、彼の顔をみつめていた。

こうして、指一本触れ合うこともないままに、わたしは彼と別れた。その時渡された彼の歌は、歌としてはどうにもならぬ拙い歌ではあろうが、人から贈られた最初の短歌であり、拙いなりに彼の真情はこめられていると思うので、記しておこう。

若き波激しく鳴れど艪をとりて彼岸までぞへと泣きの船の出

この拙い歌を、当時のわたしはさして拙いとも思わず、幾度読み返したことだろう。彼が帰郷してすぐ、彼の兄から二人の将来を祝福する手紙が届き、その親から芭蕉せんべいや、のし梅に似た菓子を送ってくれた。彼の気持は真実で、すぐに親やきょうだいにも、わたしのことを告げたのだろう。

が、彼は病いが重くなって、二年と経たぬうちに死んだ。わたしの知る限りでは、彼と同室の兵士たちは、そのほとんどがみな死んでいる。あの若い青年たちは、恋らしい恋をすることもなく、戦争のために死んで行ったのだ。そう思う故に、わたしは彼の歌を、たとえ拙くとも残しておいてやりたいと思わずにはいられない。

この泉安夫の話と前後するが、わたしが女学校四年になった四月、何人かの新任の教師が入ってきた。その中に紺のスーツを着たおしろい気のない色白の女教師がいた。

それまでわたしは、どちらかといえば、女教師より男の教師にかわいがられたというより、女教師にかわいがられたことはないような気がする。女教師の受持の教科は、大体わたしの不得手な家事裁縫、作法などであったから、いたし方もない。裁縫が嫌いで、裁縫の時間には静養室で臥ていたし、家事の時間もあまり熱心になれなか

ったから、かわいがられるわけはない。
 それはともかく、その飾り気のない女教師を一目見て、わたしは女くささのない、さわやかな感じの先生だと思った。根本芳子といい、わたしたち四年生には物理を教えることになっていたのだ。女高師出のその教師は、小学校入学以来はじめて、意識的に教師に近づくことを、この根本先生に試みた。わたしは、
 先ず第一回の根本先生の授業を受けるために、わたしは復習をみっちりとした。実の話、予習復習は勿論、試験勉強さえろくにしたことのないわたしだったから、これはまことに異例であった。が、いかなる質問にも答え得るようにとわたしは決意したのだ。
 わたしは第一日目、職員室に行き、
「準備する教材がありましたら、用意をしておきます」
と根本先生に伺ったのだ。当番でも、このように積極的に授業に参加する者はいなかったのだ。
 こうして、最初の根本先生の授業を受けたのだが、わたしは全身を耳にして、その言葉に聞き入った。そして、
「質問はありませんか」
といわれた時に、真っ先に手を上げて、二つ三つ質問した。

わたしは、多分自分の顔と名前を、先生は印象に残してくださったにちがいないと思った。わたしは、どちらかというと、万事に無雑作で無技巧な性格である。このように、計画的に人に近づこうとしたことは、それまで一度もなかった。いや、後にも先にも、この時だけである。

それほど根本先生に対する印象がよかったのであろう。だが、こんなふうに人に近づく自分に、わたしは自己嫌悪も感じた。自己嫌悪を感じながらも、わたしはその自分に抗うように、改めることをしなかった。

わたしは物理の勉強だけはよくしたし、理科準備室の掃除は、根本先生がいようといまいと、陰日向なく毎日した。自分の敬愛する教師の教材を、わたしもまた清潔に大切に扱いたかったからである。この頃のわたしの印象を、根本先生は次のように千葉日報に書いている。

「授業を進めてゆくうちに私の視線はふと、向って左側の後方に注がれた。生徒の一人に、非常に姿勢よく、決してノートすることなく、私の一語一句に全身を耳にして聞き入り、質問には右手を真直にのばしてあげる少女の、その幾分不敵な感じさえ与える個性の強さに、私は惹かれた」

惹かれたとは書いてあるが、しかし、根本先生は、感情の起伏を見せぬ理知的な教師で、どの生徒に対しても実に公平だった。また先生はおしゃれではなかった。靴下

がゆるんでいたりすることは始終だったが、その知的な清潔感はふしぎに害なわれなかった。色白だが、他の女教師より顔立が整っているわけではない。だが、にこっと笑う時の表情には、何ともいえない暖かい人間性があった。

ある時、わたしは友人と共に先生の下宿を訪ねた。どんな部屋に先生が住んでいるかを見たかったのだ。そして、この時はじめて、わたしは先生と個人的に語り合い、先生が意外に文学に明るいことを知り、一層尊敬の思いが高まった。

今考えるとふしぎだが、わたしは新井先生や野沢先生に少なからず心惹かれたり、泉安夫に思いをよせる一方、女教師の根本先生に対しても強い憧れを抱いていたわけである。少女時代というものは、このようにして、あちらの美しさに惹かれ、こちらの秀れたものに憧憬しながら、次第に一つの人格が形成されていくのだろう。

「塩狩峠」というわたしの小説の中に、小学生の主人公に慕われる女教師の名を借りたわたしはその女教師を根本芳子という名にしたが、無論これは根本先生のものである。結婚して金田姓になられたが、二年前ご主人を失って、今年「文字盤のない時計」という詩集を出された。

行く手の黒ずんだ杉の梢に
ほの青く光るものは何かしら

みつめているあいだに
一緒に歩いていたあなたは
消えてしまった
四つの足跡は寄り添いながら
雪の上に続いてきて
突然あなたの足跡は此処で切れ
あなたは何処にもいない

知的な、香り豊かな先生の詩集を繰りながら、ご主人を悼んだ「挽歌」と題するところまで読んできて、わたしはなぜか、
「大きな岩を力一杯押した時、押しただけの力が岩からも働いている」
と、物理の時間に、先生が教えてくれた言葉を思い出した。そして涙が溢れてならなかった。

　女学校四年を卒業する年の一月、わたしは、根本先生の紹介で、補習科の山田克子という生徒を知った。補習科というのは、四年を卒業し、小学校教師を志望する者が、検定試験を受けるために、一年学ぶためのクラスだった。

だから、四年生のわたしから見ると、補習科生は、一級上の人々であるが、この山田克子さんは、この時既に三十二歳であった。彼女は、女高師、音楽学校、薬専など三つの学校に学び、そのいずれかを卒業していた筈である。

しかし、小学校教員を一生の仕事と決め、正教員の免許取得のため、改めて補習科に入ったという篤学の模範生であった。わたしはこの山田克子さんの世話で、空知郡歌志内神威小学校に四月から奉職することに決まったのである。

幸い、その年から補習科に入らなくとも、検定試験の受験資格が認められることになったのだが、補習科で一年間学ぶ教育学、心理学、各科教授法などの三冊の教科書を、わたしは試験までのわずか一か月間に勉強しなければならなかった。これは全く無謀といわなければならない。

その無謀を敢えてさせたのは、持前の単純さであり、盲蛇に怖じずの性格であったが、何といってもそこに押し出してくださった金田芳子先生のおかげである。わたしは補習科を出た人から、教科書を譲り受け、毎日読んだ。暗記能力はからきしないのだから、読んで理解するより仕方がない。学校から帰ると、何をさておいても読んだ。弟たちの、ドッタンバッタン騒ぎまわっている中で読みつづけた。

記憶力のいい母が、わたしの勉強した姿を見たことがないといったことは、前にも述べた。この一か月間の猛勉強が、母の記憶にないのはふしぎだと思ったが、今、こ

れを書いていてようやくわかったような気がする。
わたしの勉強法は、小説でも読むように、タンスによりかかりながら教科書を読んでいくだけだったのだ。机に向ってノートをとることを、わたしはほとんどしなかったのだ。三、四年頃から、授業時間もノートをとらずに、教師の話をきいているだけだった。歴史の教師に、
「ノートをとらないのは、全校に君ばかりだ。なぜノートをとらないか」
と詰問されたことがあり、肩が凝るからと答えた記憶がある。
こうして、読むだけに終始して、一か月はあっという間に過ぎ、いよいよ受験の当日になった。わたしは三つのことを自分にいって聞かせた。
一、決して合格しようとは思わないこと。
二、検定試験は、一題につき六十点以上を取ればいいのだから、完璧な答えを書こうとして、一題のために時間を失わぬこと。
三、教育、教授法、心理学など計算を要しない問題については、書くことは充分に自分にあるが時間不足で書ききれなかったように、書けるだけ書いて、なお尻きれトンボに終ること。
以上の三つである。
泥縄式の勉強なのだから、到底合格するはずはない。

「要領を本分とすべし」のこの受験法は、あまり気持のいいことではないが、切羽詰まって考え出した。

問題集を読んだわけでもなく、無論山をかけることも全くなかったが、幸いにわたしの理解している問題ばかりが出たこともあって、教育の七課目の理科をパスした。他に、化学、物理、鉱物、動物、植物、生理などの七課目の理科の試験もあった。これらは自信があったつもりだが、化学で失敗した。がこれは六月にパスした。資格試験は年に二、三度あったようである。
自信のないものより、自信のあるものに失敗するというのが、人生にもたびたびあるものである。

わたしの家族は、わたしが検定試験を受けることにも、小学校教員として炭鉱に赴任することにも、ほとんど無関心であった。十人ものきょうだいがいると、こんなふうになるのであろうか。

わたしは小さい時から、一々親に相談するという習慣がなかった。親たちも十人の子供の一人一人の話を一々聞いている暇などあるわけがない。母はいつも洗濯や炊事などに追われており、学校から持ち帰ったテストの成績すら、落ちついて目を通すということはなかった。

母は、わたしが小学校に入学の日、学校に同行してくれただけで、あとは参観日に

きたこともなければ、学芸会の劇に出るわたしを見に来てくれたこともない。卒業式にさえ来る暇はなかったのだ。

そんなわけで、小さい時から、父母に相談するという習慣がつかずに育った。女学校を選ぶのも、小学校教師の道をえらぶのも、親にはほとんど相談しなかったわけである。親たちも、悪いことをすれば注意するだけで、たいていのことは放任していた。

わたしは、こうして、十七歳にならぬうちに、当時汽車で三時間ほど行ったところにある炭鉱街に行くことに決まったのだが、家を離れることを、わたしはいささかも淋しいとは思わなかった。

ところで、人間というものは、一人一人、悪くもなれば、よくもなる可能性を持っている存在である。そうした存在の人間が、十人も一つ屋根の下にいるのだから、当然わが家にも問題があった。

わたしの家は、その当時必ずしも明るくはなく、父母の心を悩ます問題もあった。少女のわたしは、わが家の平和が回復されるためなら、自分は遺書を書いて死んでもいいとさえ思ったこともあった。今になって考えると、それほど思いつめるほどのことでもなかったのだが、少女のわたしにとって、わが家は住みよい場所ではなかった。

だから、家を離れることは淋しいというより嬉しかったのである。

当時、炭鉱といえば、気の荒い特殊な人々のいるところに思われ、殺人なども多発

する地帯だと思われていた。が、わたしは小学校の生徒を教えに行くのである。子供は、街の子供も、炭鉱の子供も変るまいと思っていた。

ここでわたしは、卒業と同時に小学校四年から七年間つづけていた牛乳配達をやめることになった。

卒業式の日、わたしはひどく乾いた思いになっていた。母校を離れる淋しさも、敬愛する教師たちや級友たちに別れる悲しさもなかった。今考えても、あの時のわたしのからだに乾いた感情の原因がわからない。それは突如として、エアポケットに落ちこんだ状態にも似ていた。

（卒業とは何か）

（別れとは何か）

そんなことを自問しながら、わたしはさめた目で、泣いている友人たちを眺めていた。

「楽しかった修学旅行の思い出が……」

卒業式代表の答辞を、わたしは苦笑してきいた。修学旅行は、四年間のうちに二度しか行っていない。すぐ旭川の近くの層雲峡と士別で、修学旅行というより遠足程度だった。

そんなことを思いながら、わたしは卒業式の雰囲気に巻きこまれまいとしている強

情な自分の姿勢にも、冷めたい目を向けていた。

五

　昭和十四年の三月も末近いある日。旭川と札幌の中ほどにある砂川駅で、わたしたち一行は歌志内線に乗りかえた。一行というのは、わたしと同じく神威小学校に勤めることになった一期上の山田克子、佐々木まさ、宮原冴子、松岡英子、そしてわたしの父と、わたしの六人のことである。
　わたしは、車窓に見えてきた、自分の赴任する炭鉱の街に目を注いだ。山間にできたこの街は、一本の幹線道路が真中に走り、その道路から左右の山腹に、幾本もの枝道が這い上っていた。
　山腹には、俗にハーモニカ長屋といわれる一棟五戸程の長屋が、整然と段状に並んでいた。それは、わたしの想像していたよりも、ずっと豊かな活気のある街に見えた。汽車はのろのろと、この細長い街に沿って走っていた。いや、走っているというより、這っているようであった。汽車から飛び降りて、その辺の子供たちとジャンケン遊びをし、また飛び乗ることができるのではないかと思うほど、のろかった。
　融雪季で、街にはまだ、うすぎたなく汚れた雪が残っていた。また、その街を流れている川は、汁粉のようにどろりと黒かった。洗炭をした水で、川が汚れているのだ。

だが、街を蛇行する五メートル幅程の川には、ところどころ小さい木の橋がかかっていて、その欄干にもたれて汽車を見ている子供たちの姿などには、なかなか詩情があった。

一行の誰もが、これから住む街を珍しそうに眺めていた。わたしは父と向い合いにすわりながら、やがて市街の中程に見えて来た木造の大きな校舎に目を向けていた。その校舎も山の中腹にあった。生徒が増えるに従って継ぎ足したのであろう。新しい校舎が、古い校舎のうしろに、伸びていた。支那事変と共に、炭鉱が急速に膨張をはじめた時代であった。

わたしはその校舎を眺めながら、女学校時代の恩師谷地新六先生の言葉を思っていた。谷地先生には、三年間英語を習い、心理学を一年習っていた。非常にまじめで、全生徒に尊敬されていた教師だった。その先生が、

「堀田は失敗も多いが、成功も多いだろう」

と、卒業するわたしにいってくださったのだ。

この言葉は、欠点の多いわたしにとって、まことに大きな餞（はなむけ）の言葉であった。確かにお前は数多く失敗するかも知れない。しかし、成功もするだろう。先生はそういってくださったわけである。わたしは自分の勤める小学校を眺めながら、失敗を恐れるまいという、張りつめた喜びに満たされていた。

若い時に受ける教師や先輩の一言は、実に大きく響くものである。のちに、
「世界一の打撃王は、世界一のエラー王でもある」
という言葉を聞いたこともあるが、若い時に、失敗を恐れるまいという、積極的な生き方を与えられたことは、確にありがたいことであった。

小さな駅に着くと、何人かの女教師たちが出迎えていてくれた。今記憶しているのは、埴原、工藤、西田、音田、武田という女教師たちだが、誰もが親切な笑顔で、すぐにわたしたちの持っていた荷物を持ってくれた。そして、泥んこの雪どけ道を歩きなずみながらも、絶えやさしい言葉や、ねぎらいの言葉をかけてくれた。

今汽車から眺めてきた街を、一キロ半も戻って、住友歌志内鉱の社宅に、わたしたちはようやくたどりついた。この社宅は、学校が借り受けた建物で、長屋ではなく一戸建の住友職員住宅だった。三十五、六歳の篠岡むめというはなはだ彫りの深い顔立ちの先生が、ストーブを焚いて待っていてくださり、そこには既に布団や机も届いていた。先輩の女教師たちは、早速荒縄や細引のかかった荷物をほどいてくれた。

と、その時、ふいに低くむせんで泣いた人がいた。先輩の西田という若い女教師で、女優の原節子に実によく似た、美しい人であった。西田先生は、
「ごめんなさい」
と涙を拭き、

「馴れるって、恐ろしいことですね」
と、しみじみといった。その言葉が、わたしの心に強い力を持って迫った。多分、女学校を出たばかりのわたしたちの様子を眺めながら、西田先生は赴任当時の自分自身を思い出したのだろう。そして、いつしか二年三年と経つうちに、教員生活に馴れてしまった自分を見出して、思わず涙をこぼしたのだろう。

わたしは、この、
「馴れるって、恐ろしいことですね」
と、いった言葉の中に、西田先生の謙遜で真実な生き方を感ずると共に、新任のわたしたちに対する好意をも感じとった。

この先生は、札幌の専攻科を出た優秀な女教師だったが、残念ながら、早くに札幌に転任して行った。わたしは、この先生のいった、馴れることは恐ろしいという言葉と涙は、すばらしい歓迎の言葉だったと、いまだに思っている。それは、
「初心忘るべからず」
の思いを、深くわたしに植えつけてくれたからである。

父は先輩の教師たちに、わたしのことをよろしくと頼み、校長にも挨拶をして、その日のうちに旭川に帰って行った。

埴原先生は、まろやかな人格の持主だった。また、音田先生は親切で肌理細かく教えてくれるよい先輩であり、武田先生は、必要なことを少しも惜しまず、明晰に教えてくれる先輩だった。そして、最年長の篠岡先生には終始かわいがってもらった。

ただ一つ残念だったことは、工藤先生という、小説の挿絵になりそうな美しい女教師は、わたしたちを迎えてくれた年、学校で喀血し、郷里に帰り、ついに逝くなられたことである。わたしはこの先生のやさしさと、優雅な美しさを今も忘れ得ない。とにかく、わたしたちを待っていた先輩の女教師たちは、実に揃っていい人たちであった。

が、四月から始まった学校は、必ずしも平穏な学校ではなかった。まずめっぽう出勤時間が早かった。校舎の内外を清掃するため、教師たちは朝五時ともなれば、出勤しなければならない。しかし、十六歳十一か月の、つまり、今の高校二年になったばかりの生徒と同じ年頃のわたしには、そのことが別段辛くはなかった。

なるほど人を教える身ともなれば、朝早くから学校に行って、校庭を掃いたり清めたりして自己鍛錬につとめねばならぬのかと、わたしは、その現実を特に奇異にも苦痛にも思わなかった。当時、教師の職は聖職とされていた。そうした聖職意識がわたしに、この早朝の作業を怪しませなかったのであろう。

五時に出て六時半から七時まで、各自が職員室で修養の書を黙読する。つづいて職

員朝礼がある。教職員に賜わった勅語を一斉に唱和させられ、教育歌をうたい、当番の教師が感話を述べる。それを校長が評する。

それからようやく生徒たちの朝礼だった。生徒たちは職員室をのぞいてはならないことになっていた。だから、教室から整列して屋内運動場に集合する生徒たちは、職員室の前を一斉に頭を下げて通るのだ。頭を上げると、素ガラスの職員室はまる見えなのだ。くもりガラスにすれば、生徒に職員室を覗かせまいとするところに、すでに教育の歪みがあったのである。今にして思えば、生徒たちは頭をシャンと上げて歩けたであろう。

一学年六学級で高等科二年まで、二千人近い生徒が朝礼する。高等二年の男生徒の一人が全校生徒の前に立ち、まず、
「皇居に対し奉り、遙拝いたしましょう」
という。生徒は一斉に斜め後を向く。
「最敬礼！」
の号令で、うやうやしく最敬礼をし、
「直れ！」
の号令で頭を上げる。
そのあと校長に、

「お早うございます」
と挨拶をするのだが、生徒たちは指の先までまっすぐに伸ばし、目をぴたりと前の生徒の頭に据え、緊張しきった姿勢をとった。

訓示が終り、朝礼が終ると、粛然と教室に入るのだが、この毎朝の朝礼で、各学級の訓練の程がわかるのだ。訓練の悪い先生の生徒は目がきょろつき、頭が動く。歩き方も乱れる。だから、どの教師も厳しかった。女教師も容赦なく生徒に体罰を加えた。

それは、全くの軍国調であったが、わたしはその生徒や教師たちの真剣さに打たれて、学ぶとはこのように折目正しく、真剣でなければならないものかと、感じ入ってしまった。わたし自身、女学校時代早退遅刻の連続で、いい加減に生きていたからおのこと、このきびしさに感動をさえ憶えたのかも知れない。わたしは、自分が日本の歴史のいかなる時代の流れの中に生きているかを知らない、十六歳の少女に過ぎなかった。この学校の在り方が、軍国主義の最先端を行っていることに、わたしは気づかなかった。

毎朝の職員朝礼で、廻り番に感話を述べさせることが、教師たちの思想の動向を知る上に、そして統制する上に、必要欠くべからざるものであったなどということも知らなかった。

根が単純で、不平不満を持たずに生きている性格というのは、本来尊重されていい

かも知れないが、わたしの場合やはり無知であり、愚かとしかいえないものであったと思う。が、わたしほどに愚かな人間ではなくても、国が戦っている以上、勝たねばならぬという思想は、多くの人にしみ渡っている時代であった。
無知と言えば、この四十名近い教師たちが、実は二派に分れていたことも、わたしは知らなかった。教師たちの大半はひそかに校長排斥の運動を起していたのであるしかしこの教師たちにしても、朝の出勤時間の早いことに、生理的苦痛を感じていたに過ぎず、軍国主義そのものには、さして反対していなかったように思われる。当時のわたしにとっては、とにかくそれらのことはさして問題ではなかった。ただひたすら、受持たされた生徒を、いかに教えていくかが問題であった。
わたしの受持は、最初三年の女子組であった。が、三週間程して一部に受持の異動があり、わたしは三年の男子の組を持たされた。腕白盛りの七十名近い男の子たちは、実に生きがよかった。彼らは、わたしが何か彼らの喜ぶことを一言いうと、
「ウオーター！」
「ウオーター！」
と両手を開いて、一斉に喚声を上げた。例えば、
「今日は宿題はありません」
というと、
「ウオーター！」

と叫び、
「明日は遠足です」
「ウォーター」
なのだ。生まれてはじめて教壇に立つ少女のわたしに、生徒たちはよくなつき、遊び時間には鬼ごっこをしたり、角力をしたりして遊んだ。
わたしは、その年一月になって教師になる決心をし、検定試験を受けて、四月に教師になったわけだから、いわばインスタント教師である。一番困ったのは髪であった。髪は短い断髪だった。教師になるからといって、急に髪は伸びてくれない。
当時の女教師は、みな髪をひっつめ、うしろでまるめてピンをさしていた。わたしはやむなく、かもじ屋でつけまげを買い、断髪を無理矢理うしろにまとめて、つけまげをつけた。
ある日、遊び時間に、子供たちと夢中になって遊び、教室に帰ると、戸がガラリとあいて、高等二年の男子が入ってきた。その眉の秀でた美少年がわたしを見てニヤリと笑い、
「先生、落しものです」
と、うやうやしく差し出したものは、つけまげだった。
「あっ」

と手を頭のうしろにやっても既に遅い。いつの間にか、高等科の男子たちは、わたしを「ダンパ先生」と呼ぶようになった。

高等科二年というと、わたしより三つ年下に過ぎない。体はもう一人前にたくましく、男の教師よりも背の高い生徒もいた。男生徒のいない女学校に学んだわたしたちには、この高等科の男子が苦手だった。つけまげを届けてくれた美少年もその一人だが、彼らが三、四人歩いてくると、何か威圧されそうな思いだった。つまり、骨のずいまでわたしは新米の教師だったのである。

この新米のわたしに、受持の三年生の男生徒たちは甘えて、母親の胸にさわるように胸に手を触れたり、わたしのスーツの白い飴のように丸いボタンを、口に含んでしゃぶったりした。

遊び時間には、わたしの手に触れたくて、みんなが手のうばい合いをし、十本の指一本一本を一人ずつ分けて、握ろうとしたりした。

このような生活は、女学校時代にはなかったものだった。わたしはたちまち生徒との生活に夢中になった。大声で叱ったり、どなったり、時には頬を殴ったり、立たせたりしながらも、生徒がかわいくてならなかった。

それは、一緒に赴任した誰もが同じ思いであったろう。一日の授業を終えて宿舎に

帰ると、わたしたちは互いに、
「あたし、あなたの教室にチョークを借りにやるから、まあその子を見てよ。勉強はそれほどできないけれど、それはかわいいんだから」
などといって、自分の受持の生徒の自慢話に夢中になっていた。日本の国がどのような方向に歩みつつあるか、また自分の勤務する学校が、どのような教育方針を持っているかを、深く心にとめることもなく、毎日をただ、このように生徒に夢中になって暮す稚ない教師は、一体彼らの何の役に立ったことだろう。
「濫りに人の師となるなかれ」
という言葉がある。僅か十六や十七の少女に、生徒を教える力も資格もあるわけがなかった。が、戦争によって、男の教師が少なくなることを、政府は見越していたのだろう。わたしと似たりよったりの女教師が、その年、この片田舎の神威小学校に十人も一度に勤めたのである。

三月末に赴任して一か月とたたぬ頃だった。わたしは非常にふしぎな経験をした。世には、科学では解明できないふしぎなことのあることを、体験したのだ。
その夜は、何かひどくもの淋しい夜であった。わたしは、一週間程あとから入って来た大野という女教師と、先に述べた山田、佐々木、松岡、宮原の計六人の自炊生活

をしていた。
六人もの若い女が一つ部屋に集まっていて、何も淋しく思うことはないはずなのに、へんに誰もがおし黙ってしまいたくなるような夜であった。みんなストーブをかこんでいた。
障子一枚へだてた台所では、出しっ放しの水道が勢いよく流しに音を立てて流れていた。当時水道に各戸の元栓はなかった。それで、水道の凍結を防ぐために、水は出しっ放しにしていたのだ。ストーブもたいていたとはいえ、既に四月である。水道の凍る心配はなかったと思うが、とにかく出しっ放しにしていた。
と、突然、ドンと大きな音がトイレのほうでした。みんなは思わず顔を見合わせた。
「何かしら？」
誰かがいったが、誰も見に立つものはなかった。ところが、つづいて、水道の水がまるで誰かが蛇口をひねってとめたかのように、パッととまった。仮に浄水所で元栓をしめたにしても、出しっ放しの水がこんなにパッと切れるわけはない。だらだらと流れて、次第に止まってしまうはずなのだ。何か、ゾオーッと背筋の寒くなる思いで、わたしたちは肩をよせ合った。その時、
「電報！」
と玄関に声がした。わたしはハッと息をのんだ。最年長の山田克子先生が出て行っ

た。佐々木まささん宛の電報で、
「トウサンシンダ」
という電文であった。
その電報が読まれた途端に、水道の水がザーッと音を立てて再び勢いよく流れた。その時の、うしろをふり向くこともできなかった恐ろしさを、わたしは今も忘れることができない。

どうして、あの水道の水はサッと止まり、ザーッと流れたのだろう。なぜ、タラタラポトポトと止まり、またタラタラと流れなかったのだろう。この時居合わせた六人の誰もが、きっとこの夜の無気味さを忘れることができないにちがいない。

これは、わたしにとって非常に大切な経験であった。人間には説明のできないふしぎなことが、この世にはあるという事実を、身をもって体験したのだ。

のちに、わたしの次兄が仙台で死んだ時、ちょうどその時刻に、棚から花瓶が落ちてきたことがあった。誰も動いていたわけでもなく、もちろん地震があったわけでもない。また、わたしたち夫婦の親しい信仰の友で、横浜で長年療養していた方が逝くなられた時、旭川のわたしの部屋にあったガラスの置物が、突然大きな音を立ててみじんに割れたことがあった。そのいずれもが、わたしには説明のつけようのないことなのだ。

若い時に、このような、人間の理屈では説明のつかない現象にぶつかるというのは、受けとめ方によっては、たしかにいいことではないかとわたしは思う。わたしの人間形成にかなり大きなかかわりがあるので、この水道のことは、とにかく書きとめておきたくて、ここに書いた。また自分の小説にもとり入れた。

わたしたちは、まもなくこの住友社宅から、駅前の二階建の家に移った。ここは星野呉服店の持家で階下が八畳二間と六畳に台所で、二階は八畳と六畳の二間があった。わたしたち六人は、下の六畳と八畳二間の六畳の二間を使い、階下の八畳二間には柏葉美津という青年学校の家事裁縫の教師一家が住んでいた。そのご主人は元校長で生命保険会社の社員だった。娘三人、息子二人の七人家族で、他に東京や満州に就職したり勉学している息子が三人いる子だくさんであった。

この家にわたしより一つ年上の娘美枝子さんがいて、家事を一切とりしきっていた。いつも美しい声で流行歌をうたいながら、くるくるとよく働いていた。わたしたち六人は当番をきめて自炊していたが、美枝子さんはわたしの当番の日だけは、ご飯を炊いておいてくれたり、おかずをつくってくれたりした。

「堀田先生には、炊事をさせるのがかわいそうで」
と、親切にしてくれた。そう言われるような不器用さが、わたしにはあった。

駅前にあるこの家は、魚屋、食糧品屋、米屋、菓子屋、薬屋が、すぐ向いや隣にあ

って、自炊生活にははなはだ便利であった。二階の二間は三方が廊下で囲まれて、ちょっと宿屋か料理屋のような、風情のあるてすりがついていた。そのてすりによって窓から見ると、向いに四百メートルほどの神威岳が見え、裏の廊下に立つと、すぐ近くに川が流れ、川の向うに高い崖が見あげられた。その上は北海道炭鉱汽船神威鉱の社宅になっていた。

わたしの月給は三十五円だった。そのうち十五円を旭川の父母に送り、残りで生活した。部屋代は十円だが、六人で払うので、十三円から十五円ぐらいが住居費と食費になった。だから、わたしの小遣いは五、六円だったが、金が足りないと思ったことはなかった。

給料をもらうや否や、すぐに小使さんに為替を組んでもらった。小使さんは、わたしを孝行だと思っていたようだが、わが家では給料を家計の足しにすることは、ごく当然のことであった。一家の一員である以上、家計に参与するのが、当然ではないだろうか。それは子供の親に対する人情の自然でもあると、わたしは思っている。

この駅前の二階に住むようになって、わたしたちの共同生活もやや安定してきた。無論六人もいると、性格はさまざまだった。日曜日にみんなが掃除をはじめても、

「だって、今、手紙を書いているんだもの」

といって、一心に手紙を書きつづける人もいた。また、炊事当番に当っていても、

その辺を拭いたり磨いたりして、食事の仕度は後廻しにし、お腹をすかして帰ってきたわたしたちを、悠々と何時間も待たすという人もいた。が、さしたる喧嘩もせずに、何とか仲よく暮したのは、一つ職場に働いて、同じ苦労や喜びを持っていたからであろう。

 職務にも次第に馴れたわたしたちは、やがて自分たち同宿の者が、いつの間にか校長派と目されていることに気がついた。何人かの教師たちが話し合っているところに入って行き、急に口を閉じられることが多くなったのだ。
「危い、危い」
と、聞えよがしに先輩たちからいわれた仲間もいた。だが、わたしたちは校長派でもなければ、反校長派でもなかった。まもなく校長派と見られる原因がわかった。わたしたちと一緒にいる山田克子先生が、以前から校長の信頼を得ていたからだった。
 山田先生は、女高師や薬専に学びながら、この小学校につとめ、更に一年休んで、わたしたちの女学校に学び小学校教師の免許をとったほどの人である。頭がよく誠実で、かつ多才だから、どんな校長にでも信頼される人なのだ。その山田先生と共に旭川から来、共に生活しているということだけで、わたしたちを校長派と白眼視した人々のことを思うと、わたしは今でもおかしくなる。

世には往々にして、このような錯覚をしたりすることがあるのではないか。また、このようにして、あらぬ疑いをかけられるということもあるのではないか。そして、事と場合によっては、わたしたちの生活は思いもよらぬ方向と結果を招来する。戦時中、思想犯として捕え権力による不当な疑いなどは、その最たるものであろう。国家られた人の中にも、偶然その日マルキストの友人の家に泊っていて、早朝友人と共に検挙されたという話も、何人かの人々から聞いている。

幸いにして、わたしたちへの白眼視はそう長くはつづかなかった。疑うにはあまりに稚なすぎるわたしたちであることを、知ったのであろう。

その余りにも稚なかった一例を述べてみよう。

ある日の放課後、生徒の帰った教室に、わたしと臼井文江という同僚が、生徒の机に腰をかけて話をしていた。そこに深田という上席の男の教師が当直で巡視に来た。廊下の窓をガラリとあけ、深田先生は恐ろしい顔で、

「ダメ、ダメ！」

といった。二人はあわてて机から腰を上げた。

深田先生が去ると、二人は、教師ともあろう者が、生徒の神聖な机に腰をかけるようでは、きっと辞職させられるにちがいないと真剣に語り合い、果てはとうとう二人とも泣き出してしまったのだ。

深田先生は、決して悪気ではなく、ふざけて恐ろしい表情をする癖があるということを後で知ったが、何と愚かなほどに稚ないわたしであったことだろう。
この稚なさの故か、わたしは次第に先輩に愛されるように親切に教えてもらった。中でも佐藤利明、森谷武の二人の教師からは、手をとり、足をとられるように親切に教えてもらった。
佐藤利明先生は当時まだ三十歳、森谷先生は三十二歳であったが、四十八近い教師の中でも、優秀な教師に数えられていた。佐藤先生はわたしたち後輩にも、実にていねいに頭を下げ、言葉を崩すことのない人であった。
その熱心さ、まじめさを嘲い、優秀さをねたんで、からかう同僚がいても、先生は終始ニコニコと笑って、態度を変えなかった。傍らで見ていて、もっと何とか言い返したほうがいいのにと、ヤキモキするほど見事であった。
わたしは先生を三十歳と思ったことはなかった。五十歳ぐらいに思って尊敬していた。二十歳前の少女には、三十歳も五十歳と変らなかったのかも知れない。
森谷先生は、いが栗頭の佐藤先生とは対照的に、黒い髪を額に垂らしていた。背が高く右肩がやや上っていた。俳人であり、文学青年であったが、教育には佐藤先生と同様熱心であった。理論家でもあり、二十代の教師たちから慕われてもいた。わたしのどこが気に入ったのか、
「あんたには、毎日十五分説教をしてやる」

といって、本当に毎日、人生論を語ってくれた。無論、教授法や教育についても語ってくれた。

わたしにとって、職員室は一つの学校であった。一人二人を除いて、他のほとんどの先輩が、わたしには今でも恩師に思われるほどである。

朝の出勤時間は依然として早く、清掃や職員朝拝は厳然として行なわれていた。校長は、その職員たちより更に先に出勤している。朝飯をどこにかきこんだかわからぬままに飛び出しても、校長はもう竹箒を持って校庭を掃いている。反対派の人々も表面は校長に服従して、やはり出勤が早かった。

その中に、唯一人、いつも掃除が終った頃悠々と出勤してくる山下孝吉という三十歳ぐらいの教師がいた。まだ独身だったのだ。彼は、軍国主義にのめりこんで行く教育に反対し、校長の教育方針に反対していた。

温厚で、いつもにこにこしていた。話術がうまく、童話の先生として、空知管内では知られていた。無論授業も上手で、父兄にも同僚にも評判のいい教師であった。他の教師たちが、早朝出勤するというのに、一人あとから出てくるということは、これはなかなか勇気を必要としたことにちがいない。が、彼の態度は全くおだやかで、さり気がなかった。ふしぎなことに誰一人彼を非難する者もなかった。むしろ、自分たちのできないことをやっていてくれる彼に、内心畏敬の思いを抱いていたようであ

やがて九月、突如校長の左遷と同時に、彼は隣の町の大きな小学校に転任することになった。彼が校長反対派の急先鋒であったかどうかは、わたしは知らない。そんなことより、彼が自分の生きる姿勢を、おだやかに、しかし堂々と押し通したことに、わたしは今でも頭が下るのだ。

彼は別れの時、全校生徒を前に、
「一本の大きなどんぐりの木がありました。その下に、一人のお百姓さんが立って、どんぐりをじっと見守っていました」
と童話を話した。どんぐりは生徒たちで、農夫は自分自身を指していたのだろう。生徒、父兄、同僚のすべてに惜しまれながら、この山下先生は去った。後で知ったことだが、彼はキリスト信者だということであった。

彼の受持っていた一年の男子組を、あろうことか、まだ新米のわたしが受持たされることになった。その受持生徒の中に、「ダメ、ダメ」と、机に腰かけたわたしを叱った深田先生の長男がいることを、わたしはまだ知らなかった。

わたしにとっては、次の受持の生徒のことよりも、現在受持っている三年生の生徒と別れることが辛かった。この辛さは、教師をした人でなくてはわからない。失恋にも似た深い悲しみである。

わたしは、生徒の帰った教室の窓に立って、溢れる涙を拭おうともせず、泣いていた。と突然、背後で少年の声がした。
「先生、何を泣いているの」
ふりかえると、いつか、わたしのつけまげを拾って届けてくれた高等科の美少年が立っていた。わたしより背の高いこの少年は、年上のような考え深げなまなざしをして、わたしを見おろしていた。
高等科の男生徒に泣いているところを見られて、わたしは恥じた。
「あしたから、受持クラスが変るからよ」
いたし方なく、わたしは泣いた理由を正直に告げた。すると彼（仮にNと呼ぼう）は、ひどく驚いたようにわたしを見、
「ほんとう？　先生。生徒と別れるって、そんなに悲しいことですか？」
と尋ねた。
「それはそうよ。自分の受持の生徒と別れるのは、誰だってつらいわ」
「……しかし、生徒は他人でしょう」
「そうよ。でも、他人だってかわいいわ」
「どうして他人の子が、そんなにかわいいんだろう、ぼくにはわからない」
濃い眉の下の目がかげったかと思うと、

「先生、ぼくの母は三度目なんです。他人の生んだ子がかわいいわけはないって、いつもいってます」
とNはいった。

それ以来、Nはわたしに親しみを見せるようになった。受持が尋常科一年生になって、教室の掃除は五年生の男子が当番になっていた。高等科のNは時々その五年生の生徒たちと一緒に掃除をし、生徒の図画や習字を壁に貼る手伝いをしてくれた。

炭鉱街は、大きく分けて三つに分けることができた。それはハーモニカ長屋に住む鉱夫たち、一戸建か二戸建の住宅に住む炭鉱の職員たち、そして、店舗を持っている商人や、学校、郵便局、駅などにつとめている、いわゆる市街の人たちの三つである。鉱夫たちと、職員たちの住む地域もちがっていた。住所を聞いただけで、職員の子必ずしも成績がよいわけではなく、おおよそ見当がついた。が、おもしろいことに、職員の子必ずしも成績がよい収入も、鉱夫の子に容姿端正で、かつ優秀な成績の子もたくさんいた。

ただ、長屋に住む子のほうが、早熟ではあった。それは、一戸建の間数の多い家に住む生活と、僅か二間の家に住む生活とのちがいであった。しかも、五軒か六軒つづきの長屋である。人間関係の親密さや複雑さは、職員住宅の比ではない。

炭鉱は午前八時から午後四時まで、午後四時から夜の十二時まで、十二時から午前八時までの三交替制の勤務になっている。だから、炭鉱の街は二十四時間目ざめてい

た。眠りの時間はまちまちであった。

こうした中で、五軒つづきの長屋に住む子供たちの生活と、職員住宅に住む子供たちのそれとは、比較にならない差異もあった。夫婦が床を共にするのは、夜とは限らなかった。板一枚の壁の向うは隣家である。よかれ悪しかれ、見聞きすることの多い生活の中で長屋の子は早熟に育っていたのだろう。Ｎもその早熟な一人であった。あれは多分、秋の夕暮であったと思う。六時半頃の汽車で、応召する数人の兵があった。わたしたちは、五年生以上の生徒たちと共に、駅まで見送りに行った。車窓から上半身を乗り出すようにして、手を振りながら、応召兵の姿が闇の中に消えて行った。入場券も要らない田舎の駅である。改札口からぞろぞろと何百人もの生徒たちが出たあと、わたしも出ようとした。と、

「先生、また、おとしもの」

と、Ｎがわたしの前に差し出したのは、例のつけまげであった。

「あら、よくあなたに拾われるわね」

というと、彼は、

「ぼくは、先生にいつも注目しているから」

と、やや堅い表情でいい目をふせた。彼のまつ毛は伏せる度、かすかな音を立てるのではないかと思う程濃く長く密生していた。

わたしの宿舎は神威駅の前を左に折れて二十メートルのところにあった。彼の家は右に折れて一キロ以上も行かねばならない。わたしは、駅を出て、
「さようなら、どうもありがとう」
といったが、彼は、
「聞きたいことがあるんです」
といった。駅前には川が流れ、木の橋がかかっていた。二人はその欄干によりかかって話した。駅前といっても、もうそこには駅の灯りも、近くの商店の灯りも届かなかった。橋の上だけが、ぽっかりと暗かった。その下を流れる炭塵に汚れた川も、無論暗くて何も見えない。
「先生、名誉って何ですか」
Nはいった。今、応召兵たちに、
「まことに名誉なことであります」
と、誰かが挨拶した言葉をNはいったのだ。
「そうね、名誉って、ほまれのことでしょう」
改めて名誉とは何かと問われて、わたしはしどろもどろな返事をした。
「国のために死ぬって、そんなに名誉なことかなあ。ぼくには、嘘のような気がするんです」

Nはいく分怒ったような語調でいい、あと何年もしないうちに、自分たちも戦争に行かなければならない、そう思うと何となく生きているのがつまらないといった。
「この頃、時々死にたくなるんです。ぼくは、人間が生きているのは、不真面目だからだと思うんです。本気で真実に生きようと思ったら、人間なんて三分間と生きていられないと思うんです」
Nはそんなこともいった。不当に命を奪う戦争が、人間いかに生きるべきかの疑問を、彼に投げかけていたのであろうか。この三分間と生きてはいられぬといった言葉は、わたしには実に新鮮にひびいた。
「どうせまじめに生きられないのなら、悪いことをたくさんしたいような気もするんです」
「悪いことって、泥棒や人殺し?」
彼は低く笑って答えなかった。が、しばらくしてから、
「戦争って、結局は人を殺すことでしょう。別に憎くも何ともない、見たこともない相手を殺すわけでしょう。……それなら、憎いおふくろは殺してもいいような気がするんだけれど」
「……そんな、Nさん」
人通りのあまりない暗い橋の上に立って、Nと話をしているのが、まだ十七歳のわ

たしには恐ろしかった。ある教師は、生徒から「ぼくは泥棒をしたい」「ぼくは女を犯したい」と相談を持ちかけられる教師になるべきだといった。が、Nはわたしを教師だと思っていたか、友人だと思っていたか、わたしは今でもわからない。
「殺しはしませんよ。殺さないけれど……継母っていやだなあ」
「継母だって、いい人はいるわ」
「よくない人もいるよ」
Nはそういって暗い道を帰って行った。わたしはNの言葉に、結局は何ともいえなかった。
わたしは人間というものについて、ほとんど何も知らぬ一少女に過ぎなかった。三年生を受持っても、一年生を受持っても、わたしは単に、読み書きを教え、算数を教えることができるというに過ぎなかった。
女学校時代、嫌いな学課は怠け、休みたいだけ休み、遅刻、早退を毎日のようにしていたわたしである。人を教える立場になって、はじめてわたしは、自分の身勝手な・生き方が反省させられた。
自分が生徒なら、こういうふうに生きられるだろうかと、しばしば生徒たちのまじめな学習態度に、わたしは感心する教師だった。ものいい方のやわらかい生徒、一字一字ていねいに書く子、教科書やノートをきれいに使う子、決して忘れものをしな

い子、級友に親切な生徒、その一つ一つに驚き、感心し、宿舎に帰っては、同僚たちに自慢するわたしだった。

十七歳のわたしより、生徒のほうが時には大人であり、わたしが生徒に学ぶべきことは実に多かった。だから、ひどくきびしい教師であったのに、叱ったあと、わたしはいつも生徒に、

「ごめんね」

とあやまっていたのかも知れない。そのことを教え子たちが憶えていて、時々わたしに

「よく、あやまりましたね」

ということがある。

Nがわたしより大人であったのは、母親が二度も変ったという環境のためだけではなかった。その後も、

「不惜身命という言葉をどう思いますか」

とか、

「戦争など早くなくなればよい」

とかいっていた。ある時、わたしは受持の生徒が一週間程休んだので、その子の家に見舞に行った。ちょうど、父親が非番で、ストーブの傍できせるをくわえていた。

話をしているうちに、その父親は、
「大きい声ではいえないけれど、この長屋には危険思想の者がいてね」
と声をひそめた。

それは、長屋の一番端にいる青年で、母と二人暮しだった。その青年のいうことは、どうもおかしい。子供たちも近寄らないほうがいいという漠然とした話だった。
その家を出た途端、わたしは偶然Nと一人の青年が手拭をぶら下げて、風呂から帰ってくるのに会った。Nは、
「あ、先生！」
といって立ちどまった。涼しい目の青年は、黙ってわたしの横を通って行った。その青年が長屋の一番端に入って行くのをわたしは見た。
「あの人は？」
「隣のお兄さんです。去年、夕張から移ってきたんです」
Nは、その人と話をしているといった。そのためになるということが、つまり人のいう危険思想だったのだろうか。この時の青年Eは、わたしには全くの行きずりの人に思われた。

二学期から学校には、師範の新しい男子卒業生が三人入り、生徒の数も教師の数も

ふくれ上がって行った。毎朝、父親や母親に連れられた転校生でクラスの在籍数は、常に異動した。わたしの受持は八十名を超えてしまい、机は教壇の真下にまで並べた。

転入生の中には、学籍簿も持たずに入ってくる生徒もいた。学籍簿が送られてくるまでは「仮入学」扱いであった。どのクラスにも「仮入」と呼ばれる生徒がいた。

入学受付係の前田という教師は、クリスチャンで体育が得意の、明るい先生だった。

「やあ、いらっしゃい。よくきましたね」

大きな声で快く迎えると、おずおずと入ってきた親や生徒たちは、必ずほっとした表情になった。初めての学校を訪れる不安や緊張を、前田先生は、毎朝その笑顔と明るい声でほぐしてやっていた。わたしはその挨拶を聞くたび、何ともいえないあたたかさを感じたものである。

ある朝、縞の着物を裾長く着た十歳前後の男の子が、一人おそるおそる入ってきた。

「よう、いらっしゃい。君一人できたのか」

例によって前田先生が、親しみ深く声をかけた。男の子はだまって、木綿の風呂敷から部厚い書類を差し出した。わたしには、それが何であるか、わからなかった。

その日の午後、わたしは頼まれて、三年生の男子組に行った。そのクラスの受持教師の都合で、わたしが代りに教えることになった。

そのクラスに、今朝見たあの着物姿の男生徒がいた。顔立のととのった、しかしどこか淋しげな生徒だった。生徒たちが、漢字の書き取りをしている間、わたしは机間巡視をした。

その男の子の傍までできて、ノートを背後からのぞこうとした時、わたしは思わずぎクリとした。うつむいて書取りをしている彼の両耳のうしろに、濃く白くついている白粉を見たのだ。彼は芝居の子役だったのだ。

「どこから来たの？」

と尋ねると、その子は恥ずかしそうにうつむいたまま、

「わからない。毎日変るから」

といった。わからないのも道理だった。彼は田舎廻りの旅役者の子で、今日は砂川、明日は美唄というふうに、毎日学校が変るのだ。あとでわかったことだが、彼が今朝、部厚い文書を持参してきたのは、それらの学校の在学証明書綴であった。

わたしはこんな悲しい小学校生活を送る子もいたのかと、胸がしめつけられるようであった。わたしは小学校一年から六年まで、唯一人の教師に受け持たれた。級友もほとんど変らない。そして、それはごく当然なことと思って過ごしてきた。

ところが、この男の子は、長くて二日、ほとんど毎日のように学校が変る。受持の教師も級友も変る。満足に人と言葉を交すこともない。しかも、家もない。旅の先々

114

が、彼の家なのだ。彼は興行主の家か、安宿、または楽屋や客席に寝て暮してきたのだ。

わたしは授業が終ると、彼の首を洗面所で洗い、すぐ裏の兎小屋につれて行った。

彼はそこではじめてうれしそうに笑った。

「ぼくの母さんも兎年だよ」

「お母さんもお芝居するの」

「ううん。ちがう。母さんはね、男をつくって逃げたんだって、父さんがいってるよ」

ぎょっとするようなことを男の子はいい、無心に兎をみつめていた。秋の風が涼しいというよりも、寒いような中で、その子は自分が、どんな重大なことをいったかも気づかずに、兎を見ていた。

この子をモデルにして、わたしは「奈落の声」という短篇を書いた。教師も一人の生徒の背後にある生活には、実に無力なものだと、その時わたしはつくづくと思ったことであった。

その年もやがて暮れようとしていた。

冬休みは十二月二十三日頃から一月二十五日頃までであった。北海道の夏休みは本州

より短いが、冬休みは必要なのだ。ところによっては零下二十度三十度を下る極寒の地に、長い冬休みは必要であった。

二十三日から冬休みだが、元旦には四方拝の式があるので、生徒が学校にくる。それでわたしたちは、元旦の午後帰省することにしていた。わたしは正月がくると十九歳になる。満年齢では十七歳だが、とにかく十九歳になるわけなのだ。

学校も休みに入って、退屈なわたしたちは、その夜みんなで、なぜ結婚すると子供が生まれるかという話合いをした。三十三歳の山田克子先生は、その時その場にはいなかった。いられたら、すぐに教えてくれたことだろう。

みんな頭をふりしぼって考えた。が、誰一人わかっている者はいない。今の時代ならば、たとえ十七歳の小娘でも、とうに知っていることだろう。週刊誌や婦人雑誌は、図を入れて詳しく説明している。いや、多分学校で教えられていることだろうが、当時の小説にも雑誌にも、そんなことは書いていない。

〈彼はそこで彼女の×××を×××し〉というような、伏字の多い小説では、何を書いているか、わかるわけはない。いくら話し合っても、結局は誰もわからない。その時、誰かが、

「あ、わかった!」

と叫んだ。
「わかった?! 教えて!」
みんながいうと彼女は、
「あのね、結婚して、男の人と女の人が向い合っていると、電波が飛ぶのよ。それで、子供が生まれるのよ」
わたしはなるほどと感心した。そうだ。それにちがいない。男と女が向い合っていると電波が飛ぶ。何と神秘的なすばらしい事であろう。結婚とは、そうした口にいいあらわせぬものなのだ。わたしもそう思わずにはいられなかった。
みんなも、わたしと同じ思いであったのだろう。
「そうね、それにちがいないわ。電波が飛ばなければ、子供が生まれるわけはないもの」
皆、口々にいい、それに間違いないと意見が一致した。
かりそめにも、人を教える身にありながら、性的知識はかくも貧弱であり、無知であった。男性や、現代の人々が聞いたら、ふき出すような話かも知れない。が、今考えてみても、わたしはあの夜の、結婚に対する少女らしい憧れが、美しくも神秘的な結論をひき出した事実を、何ともいえない懐しさで思い出す。男と女が向い合っていれば電波が飛ぶと思うほどの、親密な関係を、少女のわたしたちは想像す

ることができたのだ。

この話は、結婚以来幾度か三浦にもいった。が、そのたびにどうにも納得いかないといわれた。結婚しないで子供を生んだ話も聞いていたろうにともいう。

夫婦に肉体関係のあることも知っていただろうにともいう。

これは、男性の生理しか知らぬからであり、男女の関係を既に知っている者の視点で見る限り、わかりようがないことかも知れない。少女というもの、女というものの性的感覚は、それほど深く眠っているものなのだ。

それはともかく、こんなにも、何もかも幼い人間が、教師として存在することを許されていたのは、当時の日本の教育界自体が、ずいぶんいい加減なものであったということではないだろうか。

元日の午後、わたしたちは帰省した。

はじめてのボーナスと十二月分の給料を、あわせて九十円ほど両親に持って帰った。わたしとしては、何とか百円という金を親たちに上げたかったが、少し足りなかった。が、親へ金を上げることのできる喜び、それは自分の物を買うことなどより、ずっと大きな喜びであった。翌年の正月に、百円を越える金を手渡した時のうれしさと共に、わたしはこの時の喜びが今も忘れられない。

帰省して二、三日もたつと、わたしはひどく退屈であった。夏休みに帰った時も同

映画好きのわたしは、映画館のいくつもある旭川のほうが、神威よりも楽しい筈だった。が、映画館がいくつあろうが、デパートがあろうが、つまらなかった。旭川には愛する生徒たちがいなかったからである。

わたしはその日の午後、ストーブの傍で小説を読んでいた。だが一向に心は満たされない。冬休みが二十五日までつづくかと思うと、憂鬱だった。

玄関に誰かきたので、出て行ったわたしは、思わず喜びの声を上げた。そこには、あのNが、ちょっと照れたように立っていたのだ。神威という字さえ懐しかったわたしには、Nでも誰でもよかった。とにかく神威の人間に会えただけでうれしかったのだ。

「お入りなさい。よく来たわね」

といったが、Nはオーバーにかかった雪を払おうともせず、

「ほかに誰かいるでしょう」

と、尻ごみしている。当時のわが家には、次兄の家族も合わせて、十一人ほどいたから、脱ぎちらされた子供たちの靴を見ただけで、Nは気おくれしたのだろう。

わたしはオーバーを着て外へ出た。と、雪の中に一人の青年が立っていた。茶色のオーバーを着たその青年は、あの「危険思想」の鉱夫Eであった。わたしはそこでは

じめてEに紹介された。

空気も凍りつくような日は、ほとんど雪は降らない。寒さがゆるんではじめて雪が降るのだ。わたしは降る雪を眺めながら、

「どこへ行きたいの？　映画？」

旭川に、遊びに来たとばかり思いこんでいたわたしはNに尋ねた。

「いや、話があるんです」

答えたのはNではなくてEだった。

わたしは何となく不安になった。話があって、わざわざ旭川にまで来るというのは、余程のことにちがいない。

家から八百メートルほど行った所に、ホテルのグリルがあった。背の高いえんじ色のボックスが、落ちついた気分をかもし出している。わたしは、そこではじめて、Eの顔をまともに見た。

いつも鉱内に入っているせいか、青白い顔をしていたが、目には生き生きとした光があった。

「N君が家を出たいというのですが」

Eが話を切り出した。Nは高等科を卒業したら師範学校に行きたいと思っていた。父親は気が弱く、継母が、継母はそれに反対で、すぐに鉱内に入って働けという。

いいなりになっていて頼りにならない。そんなことで、昨日Nは母親と口論し、Eの家に泊った。もう家には帰りたくない。家を出て働くと、Nはいっているが、どう思うかという話だった。
「あと三か月もしないうちに卒業でしょう？　卒業してからでも、遅くはないと思うけれど」
わたしはNにいった。
「だけど、もうあいつの顔を見るのはいやなんです」
Nはいい張った。わたしがもう少し大人であったなら、艱難は克服するためにあるのであって、逃避するためにあるのではないなどと、忠告することもできただろう。だがその時のわたしは、Nを説得するよりも、
「そんなにいやなら仕方がないわね。じゃ、札幌にでも出て行ったら？」
と同情した。するとNはふいに気弱な顔になり、じっとわたしの顔を見ていたが、
「ちょっと考えてきます」
と、喫茶店を出て行った。
「やっぱり、ぼくの思ったとおりです。N君はあなたを好きなんですよ」
といった。Nの本心は、必ずしも今、家を出ることではない。Nはあなたに会いたくて、旭川に来ただけだ。彼はあなたが、決して家を出てはならぬといってくれると

期待していたから、家出をするといい張ったのだ。そんなことをEはいった。
「N君はあなたに恋をしてるんです。かなり本気ですよ。いつも、あなたの話をしていますからね。それで、ぼくも一度あなたと話してみたいと思っていたんですが……」
彼はそういい、
「あなたもN君が好きですか」
と尋ねた。
「そんなことは、考えたこともありません。あの子だって、そういう感情はないと思います」
「そうですか。失礼だけれど、ぼくはもしかしたら、あなたがN君を誘惑しているのではないかと、心配もしていたんです。ぼくはどうも、学校の先生だの、宗教家などは、政治家と同じぐらいに信用していないんですよ」
Eは、わたしに、どんな目的で生徒を教えているのかとも、尋ねた。
「もちろん、天皇の立派な赤子に育てるために教えています」
とわたしは答えた。
「本気ですか。いや、無論本気なんでしょうね。だから日本はだめになる」
彼は吐き出すようにいい、

「これが危険思想です」
と笑った。Eは、自分が人々にどう噂されているかを知っているようであった。が、彼はそのあと、危険思想らしいことは何もいわなかった。わたしは、
「だから日本はだめになる」
という言葉に反発を感じ、Nはやはりつまらぬ人間と交際していると思った。しかし今考えると、わたしはNよりもずっと子供であった。少なくともNはEの話相手になったが、わたしはEの話相手になれなかったのである。
Nは結局、高等二年卒業までは、家を出ないとEと約束して帰って行った。
やがて卒業式がきた。
式の終った夕方、わたしは教室で、教卓の整理をしていた。そこへNが入ってきた。Nは立ったまま、わたしが整理している姿を見ていた。何もいわなかった。
「卒業おめでとう」
といっても、返事もしない。彼は次第に頭を垂れ、うつむいたまま何分かそこに立っていたが、
「堀田先生」
と一言いっただけで、言葉は途切れた。口をひらけば涙になりそうで、じっとそこに立っていたのだろう。涙を見せまいとしてか、彼は再び「先生」といっただけで、

走り去るように教室を出て行った。「さようなら」ともいわずに去って行った。
「他人の子がそんなにかわいいんですか」
彼がいった言葉を思い出しながら、わたしもまた、
「お元気でね」
とさえいうこともできずに、教室に突っ立っていた。十七歳のわたしと、十四歳の彼との、それが永遠の別れであった。

　　　　六

　教師をしていた間中、いつも思っていたことだが、三月ほど涙の流す月はない。卒業式のほか、親しかった同僚の転任、受持児童の転校が多くある月である。そして最もつらい受持の変更がある。
　就職して一年、代用教員から訓導となったわたしは、新入学の一年生を受持つことになった。学年主任は、わたしたちの尊敬の的であった佐藤利明先生である。
　最初の一年は、三年女子組、三年男子組、一年男子組と、受持が三度も変った。わたしは、教える技術も何もなかった。やみくもに生徒がかわいいという、ただそれだけで、体あたりのように生徒を教えていた。
　八十名以上のすし詰め教室では、個々の生徒を指導することもむずかしかった。わ

わたしは算数のできない子や、国語読本を読めない子たちを毎日でも残した。わたしが就職して半年後に、国語の研究授業をさせられたことがあった。研究授業といっても、何を研究してよいかわからない。国語の教授法がうまいといわれている森谷武先生に教案を検討してもらい、教えられたままに授業した。いくら教案を直してもらっても、授業をするのはわたしである。決してうまい授業ではなかったと思うが、好評であった。特に佐藤利明先生は、

「教育愛の権化であります」

と激賞してくれた。

技術的には何のすぐれたところもない新米のわたしを、先生は授業態度のちょっとした良いところを取り上げ、このようにほめて救ってくれたのであろう。この佐藤先生が新年度の学年主任になったのである。今までの受持生徒と別れるのは淋しかったが、新入生を受持つことはうれしかった。何となく心にかかっていたNのことも、ほとんど忘れてしまうほどにうれしかった。

四月一日の入学日を迎えるまでに、先ずわたしがしたことは、受持つ児童の姓名を全部憶えることだった。名前さえ暗記しておけば、三日で顔と一致する筈だった。入学して、教師に名前を覚えていられないほど淋しいことはない筈だ。

こうして、わたしは六十余名の生徒たちの名を二日間で大方覚え、三日目には顔と

名が一致しない子は一人もなかった。
 この学年に、朝鮮人の子が十五名入学してきた。佐藤先生はその全部を自分のクラスに組み入れた。未熟なわたしたちに受持たせることを恐れたのか、同じクラスに集めることが、彼らの幸せになると思ったのか、それはわからないが、佐藤先生は困難なことは先ず自分が引受けるという、立派な主任であった。
 たくさんの朝鮮人の子が、一年生に入学してきたということは、各学年にも、そのきょうだいたちがいたということになる。
 主任の佐藤利明先生に受持たれた朝鮮半島の子供たちは、隣のクラスの受持教師であるわたしにも、すぐに馴れ親しんだ。
 いかなる理由で就業が遅れたのか知らないが、五、六年生かと思われる大きな男の子が、その一年生の中にいた。四月も末の、雪がまた降りそうな寒い日、彼は廊下で会ったわたしに、
「先生、コレやるか」
 と、黒いセルロイドの筆入をつき出した。
「筆入をくれるの?」
 というと、彼は大きな頭を横にふって、
「いや、ちがう。ナンバンだ」

と、筆入のふたをあけた。中には一味唐ガラシ粉がびっしり入っていた。彼はそれを、ふとい指でつまんで口に入れ、
「ああ、うまい。ヤルカ先生」
といった。

わたしはこの日以来、朝鮮半島の子供たちに、今までよりずっと親しみを持った。そして、他の生徒たちに対するよりも、やさしい心持にさせられた。

六年の女生徒に宮本という朝鮮半島の子がいた。非常に頭のよい子で、よく職員室に出入りしていた。ある時その子が、朝鮮語の本を持っていた。受持の教師が、
「この字は何と読むの」
と尋ねた。が、彼女は答えない。やがて三、四人の教師たちが集まって来、その本をのぞきこみ、かわるがわる尋ねたが、依然として彼女は答えない。ただ、にこにこと静かに笑っているだけだった。どうして教えてくれないかと聞くと、
「おとうさんが、教えてはいけないといいました」
と彼女はいった。

わたしは、横っ面を殴られたような心地がした。わたしたちが、いくら朝鮮半島の子をかわいいと思い、生徒たちもまた馴ついていると思っていても、その間を隔てている目に見えない垣根のあることを、あらためて思い知らされたからだ。当時、わた

したちは、朝鮮人も同じ日本人だといい、そのつもりでいた。だがその生徒の親たちの感情はちがっていたのだ。

朝鮮半島に住む子供たちは、泣くと、

「日本人がくるよ」

と、親にいわれて育ったという。

「日本人がくるよ」

という言葉は、朝鮮半島に住む子供たちには、

「鬼がくるよ」

という言葉にもまして、恐ろしかったにちがいない。こんな言葉があったことも、朝鮮人に対する日本政府の弾圧の実態も、わたしたちは戦後はじめて知ったのであって、炭鉱街の教師をしていたその時は知らなかった。ただ、宮本という賢い少女の言葉に、わたしは何か強烈なものを感じたにすぎない。

わたしがもし聡明であったなら、そうした少女の言葉から、朝鮮人への圧政を鋭く嗅ぎとったにちがいない。が、それは今にして思うことであって、当時のわたしは、せいぜい民族の感情のくいちがい程度にしか思ってはいなかった。何という愚かな人間であったことかとつくづく思う。

一年生を受持ったわたしは、やみくもに生徒がかわいい、そのくせ、実にきびしい

というだけの教師だった。目の前のことしか見えなかったのだ。炭鉱の街には、その所属の会社が建てた風呂屋があった。風呂屋といっても、建て方は銭湯と同じでも、無料だから番台はなかった。鉱内から帰ってくる人々が、いつでも入浴できるように、常時湯が湧いていた。わたしは、時々生徒たちに、

「今日は神威社宅のおふろに行きますよ」

とか、

「文珠の長屋のおふろに行きますよ」

と予告した。一年に一度でも二度でも、自分の受持の生徒と共に入浴したかったからだ。子供たちは喜んで、風呂に集まってくる。わたしは子供を抱いて入浴したり、体を洗ってもらったりした。

男の子も女の子も、はじめはちょっと恥ずかしそうな顔をするが、すぐに喜んでワイワイ騒いだ。中には、いま風呂を出たばかりで、またわたしと入るという生徒もいた。このことを後々まで憶えていて、年賀状に書き添えてくる教え子がいる。

二学期には、紀元二千六百年記念行事の一環として、大学芸会があった。わたしの受持つ学年は遊戯と、劇をすることになった。この劇を、わたしが担当することになったのだが、いま考えると、何という無鉄砲なことであったろう。まだ教員になって

二年目の十八歳の少女のわたしが、大胆にも脚本を書き、演技を指導することになったのだ。

それも、自分が小学校の時に学芸会で見た「舌切雀」の劇を、思い出し思い出し、劇をつくろうというのだ。よくもそんなことを、主任の佐藤先生や、同学年の同僚たちが許してくれたものだと呆れるのだが、とにかくわたしは大真面目だった。

「糊を食べたは悪いけど
　舌を切るとはあんまりだ」

舌を切られた雀が悲しげに歌う。その雀を探しに出かけたおじいさんも、

「雀のおやどはどこじゃいな
　じいやが探しに来ましたぞ」

と独唱する。その他、

「欲にはあさいおじいさん
　軽いおみやげいただいて……」

と雀たちが斉唱する歌劇めいたシーンもある。どれもこれも、わたしが小学校四年の時に一度見ただけの、うろおぼえの劇を思い出して指導するのだから、全く呆れた話である。が、この主役をした雀の谷地文子や、おじいさん役の水戸部正司、おばあさん役の松下雄三という生徒たちが優秀であった

こともあって、練習をしているうちに同僚たちがいろいろと協力方を申し出てくれた。わたしのうろおぼえの歌を聞きとって、楽譜をつくり、ピアノ伴奏してくれる音楽の教師、雀の踊りの振付をしてくれる女教師、そして、高等科二年の男子をつかって、舞台装置を買って出てくれる先輩等々のおかげで、この生まれてはじめてのわたしの指導した劇は、すこぶる好評であった。

田舎のことで、この大学芸会は、夜、屋内運動場の大きな舞台で催された。二千人から入る運動場に、びっしりと客がつめかけた中で、わたしはつくづくと思った。この劇を、何から何まで自分一人でしなければならなかったとしたら、こうも成功はしなかったにちがいないと。

わたしはピアノをほとんど弾けない。ピアノ伴奏がなければ、独唱も斉唱も映えない。また、わたしが雀の踊りの振付までしなければならなかったとしたら、それだけで時間をとられ、体も疲れる。舞台装置はなおのこと、無器用なわたしに、とてもできる仕事ではない。雀の宿の門をつくったり、厚紙でみどりの草をつくったりなど、いよし器用であったにせよ、幾場面もの装置を用意するのは、大変な重労働である。

人間、一人では何ほどのこともできないものなのだ。人に協力してもらえるということほど、ありがたく心強いものはないと、その時つくづくと思ったものである。考えてみると、わたしは非常に人に世話になるようにできている人間である。

小学校の時、わたしの整理整頓の下手なのに呆れたのか、三輪昌子という級友が、いつも勉強道具をきちんと入れてくれた。女学校時代には、裁縫が下手で、というよりまるっきりわからぬわたしを見かねて、教師の目を盗んでは、
「どれ、貸してごらん、仕方がないわねえ」
と、よく縫ってくれる何人かの友人がいた。
　小学校教師になっても、それぞれの特技で劇に協力してくれたように、みんなに親切にしてもらったものである。前に書いたように、同じ屋根の下に住んでいた柏葉家の娘さんは、わたしの炊事当番の時だけは、いつもご飯を炊いてくれたし、森谷先生や佐藤先生は、教師としての心得や、教授法を毎日懇切に教えてくれた。後に長い療養生活をするようになってからは、尚更親切な助け手が現われて、附添人のようにまめまめしく看護してくれる同病者が何人もいた。結婚後も、洗濯に来てくれる友人、掃除に来てくれる義妹、ちらしずしを運んでくれる牧師夫人など、病弱なわたしは、どんなに助けられたことだろう。
　とにかく、この「舌切雀」の劇は、わたしに「人は一人では何ほどのこともできない。他の人の協力があって、はじめて事は成功する」ということを教えてくれた、忘れられぬ体験であった。

この秋、わたしはついていた。

ある日、道庁の視学が明日くるという知らせが入った。前日の予告では、抜き打ちのようなものだ。あるいはわたしの記憶ちがいで、その二、三日前に予告されていたのかも知れないが、わたしはその時の、職員室の異常な熱気を忘れることができない。ただでさえ、熱心な教師の多い学校である。明日の視学を迎えるための準備に、みな夜まで残って努力した。

だが視学の来校の時間がわからない。前日は上砂川を視察する。上砂川から神威に来るために、汽車に乗るとすれば一旦砂川まで出なければならない。その上、汽車ではひるになってしまって、四つの学校を廻りきることはできない。となると、おそらく朝早く、視学は徒歩で上砂川の峠を越え、神威校の第一時間目を視察するだろう。

こう、校長も教頭も判断した。なぜ電話連絡をとれなかったか、考えてみれば変な話だが、その頃の視学は神出鬼没の行動をとり、一々何時に何で着くなどと確める余地はなかったのかも知れない。

それに、昭和十五年の頃のことである。札幌や旭川にはハイヤーはあっても、他の小さな町村にはなかった。視学といえば、恐ろしく権威のある存在だったが、田舎廻りには徒歩をも辞さなかったようである。

教師たちは、第一時間目を視察されるものとして準備した。準備をしながら、視学は札幌師範出身だから、函館や旭川の師範出身者の授業は一べつもしないにちがいないと、ぼやいている教師もいた。

その点、女学校しか出ていないわたしたちはのんびりしていた。五十学級を視て廻るのに、平均一学級一分ということである。一分の視察では、何を見ることもできないはずだ。第一視学にほめられても、月給が上がるわけでもない。というわけで、要するに、どうということはないとわたしは思った。

さて当日、視学は第一時間目には現われなかった。張切って準備していた教師たちの授業は視てもらえなかった。現われたのは二時間目であった。

一年生を受持つわたしは図画を指導していた。視学には、校長の先導で、手帳を片手に持った視学が、うしろの入口から入って来た。視学には、教壇から降りて礼をするということになっていた。が、わたしは礼をしなかった。「火事」の絵を描かせるため、わたしは生徒たちと話合いをしていた。「消防車が、ウーウーウーと勢いよく走って行く」というような話合いの最中に、教壇を降りて礼をしていたのでは、気勢が殺がれる。

第一礼などをすると、子供たちはうしろをふり向いて礼をして、気が散ってしまう。

子供たちは活発に挙手しては発言した。

「火事になったら、みんな見にいくよ」

「手伝いにいく人もいるよ。ふとんなんか、かつぎでさ」
「消防手が、トビで、窓をこわしたのを、見たこともあるよ」
　一分経った。視学は出て行かない。二分経った。校長が視学を促した。が、視学は手帳に何かメモしながら、やはり出て行こうとしない。四分、五分、依然として動かない。
　わたしは生徒と話合いをしながら、画用紙を配ろうと教卓の下を見てハッとした。画用紙といっても、西洋紙をつかっていたのだが、その用紙がない。職員室に忘れてきていたのだ。
　図画の時間に、教師が紙の用意を忘れるとは言語道断である。わたしは仕方なく、そのまま火事についての話合をしながら、子供たちが自分の描く場面のイメージをはっきり浮かび上がらせ、かきたくてたまらぬように指導していた。内心、一刻も早く視学が出て行くようにとねがいながら。
　だが、視学は依然として動かない。いつまでも話合いばかりしていては、絵をかく時間がなくなってしまう。ええ、ままよとばかり、
「じゃ、火事の絵をかきましょうね。みんな、描くことが決まりましたか」
　というと、生徒たちは一斉に
「ハーイ」

と答えた。あとは、
「あ、先生、職員室に紙を忘れてきましたから、取ってきます」
といわねばならない。が、その瞬間、視学はニッコリ笑って一礼し、教室を出て行った。わたしはホッとした。
　視学が次の学校に行ったあと、教師たちは見てほしいところを見てもらえなかったと、残念がっていたが、わたしのように用紙を忘れた人はいないようであった。
　その日の夕方、わたしたち教師は、歌志内校に集合を命ぜられた。歌志内町の四つの学校を視察した視学の講演と講評を聞くためである。歌志内校は、神威から汽車で十五分ぐらいのところにあった。それでもまだわたしたちは近い方で、新歌峠という、細い山道を越えて、更に何キロか歩かねばならぬ学校もあった。
　集まった教師たちは総勢百二三十名もいたろうか。一同整列して、立ったまま視学の話を聞いた。わたしは退屈なので、足で字を書いたりしていた。話は講評に移った。
「低学年への授業が、一般に熱が入っていた」
と視学はいった。わたしは一年生の受持だが、視学のいう低学年とは関係のないように思って聞いていると、視学はつづけていった。
「特に神威校の佐藤利明先生と、堀田綾子先生の授業は白熱的でありまして……」

わたしはびっくりした。聞きちがいではないかと思った。が、再び、視学の口からわたしの名が出た。

「堀田さん、あの話合いに、もう少しゼスチァアが入ると一層よいでしょう」

視学は、特にわたしの授業に細々と批評をしてくれた。指名してほめられたのは、佐藤先生とわたしだけであり、しかもわたしは、細かい指導までしてもらったのである。

「一升買いなさい」

帰りの汽車の中で、わたしは同僚たちにいわれた。校長や教頭も満悦の面持だった。自意識が強くないので、視学が来ても堅くならない。だから熱心に子供の中にとけこんで授業しているように見えたのだろう。

視学は、その熱のある雰囲気に好感を持ってほめてくれたのだ。別段、とり立てて教授法がうまかったわけではない。が、人々の印象としては、特に目をかけられ、賞讃されたように写ったようであった。

しかもわたしは、用紙の準備を忘れていた。これは大きなミスである。このことをもし視学が知ったなら、講評はがらりと変ったであろう。叱責されたかも知れないのだ。

いかにその道のベテランでも、人はすべてを見透すことはできないものである。人は人の一部しか見えない。
ほめられたことはうれしかったが、うしろめたさを感じて、わたしはやや惨めでもあった。といって、
「わたしは用紙を忘れていました」
と告げる勇気もない。ほめられてならぬものが、ほめられてしまった。その事実にわたしはしばらくの間、落ちつかなかった。
だが、日が経つにつれ、わたしは自分のミスを忘れ、ほめられたことだけを記憶にとどめた。それは、人間誰しもが持つ、いやなことは忘れ、よいことだけは憶えていたいという、無意識の欲求であったにちがいない。
人をほめるにせよ、けなすにせよ、要するに、人間は人間のすべてを見得ないこと、誤ち多いことを、この時のことを思い出すたびに、わたしは考えさせられるのである。
こんなことがあって、教師二年目の二学期も過ぎ、再び正月休みを迎えた。帰旭したわたしは、ある日女学校時代の友人の家を訪れた。するとその友は奥から走り出て、
「わたし、今日青森にお嫁に行くの」

と、うれしそうにわたしの手をとった。余りに唐突な言葉に、わたしは、おどろいた。まだ満十八歳である。果してうまくやって行けるかどうか、危惧しながらも、わたしは玄関先で二、三分立ち話をして帰ってきた。

三学期がはじまって何日も経たなかった。何人かの同僚たちと連れ立って、わたしは職員室を出、帰路についた。雪の踏み固められた校庭を横切りながら、わたしは隣にいた教師にいった。

「ねえ、わたしたちの年齢で、結婚なんて早すぎるわねえ」
わたしは、この間会った級友のことを思い出していったのである。
と、話しかけられた教師は、ちょっと沈黙した。わたしは隣に誰がいるかも確かめずに話したのだが、それが偶然、男の独身の教師だった。彼はひどく緊張した顔で、
「早くはないでしょうね」
と、低い声でいった。
わたしはその時のことを、いつの間にかすっかり忘れていた。が、幾日か経って、
「この間のこと、考えてみました」
と、放課後の廊下で彼にいわれた。
「この間のこと」
問い返した時、彼はちょっと口ごもってから、あの夕べのように緊張に満ちた表情

でいった。
「あなたの年で結婚なさるのは、決して早いとは思いません。ぼくと結婚してくださいますか」
「え?」
わたしは驚き、彼の顔をまじまじと見た。
(冗談じゃない?)
わたしはひどく不快になったが、
「少し考えさせてください」
と答えた。
わたしは別段、彼との結婚を望んでいったわけではない。ただ、自分たちの年齢で結婚するのは、早くはないかといったに過ぎない。が、彼は一般的な問題を、プライベートな問題として受けとったのだ。つまり、あたかもわたしが、彼と結婚したいと謎をかけたかのように、彼は受けとってしまったのである。
わたしとしては、隣にいたのが偶然彼に過ぎなかったのだ。もし隣に女教師がいても、わたしはそういったであろう。
つまり、わたしは誤解されたのである。だからわたしは、その誤解を解けばよかったのだ。

「あら、先生、あの時のわたしの言葉を、そんなふうにとったのですか」と気軽にいえばよかったのだ。あるいは手紙で、その誤解を解いてもよかったはずである。が、わたしはそれをしなかった。

弁解ぎらいなわたしには、誤解に対して、沈黙を守るという悪い癖がある。いや、必ずしもそれは悪くはないかも知れないが、少なくとも、この場合は弁解すべきであった。それが彼に対する思いやりであり、誠実であったろう。わたしはその点、行き届かぬ人間である。

それから幾日か経った。彼が、わたしの返事を待って、じりじりとしている様子がよくわかる。が、わたしは彼と話し合う機会を持たぬようにした。できるなら立ち消えになってほしいと思った。はっきりと、ことわれば相手が傷つくからである。

ところが間もなく、いやでも二人が校内を一緒に巡視しなければならぬ時がきた。その日、わたしが日直で、彼が宿直となった。日直の者は宿直員と共に、広い校内を一巡する規則になっていた。

こうなっては、逃げようがない。午後五時、夕食を終えて再び学校に来た彼とわたしは、校内巡視に出た。二人はぎこちなく黙っていたが、やがて彼がいった。

「今日はお返事を伺えると思ってきましたが……」

いよいよ答えねばならぬ時がきた。わたしはわたしなりに、彼の心を傷つけないよ

うな言葉をしきりに考えていたのだ。が、何ということとか、
「非常に不愉快です」
と口走ってしまったのだ。彼の顔色がさっと変った。そのあと、わたしが何と語ったかは忘れた。ただ憶えているのは、それ以来彼が、ふっつりと口をきかなくなったということである。
そして、彼は幾日もヤケ酒を飲み、同僚の下宿で、
「悪趣味だ、実に悪趣味だ」
とくり返しいっていたという噂も聞いた。
全く、何という返事をしたのだろうか。かりそめにも、その一生を共にしようと決意してくれた人に、こんなひどい言葉で報いるとは、わたしも実に情ない人間である。人間は、あまりに緊張すると、ひょんなことを口走るものだが、この時の彼のショックを思うと胸が痛む。
実のことをいうと、彼は教育熱心で、頭のいい、そして、かなり魅力的な青年であった。わたしも決して、彼を嫌いではなかった。だが、十八や十九の娘というものは、何の心の準備もないのに、いきなり結婚を申し込まれたりすると、激しい拒絶反応を示すのではないだろうか。それが少女の潔癖であり、本能的に清さを求め、身を守ろ

うとする処女の気質というものだと思う。

こんなトラブルの起きた三学期も終りに近づいた。昭和十六年度を迎えるために、教師たちは手分けをして、さまざまな作業をした。

わたしとTという妻子ある教師は、新校舎のトイレの札の貼りかえを命ぜられた。新校舎のトイレは職員室から最も遠い外れにあった。トイレのドアには「六ノ女」「六ノ男」などと筆墨で書いた紙片が糊で貼ってある。古くなって、茶色を帯びているその紙をはがし、新しい紙を貼るのだが、この作業にわたしは不審の念を抱いた。こんな仕事は、高等科の生徒にでもさせればよい仕事なのだ。何も教師でなければできない仕事ではない。Tという教師は、わたしの尊敬する教師である。わたしがそのことをいうと、彼は苦笑した。

「今にわかるよ」

と謎めいたことをいった。

「何がですか」

糊がべったりついて、はがれにくい紙は、雑巾でごしごしこすらねばならない。新校舎には誰もいない。Tと二人っきりだ。まだ雪のある三月のことで、手はかじかんでくる。わたしは納得しがたい気持で、この仕事をしていた。

すると、どこかでカタリと音がした。風の音でもない。誰か来たのだろうかと思っ

てTを見ると、Tは、
「それでは、教案は毎日書いているわけだね」
と、大きな声でわたしに話しかけた。片目をつぶって、わたしに合図を送っている。
何かは知らぬが、わたしも調子を合わせて答えた。
「毎日書いていますけれど、なかなか授業はうまく行きません」
「授業というのは、そうそう思ったとおりにうまくは行かないさ」
「そうでしょうか」
話し合っているうちに、わたしは、Tが先ほど目くばせしたことが何であったかも忘れて、教授法や家庭訪問の仕方などを熱心に尋ねた。
と、また、どこかでカタリと音がした。作業を終えて、わたしとTが並んで廊下に出ると、すぐ近くの廊下にXという男の教師が立って、窓から外を見ていた。
「何か用事ですか」
Tが声をかけると、彼は、
「いや、別に」
と、外を見たまま、ふり返りもしない。
しばらく歩いてから、Tがいった。
「Xのほうを見てごらん」

いわれるままにふり返ると、Xはじっとわたしたちを見送っている。
「こっちを見てるわよ」
「そうだろう。どうせ、こんなことだろうと思っていた」
とTは笑った。
「何のことですか」
「いや、何でもない」
Tは少し憂鬱そうに答えた。何が何だか、わたしにはわからない。
「いやだわ。はっきり教えてください」
「ばかばかしい話だよ、つまらない」
Tはちょっと考えていたが、
「あんたは人を疑うことの知らない性格だから、教えてあげたほうがいいかな」
といった。
　日頃、Tの優秀さを妬んでいる上司の某が、Tとわたしの仲があやしいと、一部の人にいいふらしている。二人の親しい現場を抑えようと、いろいろ工作しているのが気づかないかといった。
「この間、あんたの日直の時、わたしが宿直だったろう。あの日は、本当は頼まれて宿直を代ったんだよ」

という。その代ってくれといったのは、彼を妬んでいる男だった。そして、二人が学校巡視をしていた時も、そっとXが二人のあとをつけてきていたのだと、Tはいった。
「あとをつけてどうするの」
「わたしがあんたに、よからぬことをしないかと見ていたということだろうね」
「だって、わたしと先生は、何もあやしいことはないじゃありませんか」
「そうは、奴らは思わないのだな。とにかく現場をつかまえて、わたしを失脚させたくて、ジタバタしているんだ」
若いわたしは、その時まで、男の嫉妬というものが、よく理解できなかった。が、その時、それはひどく陰湿な、いやらしいものであり、奇妙な発想をあえてするものであることを知った。
五十人もの教師の中には、そんなつまらぬ思いに、憂身をやつしていた男もいたのだろう。
四月の新年度に、六学級の分教場ができることに決定した。学校は毎日入って来る生徒たちで、日ましにふくれ上り、新校舎を建て増ししても、遂に収容しきれなくなったのだ。
分教場へ行く教師が発表になった。男一名、女五名である。その中にわたしの名前

もあった。発表のあった日、Tがいった。
「どうして分教場にやられるかわかるかい」
「やる気充分だからでしょう？」
冗談めかしていうわたしの言葉にTは首を横にふった。

七

分教場勤務となったわたしは、二年間共に住んだ柏葉家の人々や、友人たちに別れて、二キロほど離れた街つづきの文珠という地に移った。ここは三井炭鉱のある地帯だった。
今まで神威駅前の商店街に住んでいたが、今度も文珠市街地といって、近くに呉服屋、豆腐屋、洋品屋などがあった。実はこの呉服屋は、わたしたちの住む家のすぐ左隣にあったのだが、わたしがそこを呉服屋と知ったのは、移って三か月もたった後だった。一緒に住んでいた高橋恭子という女教師に用事ができ、彼女の所在を同僚に聞いたところ、隣の呉服屋に行っているという。行ってみると彼女は腰をかけて、肥った女主人と着物の話をしているところだった。
そこではじめて、わたしは隣家が呉服物を売る店だということを知ったのである。多分、着るうかつにも丸三か月間、わたしは隣家が何を売る店か知らなかったのだ。多分、着る青地の薄物を広げて、

文珠の住宅をはじめて見た時、わたしは手を叩いて、子供のように喜んだ。その家は、三井炭鉱の元鉱長宅であった。庭の周りに桜の木が植えられ、玄関前には車廻しの植込があり、裏庭の芝生には籐椅子が二つ置かれてあった。池の傍らに藤棚が設けられ、ブランコまでしつらえてあった。

家は十畳一間、八畳二間、六畳の茶の間に四畳半が二つ、三畳の取次に台所、客用と家族用のトイレが二つ、それに気持のいい浴室がついていて、鍵の手の長い廊下は日当りがよかった。裏口も、普通の家の玄関より広く、立派な造りであった。

物に関心がなかったからであろう。教会堂の前を毎日通りながら、そこに教会堂のあることに、何年も気づかなかったという話を、わたしは最近ある人から聞いたが、同じような心理だったのであろう。

「こんな家に、二度と住めないわね」

わたしは、一緒に住む同僚の高橋恭子と斉藤セツによくいったものである。

斉藤セツは、今までの宿舎に一年ほど共にいた教師で、わたしの女学校時代の同級生だった。彼女は補習科を出てから、一年遅れて赴任してきた。背は高いが、腎臓が弱く、いつも西瓜糖をのんでいる、気のいい一人娘だった。

高橋恭子は教育者の娘で、激しい情熱的な教師だった。以前、六人で住んでいた時

は炊事当番があったが、三人になってからは、もっぱら高橋恭子が炊事を受持ってくれた。彼女は家政に有能であった。朝はいつも六時前に起き、わたしたちが寝呆けまなこで起きてくる頃には、もうご飯もみそ汁も炊きあげ、弁当まで詰めていたものだ。彼女は怠惰が嫌いで、日曜でも朝六時に起きるのには、内心感服しながらも、いささか閉口であった。

いつの間にか、庭から花を折ってきて床の間に活けるのも彼女であり、学校の帰りに配給の米を取ってくるのも、彼女であった。そして先ほどもいったように、薄い紗の反物を買ってきて、鼻唄をうたいながら、一日二日で縫い上げるという芸当もやってのけた。また、会社の労務係を招いた時など、焼物、酢のもの、天ぷら、茶碗むし、吸物などを器用に作って出したのも彼女だった。それでいて、自分だけがこんなに働いているというような気持を、一度も口にも顔にも出したことがなかった。

今思い出して、あれがわたしと同じ十九の娘のしたことだったかと驚くのだが、この彼女とわたしは仲がよかった。仲がよくなってから、彼女がいったのよ。

「ほんとうはね、堀田さん、あんたと住むと聞いた時、わたし泣いたのよ。だけど、一緒に住んでみたら、わがままで、寝たいだけ寝るし、何もかも家事を彼女に委せたっきりで、ちっともよいところなどはなかったが、そんなわたしをさえ好きになってくれるほど、

彼女は寛容な女性だったのだ。年月がたてばたつほど、その偉さが身にしみてくる。

五月になり、たんぽぽの咲く頃だった。わたしたちは庭の芝生に、人の声がするのを聞いて、障子をあけてみた。見ると、朝鮮服を着た婦人たちが、三、四人、庭のたんぽぽを摘んでいるではないか。芝生といっても、手入れをしていないので、只の草原になってしまい、一面にたんぽぽが咲きみだれていたのだ。

（無断で、人の家の庭に入って……）

いささかムッとして、縁側の戸をあけると、ふり返った一人がニコッと笑ってお辞儀をした。

「たんぽぽを摘んでいるんですか」

と尋ねると、

「塩漬にすると、おいしいんですよ」

とやさしい声が返ってきた。人の家に入ってきたという悪びれた様子が少しもない。わたしたちもまた、その素直な、のんびりとした調子にまきこまれて、ぼんやりと縁側にすわっていた。あれはたしか、日曜日だったと思う。と、その中の一人がすっと立った。

「こんにちは」

彼女は誰かに向って声をかけた。

「こんにちは」
若い男の声がして、裏口のほうから、ズボンのポケットに片手を入れた男が入ってきた。
「こんにちは」
「こんにちは」
他の女たちも、その男に声をかけた。わたしは、その男を見てハッとした。彼は、かの「危険人物」Eであったのである。
「やあ！ しばらくでした」
彼は白い清潔な顔をみせ、少しも意外そうではない顔をわたしに向けた。彼は池の縁を通って縁側にやって来、
「どうですか、住み心地は」
と縁側に腰をかけた。
「とてもすばらしいわ。おふろには鈴蘭の形をした電灯がついているし、ご不浄は客用と、家人用と、二つもあるのよ」
彼は皮肉な笑いを浮かべ、
「便所が二つあれば、便所掃除も倍しなければならないでしょう。三人に便所が二つも要りませんよ」

馬鹿にしたようなそのいい方に、わたしはなぜか反発よりも、共感した。いや、共感したというより、驚いたといったほうが、本当かもしれない。いわれてみれば、何も便所など二つある必要はなかった。わたしにとって、何が必要で何が不要かもわからないほど、幼稚な人間だった。が、このEは、その点実に物事をはっきり見る目を持っているような気がした。

それから何を話しただろう。わたしが彼と話をしている間に、他の同僚の二人は既に傍らにいなかったから、彼女らは洗濯でも始めていたのかも知れない。Eは、わたしがここに移ったこと、三人で住んでいることなどを、いつの間にか知っていて、

「この上に、飯場があるのを知っている？」

と、庭の上の山を指さした。飯場は独身者ばかりの集まりだから、いつ襲いに来るか知れないと、彼はそんな冗談をいった。いや、冗談ではなくて、本当にそう思って忠告したのかもしれなかった。が、前にも述べた通り子供がどうやったら生まれるかさえ知らないわたしたちには、盗まれる物はない娘だけしか住んでいないとわかれば、机とふとんと、行李一つに着替を入れてあるだけのわたしたちには、盗まれる物はないと、わたしはのんきに答えた。

事実、わたしたちは、そんな危惧――男性に襲われるなどという危惧を一度も抱かずに、その広い家の中にのんびりと住んでいたのだった。

ただし、一度、わたしは男に襲われた経験がある。襲われたと言っては仰々しいが、女学生の時だった。九条通十丁目と九丁目の間の横通りを歩いていた時である。まだ午后四時頃で、大通りのそのあたりには人通りもあった。

商業生が、

「あの……」

と近よってきた。住所でも聞くのかと思って立ち止まるといきなり妙なことを口走ってわたしの腰に抱きついた。驚いて悲鳴を上げるとあわてて逃げて行った。なぜ、明るい大通りでいきなり抱きついて来たのか、わたしは不思議でならなかった。不思議なだけで、これが男性への怖れとはならなかったところが、わたしの稚さと言うものであろう。

「Nから手紙が来ますか」

Eがいった。

「いいえ」

Nが卒業したのは三月であった。ものもいえずにわたしの前から立ち去ったNの姿を思い浮かべながら、わたしは久しぶりにNのことを思い出した。

「そうか、ここにも手紙がきていないのか」

Eは独りごとのようにつぶやき、ふっとその目を暗くかげらして、何かを考えてい

「神威の本校も、やたらにふくれ上りましたね。しかし、興亡という言葉を知っていますか。国は興りも、亡びもするもんなんですよ。いつまでもこの炭鉱が栄えるわけじゃないんですがねえ」

彼はそんなこともいった。わたしには、昭和十六年五月のその時点において、日本の国は果てしなく栄えて行くように思われた。彼が単なる取越苦労をしているような気もした。しかしそれは、決して取越苦労ではなかったのだが、そうしか映らぬ幼いわたしであった。

朝鮮の婦人たちは、彼とわたしに挨拶をして、立ち去って行った。すると彼はまた口をひらいた。

「あの人たちに、たんぽぽぐらい自由に取らせてやってくださいよ。日本は、あの人たちからふるさとを奪い、そのふるさとを、どれほど踏みにじっているか、わからないんですからね」

わたしは、彼と話している間中、絶えず聞きなれぬことを聞かされた。誰も語らぬことばかりだった。それは不安をもたらしもし、また、つまらぬ心配だと笑いたくもなったが、どこか心のひかれる、暖さといおうか、誠実さといおうか、心にひびくものを感じないではいられなかった。

話し終ると、彼は芝生を横切って、やや急になった崖の斜面を、身も軽やかに駆けのぼって行った。その姿を見て、本当にこの庭には、裏山の飯場から、いつでも人は降りて来れるのだと、その時初めてわたしは実感した。裏山一帯は、三井鉱の社宅ではなく、住友鉱の社宅になっていた。そして彼はその住友鉱の長屋の一軒に住んでいたのだった。

分教場は六学級あった。一年生が二学級、二年生が一学級、三年生が二学級、四年生が一学級である。分教場は、わたしたちの住宅とは正反対に、まことに粗末だった。炭鉱から借り受けた一棟五戸の長屋を、二教室に改造したものである。それが三棟、都合六教室あった。改造したといっても、バラック建ての長屋の、畳を取り払い、窓をふやし、黒板と教壇を置き、机を並べたに過ぎない。生徒たちは、穴だらけの三分板の床の上をガタガタ音を立てて歩き廻ったが、穴に足を落す子もいて、まことに危険な教室であった。

長ひょろいその教室に、机が四列には並ばなかったろう。八十人の生徒を三列に並べていた。しかし、何と楽しい分教場の生活であったろう。教師たちは、各自の腕時計を頼りに授業を進める。始業時間を知らせるベルも鐘もない。興が乗れば、四十分の授業が二時間にも延びることがあった。文部省の役人が

知ったら驚くような実態だった。が、この分教場を認可したのは文部省なのだ。とにかく、国語でも算数でも図画でも、二時間ぶっつづけに教えると、子供たちの学力はぐんぐん伸びた。生徒の体力を考慮することも児童心理学もあったものではない。四十分教えて十分休むことに決められていたのだが、そんなことを全く無視して教えたのだから、教えられたほうも迷惑であったろう。しかし、どの子も実に楽しそうに勉強した。

事実、この当時を思い起こして、楽しかったと教え子たちはいってくれる。遊び時間もまた、一時間ぐらいぶっ通して遊ぶ。屋外の運動場は炭鉱会社の野球場で、教室とは正反対に、広々とした立派なグラウンドであった。

ここには、本校にはなかったのびやかな空気があった。校長も教頭もなく、五十を過ぎた話のわかる奈良という教師以外は、全部女教師で、席次はわたしが一番であったから、のんびりした気分になるのも無理はない。

授業が終わって宿舎に帰ると、生徒たちがふろを焚いて待っている。その生徒たちと一緒にふろに入る。寝巻を抱えて泊りにくる子もいる。その中で、鈴木という忘れられない美少女がいた。彼女は高等二年で、本校の生徒であったが、文珠に住んでいた。

「先生、わたし、わたし、あした東京にやめていくから、泊りにくるほど、泊ってもいい?」

わたしはその子の顔は見知ってはいたが、親しい間柄ではない。

「あのね、先生。佐分利信って知っている?」
「知ってる、知ってる。わたし大好きだもの」
佐分利信というのは、当時の二枚目で人気俳優であった。
「あした、わたしね、佐分利信の家に行くんだよ」
「あら、どうして、知合いなの」
「うん、わたし一人で行くの」
「へえー。じゃ、佐分利信はあなたの義理のお兄さんなのね。うらやましいわ」

佐分利信というのは、わたしの姉さんがお嫁に行ってるの。東京にこいっていうから、わたし一人で行くの」

父母を離れ、ふるさとを離れ、友だちと別れて東京に行く彼女の淋しさを考えるよりも、羨ましさを覚えるわたしは、ここでも子供のような教師だった。

なぜ彼女が、わたしの所に泊りに来たかったか、わたしは知らない。わたしは、受持以外の生徒からもかなり親しまれた。多分わたしは明るく朗らかな、あけっぴろげな性格に変りつつあったのだろう。かつては無口といわれ、無愛想といわれたものだが、教師という職業がわたしを変えて行ったにちがいない。

佐分利信は歌志内の出身で、元代用教員をしていたということを聞いていた。彼女

その夜、わたしはその小柄な少女と、一つふとんの中で寝た。

無論一度も教えたこともない。

の姉は同郷の故もあって、結ばれたのであろう。この鈴木という少女は、その後の長い戦争の間に、文通もなく、どうしていたかと思っていた。ところが、ついこの間、所用で太田という家を訪ねた時、出て来た小ぶとりの主婦が、
「わたしは先生を存じあげております。文珠にいた鈴木というものですが、ご存じでしょうか」
といわれて、あっと驚いた。
「あなた、じゃ、あの佐分利信の……」
わたしの言葉にうなずく彼女は、何と三十年前、わたしの所に泊りにきたあの少女であったのだ。彼女は今、旭川に住んでいる。
 そうしたのびやかなふんいきの中に、生徒と過ごす毎日は楽しかった。わたしは、子供たちに毎日日記を書かせ、それに寸評を加えたり、また、生徒に原紙を切らせて、絵や文章を書かせた。今の教師たちなら、そんなことは珍しくないだろうが、当時二年生の子に、原紙を切らせて印刷させるということは、かなり画期的なことであったようだ。
 しかしそれは、必ずしもわたしの教育的見地からしたことではなく、思いつきからやったことに過ぎない。そんな思いつきによって、わたしは先輩や同僚から、賞讃さ
れたが、陰で危ぶむ者もいたかも知れない。

いく度も述べたが、わたしは実にどれほど見識のあらねばならぬ、というものを何一つ持たずに、教壇に立っていたような気がする。教師はかきびしく生徒を叱りとばしては、ごめんね、とあやまる教師であった。生徒が病気で休んだと聞いては、驚いてすっとんで行く教師であった。

その受持のクラスに、ふっくりと肥った、体の大きなA子という子がいた。彼女はトラホームで、目がしょぼしょぼしていた。彼女は知恵遅れの子だった。自分の名前を書くのがようやくで、十まで数えることもできなかった。当時は、知恵遅れの子に何の対策もなく、一般の学校に通わせるより仕方がなかった。非常におとなしい子で、授業時間中いたずらもしない。聞いていて、少しもわからないのに、両手をひざの上において、きちんと聞いている。座高が高いので、椅子の上にひざを折って正座しているかのような感じだった。

遊び時間になると、生徒たちはわたしの手を取りに、わあっと集まってくる。ところが、A子が教室から出てくるのは、誰よりも遅い。彼女はよたよたと、年取った者のように、ゆっくり歩いてくる。

この分教場は廊下がなく、教室を出るとすぐに外である。そこで生徒たちは、靴袋から靴を出し（下駄箱もないのだ）上靴をその靴袋に入れ、それを帽子掛にひっかけておいて外に出るのだが、只それだけのことが、A子には大変な労力なのだ。だから

彼女が外に出た時には、みんな生徒たちはわたしの手を握ってしまっている。生徒たちは、わたしの指一本一本をつまむようにして、
「わたしは親指だよ」
「わたしは中指だよ」
と、指を奪い合うのだ。だがその二年生の子供たちも、A子が黙ってわたしを見ていると、指を代ってとらせてやる。A子はうれしそうにわたしの指をとり、ニコニコと笑うのが常だった。
こうしてグラウンドまで行くのだが、A子は体は大きいが、走ることも遅ければ、縄飛びも下手だ。地上三十センチの高さともなれば、彼女はもう、輪ゴムをつないで作ったそのゴム縄に、足をひっかけてしまう。それで大抵は縄を持たされるわけだが、それでも彼女はいつもニコニコしていた。そのあどけない笑顔は、どんなにわたしの心を慰めてくれたことだろう。
「A子ちゃん、ちょっといらっしゃい」
と呼ぶと、彼女はよたよたとわたしの所にきて、その大きな頭を、よく胸にこすりつけたものだった。何の用で呼ばれるのかは、A子にはわからない。呼ばれたことがただうれしくて、頭をすりつけてくる。彼女にはそれしかできなかった。いや、それ

は、知恵ある子には決してできない、すばらしい行為ではなかったかと思う。他の子なら、教師に呼ばれると、何の用で呼ばれたのかと、ちょっと不安顔になったり、緊張したりする。が、彼女にはそうしたことは一度もなかった。

その後彼女は、二十にもならぬうちに死んだというが、

「何でこんな知恵遅れに生まれたの」

と、親をも、神をも、恨むことすらしないで死んだ彼女の一生を、わたしはいたましくも尊いこととして、文珠の地を思い出すたびに思うのだ。

あとで詳しく述べるが、この何もわからなかった子が、わたしが分教場を辞めて旭川に帰る時、他の子たちと一緒になって、泣いて泣いて、その涙をぬぐうこともせず、滝のように流れる涙のまま、わたしを見つめていたことを思い出す。A子は、別れるということを知っていたのだろうか。別れの悲しみということを、知っていたのだろうか。胸の詰まるような思いで、今もわたしは彼女を思い出すのである。

この炭鉱街文珠の祭りには、山神社（鉱山の守り神のつもりか、土地の人はみなヤマ神社といっていた）に美しいイルミネーションが点される。そしてグラウンドには、花で飾られた山車が出、子供たちは長い袂の着物やきれいな服を着て集まってくる。

その日わたしは、姉からもらった紫の着物を着て、子供たちと山車を見ていた。五

月の、木の芽の美しい頃であったように記憶している。暖かい日ざしを背に受けながら、生徒たちと祭りをみているわたしの傍らに寄って来たのは、あのEであった。

「着物も似合いますねえ」

彼はそういい、

「かわいい子供たちですね。この子たちをあなたが受持っているのですか」

と、やさしい顔をした。そして生徒たちに、

「堀田先生って、おっかないでしょう」

というと、生徒たちは、

「きびしいけれど、先生すぐあやまるんだから」

といった。Eは、

「何をそんなにあやまってばかりいるんです」

と笑い、自分も生徒たちの手をつないで、ぶらぶらと、グラウンドに並んだ出店を見て歩いた。たまたま、炭鉱の労務係の工藤という人と、宇田という人が、そろって通りかかり、

「先生も見物ですか」

といった。この二人はなかなかの知識人で、宇田さんは俳句をよくし、たしかテニスも上手だったはずである。当時二人は三十代だったろうか。上品なハンサムであっ

彼らが去った時、Eは、
「会社の労務係でしょう。あなたにはおだやかな顔をしているが、要するに、資本主義の……」
いいかけて、ふと黙った。
「資本主義の何ですか」
「やめましょう。ぼくの今の精神状態は、ちょっとよくなかったんです」
彼はそういい、
「しかし、何もわからないって、恐ろしいことですね」
とつけ加えた。
「何もわからないって、わたしのこと?」
「多分ね。もっとも、あなただけじゃない。今の日本では、わからないものが、わかったような顔をして生きている。下手にわかると刑務所行きです」
彼はそんなことをいってから、読書は好きか、趣味は何かなどと、わたしに尋ねた。
わたしは女学校時代に本は読んだほうだが、教師になってからは、教えるほうに忙しくて、ほとんど本らしい本も読んではいなかった。
「なあんだ。本も読まないんですか。本はお読みなさいよ。読書しない人間が、戦争

を起すんです」

彼は幾分怒ったようにいった。その言葉は、かなりぐさりと刺さって、きびしいことをいう人だと、まだ若いEの横顔をつくづくと見た。なぜこの人が、坑内に入って石炭を掘っているのか、わたしにはわからなかった。彼には肉体労働よりも、知的な仕事のほうが向くように思われた。

が、もしかしたら、彼は何もわからずに増産に協力する人々に、自分たちの立たされている場を教えようとして、坑内に入っていたのかもしれない。もっとも、それは今になってから思うことで、その時は、学校の先生にでもなればいいのにと思っていた程度だった。

その後、わたしは時々彼に街ですれちがったり、グラウンドで散歩をしている彼に出会ったりした。それは、偶然というより、彼がわたしの通る所に待っていたような気がしたのも、うぬぼれであったろうか。

この文珠の生活で、忘れられない父兄がいた。それは、本校にいた時に教えた生徒長田澄子の両親である。この父親は、住友鉱の鉱夫だったが、甘党のおだやかな人柄だった。母親は、当時の女優水戸光子に似た、目の大きな美しい人だった。口もとが何ともいえず甘くやさしかった。彼女は、わたしが澄子を受持っている間は、一度もわたしの家を訪ねたことはなかった。授業を見にきても、生徒たちの邪魔にならぬよ

うにと、廊下に立って窓からじっと眺めて行くような、控え目の人だった。
 ところが、わたしが本校から分教場に移り、澄子との縁もすっかり切れてしまうと、子供たちをつれて、日曜日にはわたしを訪ねてくるようになった。彼女もまた炭鉱で働いていたが、その作業着のまま、焚きつけを一抱えほども荒縄にしばって、持ってきてくれもした。
 そろそろ甘い物もなくなり、砂糖の配給も始まる頃だったが、
「先生、あしたぼた餅をつくるから、遊びにきてください」
とか、
「お汁粉をつくるから、ぜひいらしてください」
とか、幾度か招待されたことがある。配給の甘い物を食べに行くのは気がひけたが、
「実はうちの人が甘い物が好きだけど、始終作ってやらないものだから、堀田先生をおよびせいというんですよ。先生がおいでになれば、わたしが甘い物をつくるものだから……」
 彼女はそういって、だからちっとも遠慮は要らないのだといってくれた。わたしは、この夫婦の態度に心打たれた。父兄の中には、自分の子が受持たれている間は、会っても愛想よくお辞儀をするが、受持が変ると、すぐに態度の変る人もいる。とこ
ろがこの二人は、自分の子が受持たれている間は、一度もわたしを訪ねたことがなく、

本校と分教場に分かれてから、親しく訪ねたり、招待してくれるようになった。
訪ねて行くと、澄子の小さな弟が、「気をつけ」の姿勢のまま、
「堀田綾子先生、こんにちは」
と、学芸会の舞台で挨拶するような、緊張した面持で、わたしを歓迎してくれるのだった。

わたしが文珠にいたのは、昭和十六年の四月から八月までの、僅か四か月であった。まことに短い月日ではあったが、しかし何とまた、楽しかった四か月であったことだろう。できれば、わたしはそのまま炭鉱の街に一生住みつきたかったほど、楽しい所であった。

人間の楽しい所というのは、別段都会とは限らない。また風光明媚な所とも限らない。そこは、煙にくすんだ山間の小さな町に過ぎなかった。が、そこには愛する対象がいた。愛する対象のいる所にまさる所はない。

しかしわたしの母が、リューマチで工合が悪くなり、女であるわたしが、家に戻る必要が生じたのである。当時、家には、体のあまり丈夫でない姉の百合子がいた。そのほか、弟四人、兄が一人、出征した次兄の子が二人いた。次兄の妻は、肺結核で入院中だったから、母はその子らをも育てていたのである。

五月の末頃わたしは校長にその事情を告げ、転任の希望を申し出た。が、校長は、

それを単なる口実としか受けとらず、転任を認めなかった。学校側としては、何もわからなかった者が勤めて三年目、ようやく役に立つ頃になってやめられるのは惜しかったのかも知れない。
「君、ここは教員養成所じゃないんでね」
校長はそういって、わたしの希望を斥けた。こうなれば仕方がない。わたしは退職し、改めて旭川の学校に就職するより仕方がなかった。だが、一旦辞めれば、また代用教員からはじめなければならない。折角訓導として働いているのに、俸給も少なくなる。かといって、このまま勤めていることもできない。わたしは仕方なく退職を決意し、旭川に就職口を見つけることにした。
本校のそばにある校長の家から、一人夕暮の道を歩いて帰ってきた時、わたしは黒い水の流れる川にかかった橋の上で、朝鮮人と欄干によりかかって何か話し合っているEに会った。わたしは彼に黙礼してそのそばを通り過ぎたが、やがてこの人とも、会うこともなくなるだろうと思った。
その時、なぜかふいにわたしは涙がこぼれた。それは、彼への別離の感情でもあり、愛する街全体に対する、別離の感情のようでもあった。

転任が許されなければ、退職もやむを得ないと、両親も了承してくれた。父の小学

校時代の恩師滝沢先生(当時既に退職して旭川に住んでおられた)の尽力で、わたしは旭川啓明小学校校長横沢吉秋先生に紹介されることになった。
父は万事に慎重だったが、事を運ぶのも早かった。話がばたばたと決まった。退職を決意したのが五月下旬だったのに、この話が決まったのは六月一日の運動会以前であったから、正に急転直下の早さだった。
横沢校長から、面談したい旨の速達をもらって、わたしは直ちに旭川に帰った。旭川の町外れの静かな住宅街に、生垣のある横沢校長の家があった。頬がこけ、頬骨の出た、痩せて小柄の校長だが、大きい目に光があった。声がやや枯れていたが、語る言葉に熱があった。わたしは話を聞きながら、炭鉱の教師たちとは全く異なった雰囲気を感じた。
「転任を許さないという、あなたの学校の校長さんの気持はよくわかりますよ。惜しいんですよ、あなたが。他の学校にやりたくないんですよ。それだけに、またわたしも、あなたを欲しいという情熱が湧くんです」
わたしを特に気に入ったかどうかは、わからない。ただ、教師不足になりつつあった時代である。正教員の免許状があり、僅か二年余りの経験でも、経験があるとなれば、新卒よりは使えると思ったのであろう。それにしても、
「あなたを欲しいという情熱が湧く」

といういい方は、わたしの耳に奇異にひびいた。何か、男女間に使われる言葉に思われた。奇異といえば、横沢校長はこうもいった。
「わたしは、自由主義が一番いいと思っているんですがね。どうも時代が変ってきて、一体どうなるんでしょうか。軍国主義で人間を教育できるとは、到底思えないんですよ、わたしは……」
この言葉を聞いて、わたしは非常に驚いた。国を挙げて戦時体制下に入っている時代だった。その年の三月一日から、尋常高等小学校は国民学校と名も変って、
「皇国民の錬成」
が、教育の目標になっていた。国民を天皇の赤子に育てる目的がますます強められ、皇室について何かいうことはほとんどタブーであった。新聞に載った天皇及び皇室に関する記事は、不敬な扱いにならぬよう、切り取って大事に保管させることすら指導されていた。

米も木炭も配給であり、当時、タバコも不足で、東京では一人一個しか販売を許されていない。あれもこれも、物質も精神も、結局はすべて天皇を中心とした戦力とならしめるための動きであった。女性のわたしたち自身、既に二年前に実弾射撃の軍事教練を受けていて、軍国主義は世をおおっていた時代である。その時に、
「自由主義が一番いい」

「軍国主義で教育ができますかねえ」
という言葉は、わたしにとってはなはだショッキングであったのは当然だった。
「ぜいたくは敵だ」
という言葉が流行していて、何かといえば、すぐさま
「国賊！」「非国民！」
と、ののしられる。今思えば、ぞっとするようなヒステリックな、血迷った時代だった。わたしは、こんな校長のもとに勤めねばならぬのかと、いささかたじろいで校長宅を辞した。
「情ない校長だ」
というのが、当時のわたしの偽らざる感情だった。が、一方、剃刀（かみそり）のような鋭利さに、一つの魅力を感じたことも否めない。
わたしは啓明校に勤めるべきかどうかと迷いつつ、再び文珠の分教場に帰って行った。

旭川から帰った翌日──明日六月一日は運動会である。この分なら快晴だと、わたしは夕焼空を仰ぎながら、宿舎の前に立った。
すると、家の前に長田澄子の母親が立っている。水戸光子に似た彼女の、紺がすりのモンペに半てんを着た姿は、誰の晴着姿よりも、きりりとしてわたしには美しく見

えた。白粉気のないそのひたいに、うっすらと汗を浮かべて彼女はいった。
「先生、あしたの運動会には、わたしがおすしを持ってきますからね。何も用意なさらないでくださいよ」
 彼女はそれだけいうと、仕事中だからといって、さっさと帰って行った。遅くまで働いている彼女に、すしを作ってもらうのは気の毒だと思いながら、うしろ姿を見送っているわたしに、
「お晩です」
と声をかけた男がいる。ふり返ると、Eが白い開衿シャツをたくしあげたそのたくましい腕を組んで、立っていた。
「あら、お晩です」
 わたしは何となくどぎまぎした。どぎまぎする理由はないのだ。そう思ったが、やはり落ちつかない。Eはわたしにとって、苦手な存在だったのだろうか。
「あの人はきれいな人だなあ、いつ見ても」
 彼も長田澄子の母の去って行く姿を見送った。
「美人でしょう？」
 自慢げにいうわたしに、
「あの人の美しさを、美人という言葉で形容してほしくないなあ。あの人は、美人よ

りも、もっと美しいよ」
　わたしはうなずいた。たしかに、彼女は単なる美人よりずっと美しい。そのやさしさ、かしこさ、あたたかさ、心のきれいさが滲み出ている。
「今、お忙しいですか」
　彼はちょっと間を置いてからいった。
「ええ、食事をしなければ……」
「なるほど、じゃ、一時間あとなら、いいですか。グラウンドで待っています」
　否という理由もない。異性に誘われたというより、目上の人に呼びつけられたという感じだった。何の話があるのかと、少し気重になりながら、わたしは食事を終えた。同僚には何もいわず、わたしは宿舎を出た。長い日もようやく暮れて、うす暗くなったグラウンドのほうに向って行くと、グラウンドが異様にざわめいている。グラウンドの手前の小さな橋まできた時、
「やあ」
と、Ｅが近よってきた。
「お待ちになりました？」
「十分ぐらい」
「何かしら？　グラウンドが賑(にぎ)やかね」

172

「子供たちですよ。明日の見物席を取っているんです」
「まあ、席をとるために、今から?」
二人がグラウンドに入って行くと、生徒たちが、めいめいの家からゴザを持ってきて、明日の運動会のために、父母の見物席を確保しているのだ。一晩中、ここで夜明しする者もいるという。
炭鉱の人々にとって、子供の運動会は徹夜してでも席を取って見物する価値があるのだ。それはお祭り以上に楽しい行事だったのだ。
「お晩です」
「先生、お晩です」
礼儀正しいというより、人なつっこい生徒たちはわたしの姿を見て、声をかける。
ここではゆっくり話をすることもできない。
二人は、暗い分教場の中の、わたしの教室に行った。それでも、教室の傍らの電柱に点いている街灯が、教室の中まで淡い光を投げかけていた。
「話はほかでもないんですが……」
小学二年生の机をはさんで、わたしたちは小さな低い椅子にすわった。くらがりの中で、Eの顔が他の人の顔のように思われた。
「あなたは、一昨日旭川に帰りましたね」

「ええ。どうしてわかりました?」
「ぼくは、情報網を張りめぐらしているから……」
冗談のようにいい、
「実はあなたが旭川に帰った夜、N君が来たんです」
と真面目になった。
「あら、そう。お元気でしたか」
「いや、荒れていましたよ。かわいそうに」
「やはり、家を出たら大変でしょうね。まだ十六ですものね」
「彼、何しに帰ってきたか、わかりますか」
「さあ」
「彼はね、あなたに会いに来たんですよ。しかし、あなたが旭川に帰ったと知って、がっかりして帰りましたよ」
卒業式の日の、彼の姿をわたしは思い出した。さようならともいわずに、涙の顔をそむけるように去って行ったのだ。
「少年の日の、小学校の先生という存在は、ふしぎな存在ですね」
「どうしてわたしの帰るまで、待っていなかったのかしら」
「帰れといったのはぼくなんです。人生は出合いだ。会えなかったのは縁がないんだ

とね。冷たいようだけれど、ぼくの判断では、N君はあなたに会わないほうがいいと思ったんです」
「わたしは会いたかったわ」
さからうようにいうわたしに、
「あなたが彼に会いたい気持と、彼があなたに会いたい気持は、全くちがいますよ」
と切り返すようにいった。黙っていると、
「会わなくてよかったんです。へたをすると、彼はあなたと無理心中でもしかねなかったでしょうからね」
「まさか」
「まさかじゃありませんよ」
Eは語気を強めていった。そして、Nが満州の少年義勇軍に入るというのを、なだめた次第を語ってくれた。
「満州に行って何がある？ 満州国は砂上の楼閣に過ぎない」
といってやったともEは告げた。
 わたしは、本当にNに会いたかったと思った。一方、万一少年の一途さで、刃物で無理心中でもされては大変だとも思った。そして、つくづくと感じたのは、小学校の教師は、必ずしも小学生を相手にするだけの生活ではないということだった。卒業し

て大人になってからも、様々な相談ごとを持ちこまれるにちがいない。とすれば、ただ、学校と宿舎を往復するだけの生活でよいのであろうか。果して自分自身を成長させることができるだろうか。Nの一件一つにしても、もしわたしが彼に会ったとして、一体どんな助言ができたろうか。わたしははなはだ心細い思いがした。そんなわたしに、彼はいった。
「世界の地図は、どんなふうに変りますかね。スターリンも首相になったし」
正直の話、わたしは彼が何をいっているのか、わからなかった。恥ずかしい話だが、わたしはほとんど新聞を見たことがなかった。ラジオも持っていない。世界の動きにも、日本の動きにも、ほとんど関心がなかった。日本が戦争をしていることは無論知っていたが、その日本の在り方は、正しいと信じきっていた。
「お国のすることは、まちがいがない」
こう信じていたのは、何もわたし一人ではない。それが庶民の大方の在り方だった。新聞を見ても、わたしは政治経済面には、目が行かなかった。だから、スターリンが、その五月にソ連の首相になったことすら知らずにいた。彼がふっと黙りこんだ。このあと、二人は何を話したか記憶にない。沈黙は重苦しくはあっても、気しだ。グラウンドのざわめきが、やや治まっていた。

づまりではなかった。その沈黙には、何か甘さがあった。わたしはふと、これが青春だと思った。

彼は立ち上った。

「帰りますか、そろそろ」

「ええ」

「もしNから手紙が来ても、返事を書かないでください」

「そうしたほうがよければ……」

二人は立ち上ったまま、お互いを見つめていた。わたしはなぜか、旭川に退めて行くことを急にEにいいたくなった。

「あの……」

「何です?」

わたしは口から出かかった言葉をのんだ。この、何でも見透しているような口を利くEに、せめてわたしの進退だけは、その日がくるまでは知らせたくないと思ったのだ。

「あした、よかったら運動会を見にきてください」

わたしはのんきなことをいった。二人は教室を出た。

八

分教場勤務の期間は短かったが、この期間には何かと身辺に変化が多かった。ベルのなかった分教場に鐘がきた。馬橇の鈴の形をした、しかしそれより大きな鐘である。それを始業終業の時に、手に持って「カランカラン」と鳴らすのだ。それを鳴らしたのは誰だったろう。分教場主任（という呼び方はしなかったが）の奈良先生であったろうか。それとも四年生の子であったろうか。今もあの鐘の音が耳に聞えてくるようなのに、誰が鳴らしたか記憶にはない。

鐘がきて、朝礼もあるようになり、分教場も次第に学校らしい形がととのってきた。もはや、わたしは二時間もぶっ通しに授業をしたり、一時間も遊ばせたりすることはできなくなった。

都市にくらべて、比較的物資の豊富だった炭鉱の街にも、食糧が目立って不足してきた。アンモニヤくさいカボチャ入りのパンが売られたりしたが、そのパンも時刻を決めて売られ、行列しなければ買えなくなった。

もはや、あのふかふかとしたパンは過去のものとなり、羊かんや、まんじゅうなどは菓子屋の店先から姿を消した。それでもたまに思い出したように、かのこ、金つば、栗まんじゅうなどが僅かばかり店頭に並ぶことがあった。が、それも、あっという間

に売れるのは勿論である。

毎日のように、一人二人と炭鉱の街から応召兵が出た。応召兵の乗る汽車を、分教場の生徒たちは線路ぎわのグラウンドに並んで見送った。汽車の窓に大きな日の丸を下げ、窓から身をのり出すようにして手をふる応召兵に、生徒たちもまた、「ばんざい」を連呼して手をふった。

出て行く兵が増えると共に、戦死する兵も出てきた。時折遺骨と遺影を先頭に、長い行列が街中を練り、神威本校では時折慰霊祭が行なわれた。

が、所詮戦争は日本の地で行なわれてはいない。満州で、あるいは支那で戦火はひろげられていったが、日本の国土には戦争はなかった。

斎藤茂吉は、その著『作歌四十年』の中で、

たたかひは上海に起り居たりけり鳳仙花紅く散りるたりけり

について、

〈当時上海は動乱の巷で、新聞がそれを報じてゐた。私は政治方面のことはよく分らぬが、戦争にはいつも関心を持ち、新聞記事にも注意してゐた。戦は個人なら果し合ひ、命の取りくらべであり、大がかりな真剣勝負なので、いつも自分の心を緊張せしめた〉

と、その歌境を述べている。

だが、わたしには戦争は遠いことであった。広い空には敵機一機飛ばず、銃声一つ聞えない。石炭が増産され、食糧が不足になってきた一事からだけでも、容易に戦争の拡大は感ぜられるはずだった。しかし、戦争は遠い国で行なわれていた。日常生活の中での徐々の変化には、人間は知らぬ間に馴らされるのだ。今、まぐろに米に水銀含有量が多いといわれても、そのために、すし屋がつぶれた話はきかない。結構、なまずしを食べる人間は絶えないのだ。

突如、耳もとに銃声が起り、あるいは空から爆弾が落ちてでもこない限り、戦争に現実感がないのは、認識不足のせいばかりではなかったかもしれない。

話は変る。

ある土曜日、学校から帰ってくつろいでいると、三井炭鉱の労務係の宇田さんと工藤さんが訪ねてきていった。

「すみませんがねえ、先生がた。実はこの家が会社の寮になることになりましたので、グラウンドのそばの住宅に移っていただきたいのですが」

寝耳に水である。わたしたちは絶句した。広い庭、広い家、ゆったりとした浴室、この住み心地のよい住宅から、急転直下たった二間きりの家に越して行けという。会社側では、小娘三人にこの広い家を無料で貸しておくのが惜しくなったのか、もともと寮にする予定のところを、一時わたしたちに貸したのか、それは知らない。それとも、

いささかがっかりはしたが、何しろ十九の娘たちである。生活が変化するのも考え様によっては楽しいことだ。広い庭も草ぼうぼうにして、手が廻りかねていた。机と行李一つ、布団一組だけの三人には、二間の家で結構だった。

二間の長屋でも、たたみは新しく、壁にはペンキがきれいに塗られている。これで満足しようと思ったが、水道がない。外に井戸があって、そこから水を汲んでくる。便所までが外だ。がくんと差がついたわけだが、誰も格別の苦情もいわず、その夜は消灯して床についた。

ところが、事はそれから後に起きた。消灯して間もなく、何かもそもそと体がかゆい。誰かがパッと飛び起きると、あとの二人も起きた。電灯をつけてみると、みんな、足や腕や、首のつけ根などが赤くなっている。

「ちょっと、ちょっと、大変よ。これ南京虫じゃない？」

高橋恭子さんがいった。刺されたあとが二か所つづいている。これが南京虫の特徴だという。何しろ南京虫は大きい。生れてはじめて刺されたのだ。気持の悪いことはなはだしい。下卑た男に手でもつかまれたような、不快感だ。

「電灯を消したらだめよ。南京虫はね、暗くなると天井から降りてくるんだって。落下傘部隊っていわれているのよ」

物知りの恭子さんの言葉に、わたしはぞっとした。消灯と同時に、人間の血を求め

て、ぱらぱらと降ってくる南京虫は、想像しただけでも、気味が悪かった。
「いやねえ。明るいところには、寝られやしないし」
三人はぶつぶついっていたが、それでもひる間の疲れで、やがて三人とも寝入ってしまった。

さて翌朝、三人の体は惨たんたるものだった。体の至るところ、南京虫の攻撃で赤く腫れあがっている。こんなひどいところに住ませるとは、何という会社だろうと、腹を立てて学校に行った。授業をはじめても、南京虫の刺しあとは無性にかゆい。遊び時間に、生徒たちは、わたしの手や足をみて、
「どうしたの」
と、心配そうに尋ねてくれた。が、それが南京虫だと聞いて、
「なあんだ、南京虫か。南京虫にくわれて、どうしてそんなに、はれるのさ」
と、おかしそうに笑った。

その時、わたしははじめて、生徒たちの生活の一面が肌でわかったような気がした。生徒の大半は、南京虫のいる長屋住いである。職員社宅の子は僅かに三人で、市街地に住む商店の子も三、四人に過ぎない。
つまり、あとの五十人余りが長屋に住んでいて、毎夜南京虫に刺されて暮しているのだ。しかも、二間か三間しかない長屋に、五人も六人もの家族が住んでいる。その

中で、生徒たちは宿題をしたり、眠ったりするのだ。が、只の一度も、生徒たちは家がせまいだの、南京虫がどうだの、ぐちをいったことがない。
　教師と生徒がこんなちがった環境であっていいのか悪いのか、わたしはつくづく考えた。
「南京虫ってかわいいよ。凄く早くてさ」
という生徒すらいた。
　わたしはもっと早く、こんな実態があることに、教師として気づくべきであった。人間の生活は、こんなせま苦しい家に、南京虫に悩まされて営むべきではないと、知るべきであった。石炭を掘り出す重労働の鉱夫たちが、手足をゆっくりのばすこともできない長屋に住み、その炭鉱の鉱長は、今まで自分たちが住んでいたあの広々とした家に、悠々と生活していたのだ。そのことにわたしは疑問を持つべきだったのだ。
　わたしは、そんなことにも全く気づかずに、広い鉱長宅に住んで喜んでいただけの、心ない教師であった。今考えると、歯ぎしりしたいような、いい加減の生活意識しか、わたしは持っていなかった。いや、それがわたしだけではなかったことに、更に大きな問題がひそんでいたとわたしは思う。
　わたしは、いまこれを書きながら、ある生徒の親がいっていた言葉を思い出す。
「主人は坑内で働いているものですから、いつ、ガス爆発に会うか、落盤に会うか、

わからないんです。だから、せめて、寝る時だけはふかふかの布団に寝せたいと思って、宿屋の布団より立派な布団に、寝せていますよ」

何と心打たれる言葉であったろう。このような鉱夫たちの夫婦仲が、普通のサラリーマンより平均によかったのは、当然であったかもしれない。生徒たちの成績も、のちに旭川で教えた生徒たちよりも、よかったように記憶している。それにしても、いつ死ぬかわからぬという危機感を抱き合って生きている家族がいるとは、何と悲しいことであろう。

話は南京虫にもどる。

夜毎の南京虫の襲撃に、わたしたちはとうとう病院に行かねばならぬほど、刺された跡が悪化した。ひどい所はピンポン玉の大きさほどの水ぶくれになり、医師に鋏で切開してもらった。顔も手足も、ほう帯を巻いたわたしたちの姿に、会社の人も気づいた。それが南京虫のせいだとわかって、大いに恐縮し、家の中を消毒してくれた。が、長屋のことである。わたしたちの家は消毒しても隣家は消毒しない。南京虫はまたぞろ、わたしたちの所にやってくる。とうとうたまりかねて、分教場の教室の机の上にねたり、他の女教師の家に泊りに行ったりした。

そんなある日の放課後、わたしは生徒の図画を十枚ほど、教室の壁に貼っていた。

「こんにちは」

明るい声でEが入ってきた。
「あら、いらっしゃい」
「どうしました。そのほうたいは？」
「南京虫にやられたんです」
「南京虫に？」
彼は皮肉な微笑を浮かべた。が、すぐにその微笑は消え、
「ま、南京虫のみならず、せいぜいいろいろなものに食われてみるべきですね、あなたは」
といった。
「そうね、苦労が足りないですからね」
「全くの話、ひもじいなんてこと、あなたは知らないでしょう」
彼はベニヤの板壁にもたれて、わたしが図画を貼る手もとを見ていた。
「でも、わたし、小学校四年の時から、教師になるまで、牛乳配達をしたわ」
「ほう」
ちょっと彼の表情が和み、
「それにしては生活の意識が低すぎる」
といった。生活の意識とは、何を意味するか、わたしにはわからなかった。黙って

いると、
「人間はみな、同じ程度の経済生活をすべきだと思いませんか」
「思うわ」
「本当に思うのなら、どうして、この世に金持と貧乏人がいるか、不思議に思うんじゃないのかなあ」
「わたしはそんなこと思わないわ。貧乏人が、必ずしも金持より不幸とは思わないもの」
「話をずらしちゃいけないですよ。幸福感という主観の問題じゃない。ぼくは客観的に見ての、富の不均等についていってるんですよ」
「でも、わたしは、自分が金持の家に育つよりは幸せだったと思うわ。わたしは、あれを買いたい、これを買いたいと思わずに生きていたもの」
「それは、飢えるほどに貧しくなかったからですよ。もし、食べない日が三日もつづくような生活をしていたら、あなたは今のようなことをいわなかったろうけれどね」
「わたしは、でも、金持に生れたかったとは思わないわ」
「わたしの父は、必ずしも収入は少なくはなかった。当時で二百円以上の月収はあった。が、養うべき家族や親戚が多かった。その大変さをわたしは幼い時から感じとってきた。

わたしはもの心ついて以来、父母に、何ひとつねだるということがなくて育った。着物も服も別に新しいものをほしいとは思わなかった。姉のお下がりで満足していた。麦飯の弁当を恥ずかしがってかくしたりする貧しい友の気持を、わたしはわからなかった。わたし自身、麦飯を持って行ったが、恥ずかしいと思ったことはなかったからである。また友人たちが喜々として修学旅行に旅立つのを、わたしは決して惨めな思いにはならずに見送ることができた。修学旅行に行きたいと思ったことはなかったわけではないが、父母を困らせたくはなかった。だから、決して「行きたい」とは言わなかった。こんなことが、惨めなことだとは思えなかったし悲しいことだとも思えなかった。人間の惨めさ、恥ずかしさ悲しさはこんなことではないと思っていた。だからこうしたわたしの経験は、わたしを非情な人間に育てたようではないと思ってならない。貧しいが故の悲しみを、察する気持をわたしは持てずに育った。このことは、わたしを色々な形で、誤らせたような気がする。
「どういうんだろう！　ひどいなあ。愚民もいいところだ」
呆れて彼はわたしを見、
「話にならない」
といった。
「仕方がないわ。わたしとあなたは人生観がちがうのよ」

「冗談じゃない。あなたは、人生観なんて持ってやしない」
「天皇陛下の役に立つ国民を育てるという、使命を持っているわ」
「そんなの人生観じゃない。いわば戦争のための国家の標語ですよ。標語と人生観はちがいますよ」
とにかくわたしは、教師として国のために精一杯仕事をしていればよいという、自負心があるだけであった。
 しかし、考えてみると、人間はただ精一杯に生きていればよいというものではない。いかなる目標に向かって、精一杯に生きるべきかを知らねばならないのだ。与えられた仕事を、国家のために忠実にするというだけなら、あのガス室の大量殺人の仕事を持たされても、黙々と従うだけのことになりかねないのだ。自分はいま、人間としてどのような姿勢で、何を生徒に教えるべきかを、わたしは知らねばならなかったのだ。
 それは、必ずしもEのいうような、社会科学的な視点を持つことだとは、わたしは今も思ってはいない。が、わたしの立つべき立場を、わたしは当時、全く持ってはなかった。ただひたすら、天皇のために、よい教師であろうという、当時としてはご
く一般的な立場に立っていたのだった。
 そんなわたしを、呆れたように見る彼の顔を見ていて、やはりこの人は危険思想の持主なのだと、わたしは思わずにはいられなかった。

（この人のいうことは、何の戦力にもならない）
わたしは、音もなく流れる大きな時流に巻きこまれている、芥のような存在だった。せっかく、わたしの目を開こうとして近づいてきたEを、わたしは危険な人間としか判断できなかったのである。
「わたし、もうじきここを退職して、旭川に帰るつもりなの」
最後の日までいうまいと思っていた言葉を、わたしは彼にいった。
「旭川に？」
彼の表情が一瞬こわばった。
「そう」
「いつです？」
「八月一杯で、退職するつもりです」
「それは……結婚のためですか」
彼の真剣なまなざしに、わたしはそうだと肯きたい欲望にかられた。

夏休みがきた。
当時の北国の小学校の夏休みは、確か七月二十五日から八月二十四日までであった。
わたしは、行李や布団や机をまとめて、旭川の家に送った。夏休みが終れば、わたし

の退職辞令が出、九月一日から旭川啓明小学校に勤務することに決まっていたからである。

帰省すると、三番目の兄の都志夫が、足を手術して入院していた。早速見舞いに行ったわたしに、

「ひどい目にあったぞ、このたびは」

と苦笑してみせた。この兄は、ふだん大きな声を出したり怒ったりすることの全くないといってよいほどの、温厚な人間だが、柔道が強く、当時の明治神宮体育会に時折出場していた。体重が常に九十キロ以上あり、病院には無縁だと思っていたのに、寝たっきりである。

何でも、ある日曜日銭湯から帰ってきて、夕食をとっていたら、ふいに悪寒がした。高熱が出て、片足に赤い筋が走っている。すぐに医者に見せると、蜂窩織炎で直ちに足を手術しなければならないという。危うく切断はまぬがれたが、すねをトンネルでも掘るように、くりぬかれたというのである。銭湯で、水虫に荒らされた足指から、ばい菌が侵入したらしい。

入院以来兄の看護にあたっていた姉が、帰旭したわたしに早速いった。

「今日から、あんた看病してよ」

わたしは即座に、

「看病に帰ってきたわけじゃないもの」
とことわった。今考えても、なぜそんな冷酷な返事をしたのか、わたしはわからない。姉は余程看護に疲れていったのだろうが、まだ二十二歳の姉には、何の疲労の色も見えなかった。ふっくらと色白な姉に、みどりの銘仙の単衣がよく似合っていた。つまり、姉は看護婦や、院長の娘とも親しくなっていて、附添生活も楽しげに見えた。
附添を代ってやらねばならぬと感じさせるものが姉にはなかったのだ。
とはいっても、なぜ、わたしは附添を代ってやらなかったのだろう。わたしは今でもこの兄が好きなように、当時も大好きだった。兄のそばにいることは、うれしいことだし、看病を断わる決定的な理由もない。断わるにしても、もっといいようがあったはずである。
「看病に帰ってきたわけじゃない」
などと、二人の前でよくもいったものである。兄も姉も怒らなかったが、三十年経った今でも、自分のいったこの言葉をはっきり憶えているところを見ると、わたし自身この言葉を吐いた自分を許せなかったからかも知れない。
にもかかわらず、わたしは未だにこの時の自分の気持がつかめないのだ。決して兄を看病したくなかったわけではない。ではなぜこんなことをいったのか。実は、わたしは看病していた姉が羨ましかったのではないか。兄と姉は三つちがいで、もともと

仲がよかった。

 自分には神威の町で生徒たちとの生活があった。が、帰ってみると、そこにはもう自分が入りこむ隙もないような、肉親たちの生活があった。わたしは取り残されたような淋しさを感じて、妙な返事をしてしまったのであろう。何の優しさもなく、思いやりのない人間だは自分の言葉におどろき、かつ傷ついた。とにかくこの時、わたしと思った。
 わたしは今でも物事をはっきりいうため、知らぬ間に人を傷つけているのだが、この時ばかりは自分が傷ついた。これでも教師だろうかと思ったのを今でも憶えている。兄はこの手術以来、柔道を控えるようになり、どうしても出場しなければならない時は、小布団をすねに巻いて出た。それでもかなり強かったようである。柔道六段の兄は、今五十八歳で健在である。
 夏休みの間に、わたしは一度啓明小学校を見に行った。神威小学校の、隅々まで掃除の行き届いた学校から見ると、啓明小学校はガラスが汚れ、廊下はざらざらとして見るに耐えない汚ない学校だった。神威小学校は木造だが、啓明小学校の三分の二は鉄筋で屋上もある。屋上から見はるかす大雪山や十勝連峰は美しかったが、わたしはこの校舎で教えることに抵抗を感じた。少なくともそこには、生徒のために熱情を注いでいる教師はいないように思われた。神威校における佐藤利明先生や森谷武先生は

いないような気がした。熱心な先輩や同僚のいない職場はつまらない。わたしは憂鬱であった。

夏休みが終り、いよいよ分教場の生徒たちと別れる朝がきた。二学期始業式が即ち告別の式（転任又は退職の教師が生徒に挨拶をする式を、当時告別式といっていた）でもあった。

そうとは知らない生徒たちは、一か月ぶりに会うわたしを、恥ずかしそうに見、あるいは懐しそうに駆けよってきて、

「先生、お早ようございます」

と挨拶をする。生徒たちは、再びわたしと一緒に学び、共に遊べることが、うれしくてならないのだ。

しかしわたしは、今日限りこの子供たちを後任の若い女教師の手に委ねなければならない。わたしの受持であるのは、もう今日限りなのだ。そう思うと、わたしの胸はしめつけられるように辛かった。

始業式のあと、奈良先生が、

「えー」

と壇上から生徒たちを見まわした。そして再び、

「えー」
といった。生徒たちはどっと笑った。また奈良先生がおもしろいことをいうにちがいないという期待に満ちた笑いであった。分教場の六人の教師のうち、唯一人の男性である奈良主任は、髪の毛がちぢれ、ちょびひげを生やし、目がぎょろりとして、名優チャップリンを思わせる風貌をしていた。生徒たちの人気があった。奈良先生は五十過ぎの人情味のある教師だった。
「このたび、堀田先生が、お家の都合で、この学校を退められることになり……」
奈良先生はゆっくりと生徒に語りはじめた。生徒たちは一瞬ざわめいたがすぐにしんと静まった。
「先生の受持の二年生も、他の学年も、みな淋しいことですが、今日ここにお別れをしなければならなくなりました。ではこれから、堀田先生のお別れの言葉がありますから、みんなでお聞きしましょう」
わたしは壇上にのぼった。
受持の生徒たちが、不安そうに、あるいは緊張に満ちた顔でわたしをみつめている。
「みなさん……」
ひとこといっただけで、わたしは言葉がつまった。感受性の強い佐藤一一、古館八千代などの、半べそをかいている顔が目に入ったのだ。特に佐藤一一は、その大きな

目に涙を一杯ため、目を見開くにいいだけ見開いて、睨みつけるようにわたしをみつめている。

わたしの唇は、ふるえるばかりで言葉にならない。ややしばらくして、ようやく、

「わたくしは……」

といいかけたが、こらえていたものが一時にこみあげてきて、一言もいえない。壇上にうつむいたまま、ただ立ちつくすわたしの耳に、すすり泣く生徒たちの声が聞えた。ただ立っていてはいけない。何とか別れの挨拶をしなければならない。心はせくが、しかし何としても胸がいっぱいで言葉にならない。

止むなくわたしは、深々と礼をした。

(さようなら、みなさん。お元気でね。わたしにとって、この分教場での四か月は、楽しい四か月でした。お体を大事に、元気で大きくなってください)

平凡でも、せめてそのぐらいのことはいいたかった。わたしは万感をこめて頭を下げ、壇上から降りた。

何とあわれなことであったろう。

「みなさん……」

「わたしは……」

の二語を発したのみで、わたしと生徒たちの告別の式は終ってしまった。

式が終ると、生徒たちは各自教室に入って行った。わたしは職員室で顔をなおし、はなをかんで、自分の教室に入った。と、そこには、机の上に顔をふせて泣いている生徒たちの姿があった。その一人一人の姿を胸に納めるようにみつめながら、わたしも泣かずにはいられなかった。

みんなが打ち伏して泣いている中に、唯一人遅進児のA子だけが姿勢を正して泣いていた。両手の指をひらいて顔にあて、わたしをみつめたまま泣いている。流れる涙をそのままに、A子は拭うことも知らぬかのように泣いている。

自分の名を書くことだけがやっとで、一に一を加えることもできないA子にも、わたしの退職という事態がのみこめたのであろうか。あとからあとから噴き出るように流れる涙を拭おうともしないA子の姿は、わたしの胸を一層強くしめつけた。

それは、離別の悲しみという以上に、いいがたい痛みであった。受持って、僅か四か月で去って行くことへの良心の痛みであった。たとえ母がリウマチを病んでいたにせよ、とにかく自分の都合でわたしは生徒を打ち捨てて去るのである。それは、愛の関係を自ら断ち切ってゆくことでもあった。そこに、他の職場との責任のちがいがあるはずだった。わたしは泣いて生徒たちに別れを告げた。だが、生徒たちは生徒たちを促して教室を出、やがてわたしは、ようやくの思いで生徒たちに別れを告げた。だが、生徒たちはグラウンドの近くまで送って行った。

わたしをとり囲んで家に帰ろうとせず、なおも泣いていた。
わたしは一人一人の手を握りしめ、頭をなでて再び別れを告げた。生徒たちもやむなく一人二人と去って行ったが、誰もいつものように大声でさようならという者もない。ふり返って、じっとこちらを見、やがてあきらめたように立ち去る者、中には戻りかけて、他の子に手をとられて帰る者、さまざまだった。
最後に残ったのは、A子とIだった。Iは他の子より年齢が上で、本来なら四年か五年ではなかったろうか。背のすらりとした、いつもにこにことした朝鮮半島出身の生徒だった。
「A子ちゃんも、Iちゃんも、もうお帰りなさいね」
わたしに幾度か頭をなでられてA子は、大きな頭をこっくりとうなずかせ、しゃくりあげながら、よたよたと帰って行った。
が、一人Iは帰ろうとはせず、
「先生、ほんとうにやめるの」
と尋ねた。ひどく淋しい顔である。
「ほんとうにやめるのよ。ごめんね」
「どうしてやめるの」
「あのね、先生のお母さんが、リウマチで足が痛いの。だから、先生がお手伝いして

あげなければならないの」
実は退職の話が出た頃は確かに悪かった母のリウマチも、暖かくなるにつれ、かなり快方に向っていて、今では強いて退めねばならぬほどの状態ではなかった。だから、わたしの心は更に痛んだ。
「ふーん。じゃ、仕方ないわけね」
Ｉ君はつぶやくようにいい、しぶしぶ彼も帰って行った。
生徒に別れは告げたが、なお何日か、わたしは文珠の地にとどまった。後任への引継事務や、挨拶廻りがあり、送別会も予定されていたからである。後任は、土地の出身で目のくりっとした小柄な少女だった。確か島内という姓だったと思うが、あるいは島崎といったかも知れない。
生徒たちに別れたその日、早速父兄たちがちり紙に餞別を五十銭、一円と包んで訪ねてきた。中には、
「うちの子が、目をまっかに泣きはらして帰ってきましてね。先生に何で叱られたって尋ねましたら、先生がやめて行くといって、また泣くのです」
と、涙ぐむ母親もいた。
この父兄たちの餞別がはなはだ多く、旭川のわが家に帰った時、退院していた兄の都志夫が、餞別を一つ一つ開いて整理してくれながら、

「綾子、お前相当ゴマをすったな」
といった。生徒にゴマをするとは、いったいどういうことか、何ともわからない言葉だと思って、今でもその時のことを憶えている。
わたしは別段、やさしい教師ではなかった。むしろ苛酷なほどにきびしく、算数のできない子は毎日のように残した。当時の他の教師と同様に、幼い子の頬にビンタをくらわすことも珍しくはなかった。が、子供というものは、教師の心をかなり正確に感じとってくれるものなのだ。こちらの感情を敏感に受けとってくれるものなのだ。教師の醍醐味は、自分の愛情が生徒に順直に伝わるというところにあるのではないか。これは、利害に走る大人の世界では、経験できない境地のようにわたしは思う。
告別式を終えた日の夕べ、誰かが宿舎の前にしょんぼりと立っている。出てみるとIだった。
「どうしたの？」
と尋ねるわたしに、
「先生、ほんとうにやめて行くの」
と彼は、今朝の言葉をくり返した。
「本当にやめて行くのよ」
彼はうなずいて、帰って行った。

ところが、その翌日も、そして次の日も、彼はわたしが発つ日まで同じことを聞きにきた。そのたびに、うなずいて帰って行くのだった。彼はわたしの退職を、どうしても納得できなかったのかもしれない。

いよいよ神威の駅を発つ日、その日は眩いばかりに晴れ渡った日であった。わたしは姉から借りた綸子の紫地に白蘭の模様の単衣を着て、分校と本校の授業中の教師たち一人一人に別れを告げてまわった。

これは当時、神威校を去る教師たちの慣習であった。同学年の教師や、手のあいている同僚たちは駅まで送りに出るが、授業のある教師たちは自由がきかない。だから、去って行く者が、教室に挨拶廻りをするのだ。

わたしは、この春わたしに勘ちがいして結婚を申しこんだＭの教室に、顔を出すべきかどうかを迷った。あの時以来、わたしと彼は言葉を交わしたことが全くない。だが本校で送別会を催してくれた時、彼は出席し、席上他の教師と共に、画用紙に別れのサインをしてくれていた。それは、

「高等科の生徒の中には〈相等しい〉と〈相似形〉を混同している者がいる。あれやこれやお世話になりました。まとめて、熱のある先生であった。これにつきると思う」

という言葉で、他の人が見ては何のことか、よくわからなかったにちがいない。が、

わたしには、〈相等しい〉と〈相似形〉の混同云々の言葉に、彼自身の心の在り方がわかるような気がした。

わたしは思い切って、Mの教室の戸をノックした。

「やあ、いまお発ちですか」

満面に笑みを浮かべたMは、何のこだわりもなかった。わたしはほっとして頭を下げ、ていねいに挨拶した。

「いろいろお世話になりました」

「いや、ぼくこそ何かと教えていただきました。お元気で！　汽車が行く時、正面玄関で手をふってお送りしますよ」

何のこだわりもない彼の態度に、わたしは別れもまたよいものだと思った。去り行く者に、人は時に寛容になる。それはちょうど、死んで行く者の過失に寛大であるのに似ている。別離は、ある時は平和を来らせることにもなる。わたしはすがすがとした気持で、駅に向った。

汽車は一時前後発であったと思う。プラットホームには本校の元の教え子たちや、分教場の生徒たち合わせて四百人あまりが、教師に引率されて送りに来ていた。親たちの姿も何人かあった。が、なぜかその中にIの姿はなかった。

客車の中には、長田澄子とその父母、そして弟二人がいて、わたしのすぐそばの席

にすわっている。長田一家が列車の中まで見送りに来ているとのみ思ったが、発車のベルが鳴っても、彼らは降りようとはしない。

「砂川まで送らせてください」

という澄子の父母の言葉に、わたしの胸は熱くなった。わたしが、この人たちに一体どんなことをしたからといって、こんなに親切にしてくれるのか。わたしにこの人たちの親切を受ける資格があろうか。つくづくとそう思わずにはいられなかった。

（この何年後であったろうか。長田澄子の父が召集され、わたしもその母子と共に旭川の連隊に父親を訪ねたことがあった。父親は無事に帰った。が、ある日父親から、わたしは部厚い封書をもらった。

何事かと開いて見ると、それは思いがけなく、澄子の母が盲腸炎で死んだ報せであった。そしてそこには、幼い三人の子をかかえて、いつ又召集されるかわからぬことをおそれている心情が書かれてあった。「この子供たちを残して戦争に行かねばならぬ日のことを思うと、どうしてよいかわからぬのです」

この手紙を読んだわたしは思いきって自分があの子たちの母親になろうと思った。しばらくたってわたしはそのことを手紙に書いた。あのやさしく美しい母親の代りにはなれなくても、何とか三人の子の守りはできると思った。わたしはその手紙を角の

ポストまで出しに行った。今、まさにポストに入れようとした時、若い男女が肩を並べて、わたしの傍を通りすぎて行った。
その途端、わたしはポストに手紙を投函することをやめた。まだ二十二や三の自分が、三人の子の母になれると思うのは思い上りだと思った。わたしは何となく惨めな思いで家に帰った）
「ゴットン！」
汽車が揺れ、ゆっくりと動き出した。
「さようなら、先生さようなら」
幼い声が一斉に叫ぶ。必死に手をふる生徒たちの顔々、佐藤利明、奈良、高橋恭子先生などの顔が、ぼうっとうるんで遠ざかった。
黒いどろりとした炭塵の川、長ひょろい山間の街、裾を引くまっくろいズリ山、そしてその下の神威校が見えてきた。正面玄関に、何人かの同僚たちが手をふっている中に、あのＭの姿も見えた。汽車から百メートルほどの距離である。声まで聞えてくるようだ。
汽車は街に沿って、のろのろと行く。まもなく文珠のグラウンド、分教場が見えてきた。あちこちの窓から手をふる人影が見える。
（さようなら、文珠よ）

心の中で叫びながら、わたしは愛する子供たちの住む文珠の街に手をふった。やがて人家もまばらになり、大曲という地名の、農業地帯にさしかかった。街を過ぎて、汽車は速度をあげつつあった。その時、

「あ、先生！　誰か生徒さんが……」

澄子の母が外を指さした。見ると、四年生ぐらいの男の子が、大きな風呂敷を棒につけてふっているではないか。

「あ！　Ｉちゃんだ」

わたしは、窓から上半身を乗り出すようにして手を振った。

「Ｉちゃーん！」

人目もかまわずわたしは叫んだ。汽車のスピードが早くなっていて、定かではないが確かにあれはＩだと思った。

Ｉは、誰もいない大曲の地で、わたしを見送ってくれていたのだ。

「先生、ほんとうにやめて行くの？」

幾度かわたしに尋ねた彼の声が聞えてくるようだった。

戦後、わたしはたびたび、このＩを思い出していた。彼の故国は北と南に二分され た。どちらの国に彼がいるのか、もしくは戦争で故国に帰る機会も失ったことかと思

いながら、その無事をねがっていた。
　先年、韓国の週刊誌に随筆を頼まれて、わたしはこのIとの別離について書いた。ところが、しばらく経って週刊誌が二部送られてきた。一部はわたしの随筆の載っている号であり、他の一部は、その週刊誌を読んで名乗り出たI君が、三十年前の少年の日の面影もそのままの、やさしい笑顔を見せて載っている号であった。韓国文は皆目読めないながらも、わたしはいいがたい感激で、I君の写真に見入ったことである。
　さて、汽車は神威駅を出て四、五十分ほどして、砂川駅についた。わたしはそこで函館本線に乗りかえ、長田一家に見送られて旭川に帰るのだ。だが旭川行きに乗るには二時間以上も待たねばならなかった。砂川駅前の食堂で時間をつぶし、わたしたちは再び改札を通ってプラットホームに出た。と、その時、わたしはホームに立つEの姿に、思わずハッとして足をとめた。Eはわたしをじっとみつめたまま、近づいてこようともしない。わたしもまた、Eのそばに近づこうとしてなぜか近づけなかった。
　何も知らぬ長田家の人々は、別れのひと時を惜しんで話しかけてくれる。少し離れて立っているEに、時折視線を投げかけながら、わたしは遂に汽車に乗った。
とうとうEは、一言も話しかけはしなかった。発車の瞬間、Eの視線とわたしの視線がからみ合った。
（これでいいのだ）

九

　昭和十六年九月一日、予定通りわたしは旭川市の啓明小学校に勤めることになった。
　啓明小学校は旭川市の東南にある二十学級に満たない小さな学校であった。三階の屋上にのぼると、学校のすぐそばから、遠く四十キロ彼方の大雪山の麓(ふもと)まで、一望に田んぼの続くのが見えた。その広い水田の中に送電塔と送電線が、新秋の陽にきらめいているのが印象的だった。一町四方の学校の敷地は、ライラック、いちょう、松、アカシアなどの木々が茂り、見たところは美しかったが、一歩中に入ると、掃除の行き届いていないこと、前記の通りであった。
　初出勤の日、わたしは全職員に紹介された。その後、いつまでたっても歓迎会をする様子がなかった。この学校では、当時歓迎会をする習慣などないらしかった。それは、わたしばかりではなく、わたしのあとに入った教師たちも歓迎会をしてもらわなかったところを見ると、こうしたことを大事にしない学校のようであった。これはわたしの驚きであった。神威では、教師の送迎をおろそかにするということはなかった。歓迎会や送別会をされない教師はなかった。

また、この啓明校では、午後の三時ともなれば、教師たちは弁当箱を一つ抱えて、さっさと帰って行く。これもまたわたしには驚異だった。これもまたわたしには驚異だった。五時に帰る教師は少なかった。神威では、退庁時間が五時だった。が、五時に帰る教師は少なかった。神威では、退庁時間が過ぎても、熱心に教案をつくったり、教授法を研究したり、教具を揃えたりしていた。熱気が職員室にこもっていて、先輩はよく後輩を指導し、後輩は先輩を尊敬した。木曜日は全員でバスケットボールに興じ、大いに遊びもした。

しかし啓明小学校の雰囲気はいちじるしくちがっていた。わたしの目には、神威校の同僚たちほどに熱心な教師は、一人もいないようにさえ見えた。また、男の教師と女の教師が共に研究し合うという様子もなく、男は男、女は女に分かれていて、ひどく冷たい空気の職員室に思われた。

更にまた、この学校では朝礼のベルが鳴らなかった。生徒たちは、時間が八時近くになると、どこからともなく現われて、だらだらと並んだ。

神威校では、ベルと共に教室から整然と並んで屋内運動場に並ぶ。そして、「前へならえ」「休め」「気をつけっ！」の号令もきびしい。生徒は目一つきょろつかせてはならず、指は十本ぴんとそろえてももにつけたまま、文字通り不動の姿勢である。一年生ですらこのように訓練されていた。

神威校の生徒たちを見馴れてきたわたしの目には、号令一つかけるものもなくのろ

のろと集まる啓明の生徒たちの姿は烏合の衆に見え、何ともだらけきった姿に見えた。これが校長の信奉する自由主義の現われかと思って、わたしは何とも情ない思いがした。

ちょうどその頃、校長は啓明校の在り方に対する意見を、教師たちに求めていた。が、あまり意見を提出する教師もいないらしく二、三度校長は教師たちに催促した。もの怖じを知らぬわたしである。十九歳のわたしは、いとも率直に、自分の感じたままの意見を、便箋三十枚にわたって書いて差し出した。

ところがこれは、大いに横沢校長の気を悪くしたようで、しばらくの間、校長はわたしにひどく不機嫌な顔を見せていた。もし、のちに書く一つの事件？　が起きなければ、校長はわたしを本当にうとんじたかもしれない。

それはともかく、わたしの受持は、高等一年の女子組に決まった。わたしは尋常科正教員の免許状はあったが、高等小学校正教員の免許証は持っていない。生徒は十三歳、わたしは十九歳で六歳しかちがわない。背丈はわたしより大きい生徒が幾人もいた。

この生徒たちにわたしは第一にいった。
「わたしへの希望は何ですか」
バラバラと手が上った。一人を指名すると、

「絶対に、えこひいきをしないでください」
という。一同も、
「そうです」
と声をそろえた。
「わかりました。わたしはえこひいきはしません。その代り、わたしにも注文があります。決して、わたしのところに物を持ってこないように。もし持ってきたら、それが三円のものなら、三円分しかかわいがりません。何も持ってこない人は、無限にかわいがります」
生徒たちは喜んで拍手した。
高等一年のクラスは複雑である。成績はいいが、経済的に恵まれないため、上級の学校に進学できなかった者、経済的に恵まれているが進学に失敗した者、成績が悪くてはじめから進学を諦めている者、体の弱い者などで構成されているクラスである。わたしがこの生徒たちに、第一になさねばならぬのは、行く手に希望を見出させること、学習意欲を持たすこと、劣等感を捨てさせることであった。このクラスから進学する生徒のためにも、進学しない生徒のためにも、わたしは先ず、教師への物品の贈答をはっきりと拒否したのだった。
啓明小学校に来て、わたしの最も参ったのは、音楽を週に七時間持たされたことで

ある。前任者は音楽が得意であったらしい。尋常科二年、三年、五年の各二時間と、高等科の一時間、つまり七時間の音楽の時間であった。

実の話、わたしは女学校時代、音楽は乙ばかりで音譜もろくに読めない。神威小学校には、オルガンの数も少なく、ピアノも五十何学級に一台という貧弱さであったから、ピアノやオルガンを使わずに、音楽の時間を過ごす教師も結構いた。わたしもその仲間で、ピアノなど弾けるわけがない。にもかかわらず、七時間も音楽を持たねばならない。しかも音楽教室は職員室とドアつづきの隣である。わたしには、音楽を教える位なら、高等科に歴史や数学を教えるほうが楽だった。が、決められた時間割はこなさねばならぬ。針のむしろに坐るように、わたしは毎日音楽の時間を送った。

そんなある日わたしは音楽教室の棚から、一冊の本を見つけて小躍りした。この本は楽譜の上に235というように数字がついている。2はレ、3はミ、5はソである。これならわたしでも弾ける。またハ調ならば弾ける。むずかしい曲は片っぱしからハ調に直して伴奏した。全くとんでもない教師だった。

徐々にわかったことだが、啓明校には表面は熱心そうに見えなくても、要所要所は実力ある秀才の教師がそろっていたのだ。彼らは呑気そうにはしていたが、要所要所は充分勉強

していた。
　音楽も、益田、今宮という男の教師と、藤田、箕田という女教師は、ピアノもうまく、市民合唱団にも関係していた。ある時今宮先生がわたしにいった。
「女の先生の中では、箕田先生の次に、あなたのピアノの音がいい。上手です」
　わたしは顔から火の出る思いであった。何しろわたしの左手は、いつもでたらめにドミソ、レファラをくり返していたに過ぎなかったからである。
　炭鉱の学校にいた時は、わたしは自分を新米だと思っていた。職員室にいても、同僚すべてが自分の教師のように思われてならなかった。だからわたしは、いつ誰に呼ばれても、入学したての小学一年生のように、
「ハイ！」
と、元気よく大きな声で返事をした。ある先輩が、笑っていったことがあった。
「歩いているあんたを呼ぶと、ハイ！ といって、体ごとこちらをふり向くんでね。呼んだほうがドキリとするよ」
　そんな調子で、どの先輩からもていねいに教えてもらった。
　が、旭川の学校では、わたしを新米扱いにしてくれる同僚は一人もいない。ピアノを弾けないわたしに、音楽を週七時間担当させたり、高等科の免許状のないわたしに、高等科を受け持たせたり、更に、ろくに針を持つことを知らぬわたしに、高等科と五

年生の裁縫を受け持たせた。また、四年生以上高等科までの女子を一堂に集めて、体操も教えねばならなかった。

わたしには、一夜漬で得た小学校尋常科正教員の免許状こそあれ、恥ずかしい話だが、裁縫など教えられるわけがない。浴衣一枚、襦袢一枚満足に縫えはしないのだ。女学校時代、裁縫の時間は静養室でエスケープしていたのである。

わたしは姉の百合子に和裁を習い、洋裁は父の紹介で、ある洋裁師のところに習いに行くことにした。こんなわたしに習った生徒たちこそいい迷惑である。そのことを思うと、何とも恥ずかしくて、今も申し訳なくてならない。

とにかく、明日教えるところを、前日、わたしは人に習って、習得して行くのである。教えるという大事なことが、こんなふうに安易になされていたわけである。大きな罪を犯していたことを、わたしはつくづく思う。

実力がない者が、人に教えるということは、一体どんなことなのだろう。それとも、教える者には、実力がなくてもよいものなのか。わたしはここで、一つの例を挙げてみたいと思う。

後に受持ったわたしのクラス男女六十何人かの生徒たちは、一人残らず泳げるようになった。もちろん泳ぎを教えたのは、ほかならぬわたしである。が、わたしは泳げない。未だに金づちである。わたしは彼らを忠別川につれて行き、

顔に水をつけることから始めて、とにかく理論どおり教えたのだ。わたし自身は、膝をこえる程の深さの中に突っ立ったままで……。

裁縫や絵や水泳は、もしかしたら、自分にその能力がなくてもある程度教えられるものなのかも知れない。教えるということは、ある時は教授上の技術の問題であって、技能の実力の問題ではないのかも知れない。

しかし、どの道このような無力な者が、自分を省みずに教壇に立っていいわけはない。わたしはもっと、誠実であるべきだったと思う。

それでも、ダンスを教えることは、実力があるとはいえないまでも、得意の一つであった。いわば下手の横好きだったが、四年生から高等科までの女子に、退職するまでダンスを教えていた。疲れを知らない若さである。いつも楽しんで、運動場の隅から隅までステップを踏んで飛びまわっていた。

このダンスで、わたしは一度ひどい目にあったことがあった。いつものように、さっそうとステップを教えていた時、突然わたしの左足が、屋内運動場の床にあった小さな穴に落ちてしまったのだ。たちまち、背中がざわざわするほどの痛みに襲われた。

運動場の床に、まさか足の落ちこむほどの穴があるとは、夢にも思わなかった。

（これがもし生徒だったら……）

無論歩くこともできない。

わたしはそう思ってゾッとした。わたしの左足は脱臼したが、本当に生徒でなくてよかったと思った。

わたしはその日から、かなり長いこと学校を休み、毎日病院に通った。その費用は自前だった。授業時間中に、床板の破損のために怪我をしたにもかかわらず、公傷の扱いにはしてくれなかったのである。

今考えると、どうして公傷扱いにならなかったのか、理解に苦しむが、わたし自身、そうした面に無知であったこともあったと思う。教頭に呼ばれて、

「申請しましたが公傷扱いにならなかったので」

といわれるまで、わたしはそんな扱いがあることさえ知らなかった。そのくらいだから、なぜ公傷にならないかと反問することなど、思いもよらなかった。

当時、土木や工事場、私企業の造材仕事にたずさわる労働者たちは、

「怪我と弁当は手前持ち」

といわれていたというが、学校の教師にしても同じことで、「怪我と弁当は手前持ち」を当り前とする意識しかなかったのだろう。誰一人として、公傷扱いになったかどうかと、聞いてくれた同僚もなかった。誰も彼も、わたしと同様低い意識しか、持っていなかったようである。

恥ずかしい話だが、わたしは何の不満も覚えなかったのだ。現代の働く人が聞いた

ら、腹立たしいより呆れるような社会生活をわたしたちはしていたのだ。ついでにいうならば、日曜や祭日に日直をしても、びた一文手当が出なかったが、そのことにも、何のふしぎも感じたことはないのだ。
〈働き人がその代価を得るのは当然のことである〉
〈労働者に対する報酬は、恩恵でなくて負債と認められる〉
などという聖書の言葉をわたしが知ったのは、戦後も大分経ってからで、全く情ない話であった。
この脱臼で、幾日も休んだわたしは、出勤できるようになっても、松葉杖をついて通った。わたしの家から学校まで、約二・三キロほど道のりがあった。半道以上もあるところを松葉杖をついて行くのは、いくら若くても容易ではない。脇の下が痛くて参った。
しかし、学校では秋の学芸会が近づいていた。わたしは受持の高等科と、依頼を受けた五年生に遊戯を教えていた。高等科には「オオ・ソレミオ」五年生には「まりと殿様」である。振付はわたし自身がした。学芸会の練習も、わたしは松葉杖をついたままやった。その頃、白鳥の死という題名であったろうか。ソ連のバレー映画が来ていて、主人公のバレリーナが舞台から奈落に落ち、足を折って松葉杖をつくようになる映画があった。ダンスを教えていたわたしが、松葉杖をつくようになったので、

同僚たちはしきりに、わたしをその映画の女優になぞらえて、同情半分にわたしをからかった。
　前にも書いたように、横沢校長は内心わたしを快く思っていなかった。校長がこの学校の在り方に対する意見を書けというので、正直に書いたため、校長はわたしをひどく小生意気な女だと思ったらしかった。頭が切れて、神経のぴりぴりしていたこの校長は、わたしを見るとすぐに顔をそむけていた。かつて、
「あなたを欲しいという情熱が湧くんです」
といった表現で、わたしの赴任を待ってくれた暖かさは、すっかり失われているかに見えた。
　が、ある日、わたしが松葉杖をついて、運動場で学芸会の練習をしていると、校長が運動場の入口に立って、じっと眺めていた。一度目は別に気もとめなかったが、その後いく度か、校長は練習を見に来た。わたしは相変らず、生徒たちに大声で、
「もっと手を高く、足の爪先を下に」
などといいながら、練習させていた。
　やがて、学芸会の総予行演習の日がきた。その演習が終ったあとの講評の時、
「堀田先生の、松葉杖をついての陣頭指揮には敬意を表します」
と、校長は全職員の前でいい、わたしを見てにっこりと笑ってくれた。足の悪いわ

たしへのねぎらいの言葉だったのだが、わたしにはそれが単なるねぎらいの言葉というより、和解の言葉に受けとれた。正直のところ、
(足を悪くしてよかった)
と思った。もし、こんなことでもなければ、校長はわたしをうとんじつづけたかも知れないのだ。
以来校長は、わたしに対して個人的にも親しく話しかけるようになった。

その後何日か経って、わたしの足は松葉杖も不要なほどに回復した。
学芸会から一か月も経った頃であったろうか。その日は、日曜の当直で、わたしは只一人しんかんとした人気のない職員室で、生徒の作文に目を通していた。
と、廊下に足音がした。広い学校にいるのは、用務員とわたしの二人だけのはずである。足音は、用務員の少し足を引きずるような音とはちがう。誰か客かと思って立ち上ると、職員室の戸がガラリとあいて、牧という独身の同僚が入ってきた。彼は、一見、細い近視眼に太い黒ぶちの眼鏡をかけ、唇の部厚い、あから顔の青年であった。わたしは、若いわたしの心を惹くものは彼にはなかった。
「ご苦労さまです」
とだけ挨拶した。

「ああ、あんたが日直か」
音楽の才があるという彼は、気持のよい声でいい、自分の席にすわった。啓明校に来て、まだ三か月ぐらいの頃で、朝と帰りの挨拶以外、わたしは彼と話を交したことがなかった。せいぜい、廊下ですれちがえば会釈をしていた程度であった。
わたしは茶を入れて、彼に持って行った。
「や、ありがとう」
彼は礼をいい、眼鏡の奥で、細い目にちょっと皮肉な微笑をみせ、
「あんた、いやに張りきっているね。転任した年というのは、張りきるものだよ、誰でも。のん気にしていたらいいよ」
わたしは答えようもなく、彼の前を引き下った。
机に戻って、わたしはまた生徒の作文を読みはじめた。内心、わたしは少し、牧に腹を立てていた。わたしはいつでも張りきって生きているんだ。この学校に来たばかりだから、無理に張り切っているわけじゃない。わたしは、そう思いながら作文に目を通していた。
が、元来わたしは、人の言葉をひどく気にする性格ではない。すぐに生徒の作文の中に入りこんで、わたしは、ある時は声を上げて笑いながら読んでいった。
「いやにおもしろそうだね。何を読んでるの」

牧が席から声をかけた。
「生徒の作文です」
「生徒の作文が、そんなにおもしろいかな」
「はい、とっても」
「あんた、いくつだい」
彼は無遠慮にいった。
「二十です」
当時は数え年でいった。満十九歳である。
「なあんだ、二十か。若いんだなあ」
「はい、駒井先生と同期です」
「ほう、駒井さんと一緒か」
駒井芳子という、女学校時代の同期生がこの学校に勤めていた。彼女は常に微笑を絶やさず、十九歳とは思えぬ完成された円満な人格を持っていた。
彼はしばらく黙っていたが、不意に立ち上ると、
「さよなら」
と帰って行った。何しに、わざわざ学校に来たのか、わからない。彼の家は、学校から四キロほども離れた所にあるということだったから、恐らく生徒の家にでも遊び

にきた帰りだったのだろう。

彼が帰ったあと、わたしはふっと、神威のEを思い出した。何となく、彼のものもいい方に、Eを思わせるものがあったのだ。Eとわたしは、砂川の駅で一言も交わさずに別れてきた。何をいっても、その言葉は心からの別れの言葉とはならなかったであろう。あんな凝縮した離別の感情を現わす言葉は、到底あり得ないはずだから。牧はEのように遠慮のないもののいい方をした。が、なぜか、それがさわやかなのだ。声の質がよく、言語が明晰なせいであろうかと、わたしは思った。

牧が帰ったと思う間もなく、また廊下に足音がした。バッタラバッタラという靴音に、わたしはすぐ、それが誰であるかを知った。横沢校長であった。

「やあ、ご苦労さん」

戸をあけるなり校長はいい、

「いま、牧君が帰って行きましたね」

と、わたしの顔を見た。

「はい」

「何の用事だったのかなあ、牧君は」

「さあ。いらして、すぐお帰りになりました」

「そうですか」

校長は、自分の机の引出しをあけたりしめたりして何か探していたが、ふと、手をとめて、
「牧君って、いい男ですよ。利口な男です」
といった。
「はあ」
わたしはまたしてもEを思った。Eは、いわゆる利口な男ではなかったような気がした。利口ならば、危険思想などと、人に指さされることはなかったろうと思った。頭はよかった。しかしEは決して小利口ではない。
「仁田原君、牧君、高橋君、谷君、今宮君か。独身者が多いですよ。みんな優秀ですよ」

たしかにこの中で、仁田原という教師が年長で三十一、牧は二十九歳のはずだった。ここの学校では、教師相互間に神威校のような親密さがなかった。第一、職員全体が一丸になって教育の研究をするという雰囲気ではない。だから男の教師と女教師の間にも、共に働く者としての親しさがなかった。そのことが気にかかって、わたしは校長に尋ねた。と、校長は妙にあいまいな表情になってわたしを見、
「男の先生と仲よく話し合いたいなら、恋愛することですね」
と、ひどく冷ややかにいった。それは、あたかもわたしが、男の教師と恋愛したが

っているとでも非難しているひびきがあった。わたしは黙って校長の口もとをみつめた。すると校長は、ふいに優しい笑顔になって、
「あんた、芦田さんを知っていますか」
といった。
「芦田タツ子先生なら……」
芦田タツ子は同僚の気のよい明るい教師である。
「いや、わたしの前の、初代の芦田校長のことですよ」
わたしは、芦田校長の評判は知っていた。が、直接会ったことはない。
「堀田さん、あんたは、ここの学校の朝礼はブザーもなく、だらだらと生徒が集まるのは、たしかにそのことも、学校の在り方への批判として、書いて提出してあった。だらしがない感じがすると、批判していましたね」
「はあ」
 始業ベルを鳴らさない学校など、どこにあろう。全校生徒が、時間を見はからって運動場に集まってきて朝礼をするなんて、聞いたこともない。しかも集まった生徒のうしろに、遠く離れて教師たちは一線に立ち並んでいて、号令一つかけない。教師という者は生徒の前に立ち、一人一人の顔の色を見、目の輝きを見て、「前へなら

え!」「気をつけ!」と号令をかけて整理させるべきではないか。そう思いながら、わたしは自分の批判のどこが悪いかという顔をした。
「あれはね。芦田校長のはじめたことですよ」
誰がはじめようと、やめたらいいじゃないかとわたしは思った。
「芦田さんはね。人間は号令で動かせるものじゃないと、堅く信じている人ですよ。人間が人間を号令で動かすという、その姿勢がきらいなんです。同時に号令で威嚇されて動く人間になってもいけない。自主的に動くのが人間でなければならない、というわけです。それでブザーも鳴らさない」
ここで、わたしが、脳天を一撃された思いになればよかったのだ。そして、そのことでわたしは成長するはずだった。が、わたしはその言葉を受け入れることができなかった。
それは、毎日の朝礼時に、あまりに神威校の生徒たちとはちがった、緊張を欠いた生徒の姿にうんざりしていたからでもあった。自主的に動く人間をつくろうとするのでも、もう少し、きりりと動く生徒をつくれないものか。第一、高学年の生徒ならともかく、一年生の子供に、自主的に集まれというのは高望みというものではないか。
わたしはそうとしか思えなかった。校長はつづけた。
「先生たちはですね、じっと生徒のうしろから見守っていればよい。それが本校の朝

礼の在り方です」
　わたしは少しも感心しなかった。不満気なわたしに、体操の時間には号令をかけているじゃないかと思ったのだ。
「やっぱり軍国主義がいいですかね」
「ええ、日本は戦っているんですから、生徒だって、規律正しく躾けるべきだと思います」
「そうですかねえ。時代ですねえ」
　校長は考えこむようなまなざしになって、
「芦田さんの精神も、あなたにはもう、つまらぬものと映るんでしょうかねえ」
といった。
　後で聞いたところによると、この芦田校長は札幌師範を出た人だが、若い時、結核性淋巴腺炎に悩まされ、体が弱かったらしい。自分を鈍才だと思いこんでいたようで、いつも貧しい生徒や成績の悪い生徒、そして体の弱い生徒には目をかけていた。
　自分は在学中、鈍才のために、めったに教師から声をかけられたことがなかった。生徒にとって、教師から名前を呼ばれるのはうれしいことにちがいない。
　こう考えた芦田校長は、はじめて校長に就任した啓明校で、その全校生の名前を直ちに憶えてしまった。生徒の名前ばかりか、親の氏名、職業、住所まで憶え、よく廊

下で生徒に話しかけたという。啓明小学校の生徒数は千名に満たなかったが、次に赴任した千三百名の小学校に行っても名前を憶えたことは同様であった。むろん、単に名前を暗記したのではなく、名前と顔とが一致していたというのだから、驚くべきことである。上から号令をかけているだけでは、決してできないことである。いかに大きな愛情の持主であろう。

しかも、受持教師よりも生徒について詳しく知っており、万一受持教師が家庭訪問を怠ると、すぐに呼ばれたという。

「君、山川の家を訪問したか」

「はい、しました」

「じゃ、あの入口のどぶ板のくさったのは、直っていたか」

訪問しなかった教師は、答えにつまるといった具合であったらしい。

啓明小学校の運動会というのが、また変っていた。小学校の運動会といえば、一年に一度のことで、そのひるの弁当が楽しかったものだ。

わたしたちも小さい時は、その弁当が楽しみで、ひる休みの合図の花火が上ると、自分の親の席を探して駆けて行く。親は、どんな職業を持っていても、この日ばかりは重箱にのり巻を入れ、バナナ、ゆでたまご、サイダーなどを持って見物に行く。そして、親子揃って舌つづみを打つのが、何よりの楽しさだった。

これが、わたしの知る限りの小学校の運動会風景であった。だが、啓明小学校はちがっていた。生徒の弁当はおにぎりしか許されず、父兄が見ていても、子供と父兄は一緒に食事をすることはできない。ひる休みの時間には、生徒たちはさっと教室の中に入って、各自持参のおにぎりを食べるのだ。これもまた、芦田校長の発案であった。
「ご馳走を食べるなと、俺はいわん。しかし、何も見せびらかして食べることはない。食べたければ自分の家で食べればよい。世には、運動会だからといって、のり巻をつくることも、バナナを買うこともできない家庭があるんだ。」

先生がたは、運動会のために、質屋に行っている親のことを知らんだろう」
こう芦田校長はいい、父兄と子供が楽しく食事をする他の学校の運動会風景を、啓明小学校には展開させなかったという。ただ一人でも、淋しさを味わう生徒がいることに、耐えられなかったのだろう。
以上は、その後に徐々にわたしの知ったことであって、最初は「妙な朝礼」をはじめた先生もいたものだぐらいに思っていたのだ。
その日横沢校長は、芦田校長の話を少しし、どうも体の具合がわるいと、軽い咳(せき)をしていた。そして帰りがけに、
「堀田さん、あなたは今の高等一年を、無論持ち上りたいでしょうな」
といわれた。わたしは即座に頭を横にふった。

「いいえ。わたしは低学年向きのように思うのですが」
「しかしね。教師は、一度は卒業学年を受持つべきですよ。卒業学年を持つと、生徒たちは、のちのちまでクラス会に招いてくれて楽しいものですよ」
「でも、わたしは尋常科の一年生がいいんです」
「一年の時の受持の先生なんて、大きくなったら、大体は忘れますよ。教師の名前を忘れる生徒もいますからね。しかし、卒業学年の受持教師の名前は一生忘れませんよ」
「校長先生。わたしは自分のことは忘れられてもいいんです。毎日を火花の散らすような真剣さで、生徒を教えたいだけなんです」
 生意気にもわたしはこういった。
 校長はちょっと驚いたようにわたしを見ていたが、ひどく優しいまなざしになって、
「わたしは、あんたを誤解していたかも知れませんね。そうですか、わかりました。なるべく、希望にそうように考えてみましょう」
といった。
 わたしには、校長がどのようにわたしを誤解していたか、そしてどのように、その時誤解をといてくれたかは知らない。が、四年後にわたしが退職し、のちに校長が肺結核で世を去るまで、二人の間は、あまり気まずいことはなかったようであった。い

啓明小学校には、わたしの三か月ほど前に地方の小学校から転任してきた、藤田栄という女教師がいた。ひまわりの花にたとえるべきか、黒ダリヤの花にたとえるべきか、目鼻立ちの派手な、個性的なマスクを持った女教師で、わたしより六歳年長だった。

彼女は小学校の教員免許状と共に、助産婦の免許状も取ったという優秀な教師で、絵もうまい。ピアノもうまい。文もうまい。無論授業も巧みで指導力があった。また、よく読書していて、東西の文学にも明るかった。非常にきびしい一面もあるが、一頭ぬきんでた存在だった。

この教師の発案で、「歩み会」という女教師の会がつくられた。月に一度例会があり、手づくりのカレーライスなどを食べながら、親睦しんぼくと研修を兼ねたひと時を持った。わたしはこの藤田先生の生き方に、いつも讃嘆さんたんの目を見張っていた。この人が徒いたずらに時を過ごしているのを、わたしは見たことがなかった。無駄話などはほとんどしない。放課後の教室で、画架に向かって写生の筆を動かしていたり、熱心に読書している姿をしばしば見た。ある時、わたしは、藤田先生がこう語っているのを聞いた。

「女学校時代、裁縫の時間に、同じものを二枚ずつ縫って、完全に憶えたのよ」

わたしなど一枚もろくに縫い上げず、いつも友人や家人に縫ってもらっていた。そしてとうとう、その一枚すら、裁縫の教師に出さないでしまった。

ある日、珍しく長い時間、この藤田先生と二人で話をしたことがあった。その時彼女はわたしにいった。

「あなたは、教師をするよりも、他にちがった道のある人よ」

「どんな道かしら?」

「わからないけれど……。あなたは情熱的だわ」

そういって、その黒曜石のようなきらきらと光る美しい目で、わたしを見た。わたしはこの時、この人こそ女優にでもなったほうが似合うような気がした。

「呑舟の魚は、枝流に棲まず」

という諺があるが、彼女はもっと広い舞台に立つ人間のような気がした。

今、彼女は、上川で夫君と共に大農場を経営しつつ、農村の指導者として活躍しながら、得意の文筆で北海道新聞紙上やその他に、絶えずよき提言をなしている。

それはさておき、わたしはこの藤田先生の生き方に、少なからず刺激を受けた。勉強しなければならぬと思った。時間は無駄にしてはならぬと決意させられた。とはいっても、わたし自身勉強家に変貌したわけではない。

やがて冬休みが来、年も明けた。

三学期に入り、受持の生徒の進学指導や、内申書作成の忙しい季節であった。

わたしは受持の高等一年の女生徒たちが好きだった。が、幾分荷が重くもあった。進学する五、六人の生徒を除いて、そのほとんどが高等二年を最後に、もう一生学校生活とは縁を切ってしまう。

わたしは、その生徒たちに、学習意欲を持たせ、劣等感を持たせないために、さまざまの工夫をした。例えば、音楽ひとつ教えるにも、高等科の教科書だけを用いず、女学校で教える唱歌も教えた。また、なるべく漢字を正確に、そして一字でも多く覚えるように、書き取りをよくさせた。

「何だ、こんな字も覚えていないのか」

と、人に嘲われぬようにさせたかった。只、筆順のちがいがわたしにはあって、ずい分まちがったまま教えていた。これはどうもわたしの小学校の時の先生のせいではなかったように思う。例えば、熊という字など、いつも三浦に指摘されるのだが、右のほうのヒの字から書いてしまうのだ。

「ヒが出た、ヒが出た、ムこうの山から月が出た」

と、いつのまにか覚えこんでいたのだ。あるいは、早熟だったわたしはルビのついた大人の小説などを読み、学校でならわぬうちに字を覚え、自己流に書いていたのか

も知れない。今でも、三浦によく笑われる筆順で字を書いている。
　当時、学芸会には比較的成績のよい子が出場するならわしだったから、一度も学芸会に出た経験のないまま、学校を終る生徒が多かった。その生徒たちのために、わたしはクラス会を開き、全員が人前で歌ったり踊ったり、劇をしたりする経験を味わわせた。
「先生にならったら、勉強したくなるわ」
と、生徒たちはいってくれた。この言葉がわたしには一番うれしかった。わたしは結局、彼らを九月から三月までの二学期間教えて、高等二年へとは持ち上らなかった。だが彼女たちのほとんどが、高等二年の卒業の時まで、わたしに受持たれたと今もなお錯覚している。裁縫だけは教えたがそれだけである。わたしが余りに厳しかったために、生徒の印象に強く残っているのであろう。いずれにせよわたしは教師冥利につきると思っている。

　三学期末となった。
　日々に通う雪道は、煤煙に黒く汚れ、馬糞がこびりついている。雪道というより、ひと冬踏み固められた雪が厚い氷となって、その上に雪解水がたまる。子供たちが、この道に足をすべらせ、転んで雪解水に服を汚しては母親に忙しい思いをかける、そ

んな季節である。

三月二十日を過ぎて、明年度の担任が発表になった。わたしは、以前に校長に希望したとおり、小学一年を受持つことになった。

同学年の教師は、六年の受持であった野口という妻子ある教師と、わたしの日直の日に、ふらりと学校に来た独身の牧という教師であった。牧が二十九、野口がそれより三つ年上である。彼らからみると、四月に満二十歳になるわたしとしては三度目の一年生である。大いに張切って、彼らと共に一年生を受入れる準備をはじめた。

先ず、わたしたち三人は、市役所から廻って来た入学票に従って、クラスの編成を始めた。一クラス六十人前後、約百八十名である。クラス編成には、いろいろなやり方がある。四月生まれから七月生まれまでのクラス、八月生まれから十一月生まれまでのクラスという分け方もその一つであるが、これは十二月以降三月までのクラスと、四、五、六、七月生まれのクラスとでは、体力が著しくちがって、あまりよい分け方ではない。が、知能テストの知能指数六十五、当てにならぬこともままある。わたしの友人の息子さんは、幼稚園で知能指数六十五、魯鈍といわれたが、大学は常に首席、大学院では特待生であったという。しかしわたしたちは、生年月日順に、一番また、五十音順に分ける分け方もある。

早く、つまり四月一日に生れた子をAクラス、二番目に生れた子をBクラス、三番目はC、四番目はまたAクラスというふうに、比較的無難な分類をした。
だが、一人の生徒だけ、どのクラスにすべきか、牧と野口の二人は迷っていた。それは横沢校長の次男である。
自分の子供の受持教師が誰になるか、これはどの親にとっても重大関心事である。多分横沢校長は、野口、牧のどちらかに自分の子供を託したかったにちがいない。いや、わたしがそう思っただけで、校長にはそんな私心はなかったかも知れない。とにかく二人共、性質のよい、優秀な教師である。二人はお互いに、校長の子を譲り合って、なかなか決まらない。ジャンケンでもするか、くじ引きでもすればよかったろうが、容易に決定しない。
わたしは、どちらに落ちつくか、にやにやしながら傍観していた。そこに横沢校長がひょいと顔を出した。
「どうしますか、校長さん」
牧が、入学票を校長に手渡した。
「ああ」
校長はちょっとはにかんだように笑い、牧、野口の二人の顔をちらりと見てから、つと、その入学票をわたしの前においた。

なるほど、とわたしは思った。男の教師のどちらかを選ばず、最も未熟なわたしのクラスに入れたのは名案であった。二人の教師の胸は、多分おだやかであったにちがいない。幾分の物足りなさはあったにしても。

しかし今考えると、何も、校長の息子だけを特別扱いにすることはなかったのだ。他の児童と同じく、生年月日の順番に繰り入れればよかったのだ。それが出来なかったところに、当時の微妙な、封建的な人間関係の姿がある。校長の息子を、同じに扱い得なかったことは、やはり大きな誤りであったというよりいたし方がない。

昭和十七年四月一日、いよいよ入学式の日が来た。

この前年の十二月八日、日本は米英に対し宣戦布告をし、大東亜戦争に突入していた。国民はみな戦果に酔っていて、加速度的に軍国主義一色に染まっていった。

その日の入学式にも軍国主義は反映し、国防色と呼ばれたカーキ色の真新しい折れ襟の服を着た男の子たちの姿が目立った。大東亜戦争が始まったとはいえ、それでもまだ、新入生たちは男の子も女の子も、新しい服を着ていた。色とりどりのセーターや、ビロードのワンピースの女の子たちも、前から二番目に、一つポツンと空いた席が出席をとると、全員出席している。が、前から二番目に、一つポツンと空いた席がある。わたしはふしぎに思って、Ｙという空席の机に貼ってある名前を呼ぶと、やはり元気よく、

「ハイ」
と返事がかえってくる。一年生が代返するはずはない。わたしはいささかうす気味わるくなったが、三度その名を呼び、返事する子を確かめた。返事した子は、Yと聞きまちがいやすい姓であったが、名はちがう。名がちがうのに返事をしていたのだ。
翌日もYは欠席した。たとえ子供が病気でも、入学式には親が顔を出すか、少なくとも電話ぐらいはかけて来るはずだ。が、その翌日も無断欠席である。わたしは一度も会ったことのないYが気になった。さぞ入学式に出たかったであろうにと、わたしは、多分風邪か何かで臥しているであろうYの姿を想像した。
四月五日頃であったろうか。わたしは、雪どけ水でどろどろになっている泥んこ道を歩きなずみながら、Yの家を訪ねて行った。
ところが、訪ねて行った住所をいくら探してもYの家が見当らない。その町内の店で聞いても、
「Yさんという家ですか？　さあて、そんな家はこのあたりにありませんがねえ」
という。では住所を変更して、他の学校にでも入学したのかと思って帰ろうとした時、買物に来ていた三年生ぐらいの男の子が、
「ああ、Yの家、ぼく知ってるよ」
といった。訪ねあぐねていたわたしはほっとして、

「そう、あなた知ってるの。じゃ教えてね」
というと、男の子はうなずいて、すぐに泥んこ道をビチャビチャ駆け出した。泥が一杯、彼の背に跳ね上るのを見ながら、わたしも小走りに後を追った。
男の子は、人家が尽きた土手のほうに走って行く。そんなほうに家があるのかと、不審に思いながらついて行くと、男の子は立ちどまった。
「ここだよ」
指さす一軒の小屋を見て、わたしは、はっと胸を突かれた。それは、何としても家とはいえなかった。風が一吹きすれば、ゆらりと倒れそうな、傾いた小屋なのだ。柾(まさき)や古板をよせ集めて作ったその家の戸口に、南京袋をほどいて下げたような布が、ゆらゆらと揺れていた。
「ごめんください。啓明小学校の、今度一年生受持になった堀田と申しますが、N夫さんのお宅はこちらでしょうか」
どんよりとしたまなざしの、母親らしい女が顔を出した。疲れた表情で、年の頃も見当がつかない。三十歳代とはとても思えない。五十代とも見える。
「ああ、先生ですか。すみません、こんなところまで……」
母親はそういい、
「どうぞ、お入りください」

と、わたしを促した。わたしはふっと、同僚の一人がいつかいった言葉を思い出した。
「わたしのクラスには、雨が降ったら、学校に来れない子もいますよ。来ようにも長靴もない、傘もないというわけですよ」
　Ｙも、この泥んこの道を歩く長靴がないのかも知れない。わたしはそう思いながら、布をくぐって中に入った。
　うす暗い室内だった。りんご箱を積み重ねた戸棚のほかには、家具らしい家具もない。板の間にすわって、ふと傍らを見たわたしはぎくりとした。
　まっ白い布に包まれた骨箱が、床の上に、じかにぺたりと置かれていたのだ。驚くわたしに、
「あの子が、こんな姿になって……」
　母親はぼんやりといった。
「あのう……亡くなられたのですか」
「はい、風邪を引いて、一週間ほど前に……」
「まあ……それは……」
　入学を前に、この小屋で子供は死んで行ったのだ。
　わたしはその死を悼む言葉もなかった。

無論、その子も入学を楽しみにしていたにちがいない。たとえ、長靴がなかったにせよ、学校に行くことは喜びだったにちがいない。このうす暗い小屋に生れ、そして死んで行った六年の短い生涯を思うと、わたしの胸は痛ましさにしめつけられる思いであった。
　おそらく写真の一枚も撮ってもらうこともなく、この世を終えたのであろう。遺骨の前には、写真もなく、位牌もなかった。
　誰もいないと思った部屋の隅に、むっくりと起き上った男の子が、わたしを見てペコリと頭を下げた。五年生ぐらいの男の子であった。
　いいようのない思いで、その家を出たわたしは、外に出て、改めてその小屋を見た。忠別川の川風にさらされたその小屋には、何としても、人が住んでいるようには見えない。わたしは再び泥んこの道を歩きながら、涙が出てならなかった。真新しい国防色の服や、かわいいセーターを着た生徒たちの、喜びに溢れた顔にだぶって、一度も会うことなく死んでいったYの幼い姿が、影のようにわたしの目に浮かんだ。
　わたしの受持クラスに、確かに名前だけとどめたこのYのことを、わたしは、四月になるたびに思うともなく思ってきた。もしYが、金持の子であったなら、三十年後の今日まで、こうも思い出すことはなかったにちがいない。

十

この年の夏休み、わたしは札幌の高等技芸学校に十日間の講習を受けに行くことにした。わたしは生来、はなはだ不器用で、生徒に手芸を教えることが苦手だった。にもかかわらず、高等二年の女子に、モール細工やペンテックスを教えねばならなかった。

札幌には、母の叔母夫婦がいた。この従祖母夫婦は、当時南一条西三丁目にあった無尽会社の管理人をしていた。南一条西三丁目は、三越デパートがある町内で、すぐ近くには大通り公園もあり、いわば札幌のどまん中である。

ここの家は階下が六畳で、茶の間兼夫婦の寝室であり、二階が八畳一間で、一人息子と従祖母の義姉の二人の部屋になっていた。たった二間しかないのだから、客の泊る余地はない。にもかかわらず、なぜか親戚知人は、札幌に出ると必ずこの家に泊った。

それは、この夫婦が親切で、人に何の気兼ねもさせない人たちだったからかも知れない。二室しかなくても、広い家に泊めるように、快く泊めてくれた。一晩泊ろうと、二晩泊ろうと、あるいは十日泊ろうと、その親切な態度に何の変りもなかった。訪ねて行けば、泊らねば悪いような錯覚を覚える。泊ると心地よくもてなしてくれるから、

また泊るという仕儀になったのだろうか。とにかく、よく客の泊まる家であった。そんなわけで、札幌での講習会には、わたしはこの家から通わせてもらおうと思っていた。その旨手紙を出すと、折り返し快諾の葉書が来た。暑い日であった。従祖母はちょうど留守で、夕方には帰ってくるという。和也という名前だった。彼は夕食の用意をはじめたのである。わたしは感心してすぐに手伝った。やがて玄関の戸があいて、

「ただいまあ」

と、見知らぬ青年が入ってきた。わたしは驚いて青年の顔を見た。今の俳優でいえば、東千代之介に似た端正な青年が、ちょっととまどったような表情で頭を下げた。わたしも黙って頭を下げた。

わたしは、この家に「ただいま」と帰ってくる青年がいるとは知らなかった。「ただいま」という挨拶は、何も特別なことではない。泊り客でも外出から帰ってくればいう言葉である。が、彼は空になった弁当箱をさし出したりして、どうも二、三日の泊り客のようではない。

「あの人だあれ、和也ちゃん」

わたしは傍らの和也にそっと尋ねた。

「ああ、一郎さんだよ。母さんの親戚だよ」
「ふーん。ずっといるの」
「そうだよ。会社に行ってるんだよ。いい人だよ。ぼくといつも遊んでくれるんだ」
「あの人、いくつ？」
「二十一だよ。まだ兵隊に行かないんだよ」
　青年の名は西中一郎といい、この家の姻戚であった。彼はここに下宿をし、市内の会社に通っていたのである。
　やがて、この無尽会社の外交員である従祖父が帰宅し、夕食が始まった。二階から西中一郎と従祖父の姉の「おばあちゃん」なる人も降りて来た。おばあちゃんは中風気味で、足をするようにして歩き、食事時以外は二階に寝ているらしかった。従祖父も、その姉であるおばあちゃんも、揃って笑顔の絶えない好人物であったが無口でもあった。その上、一人息子の和也もかなり無口であったから、初対面の西中一郎とわたしが、自然ぽつりぽつりとでも話さねばならない。その彼もどちらかといえば口数が少なく、わたしもあまり愛想のよいほうではなかったから、ややぎこちない夕食であった。
　夕食が終り、長かった夏の日も次第に暮れて、ついに暗くなったが、従祖母はまだ帰らない。和也少年が、

「ぼく、親戚の家に泊りに行く」
といって、出て行った。
「そのへんまで、おばさんを迎えに行きませんか」
西中一郎がいった。わたしは誘われるままに、彼について外に出た。東京でいえば、銀座街のような賑やかなところだ。
「困りましたね」
ふっとつぶやくように彼はいう。
「何がですか？」
「いや……おばさんの帰りが遅くて」
彼は言葉を濁した。女性とあまりつきあったこともないのか、彼はどこかぎこちない。とにかく二人は、ぶらぶらと大通りのほうに歩いて行った。が、彼、従祖母がどの道を通って帰宅するか、皆目見当がつかない。大通りの噴水をぼんやり眺めただけで、二人は帰宅した。
戻ってくると、既に従祖母は帰宅していて、わたしを見るなり、
「まあ、綾ちゃん、すまなかったね。どうしても出かけなければならなくて、余市まで行ってね。すまなかったわねえ」
と、気さくにいった。まだ五十をちょっと過ぎたばかりで、薄化粧をした小ぎれい

な従祖母は、せせらぎのような軽やかなものの言い方をした。
「綾ちゃんは、一郎さんと同じ部屋だけれど、いいでしょう？ おばあちゃんの横にねてちょうだい」
さらりと従祖母はいった。わたしは彼と一緒に二階に上った。既におばあちゃんは床に入っていた。
「おばさんが帰ってきてくれて、ほっとしました。どこに綾ちゃんが泊るのか、心配してたんです」
彼はそういった。
（なあんだ、そんなつまらぬことを心配していたのか）
わたしはおかしくなった。泊るのは二階に決まっているじゃないかと思ったのだ。今考えると、何と男女の道にうとかったことか。わたしは、西中一郎という、かつて見たこともない男性と同じ部屋に眠ることに、いささかの抵抗も感じなかったのである。無論それは、おばあちゃんなる人が同室だったからではあろうが、それにしても吞気なものであった。
当時のわたしたち庶民の家は、客を泊めるのに一室を提供することなど、先ずないことであった。わたしの家に泊る客も、三人、四人の兄や弟の間にはさまれて寝たし、わたしたちが他の親戚に行っても同様であった。

これは、近頃の家が、すべて広くなったということではないのだろう。家族構成が当時より複雑でなくなったということかも知れない。それはともかく、西中一郎という下宿人のいることも、あえて従祖母は知らせて来なかったし、一人息子を他に泊りにやってでも、わたしを泊めたのである。

こうして、札幌滞在十日間の第一夜を、わたしは赤児のように安らかに眠った。おばあちゃんが夜半に煙草を喫み、そのきせるをカンカンと叩く音に目を覚ましたほかは、何の音も聞えなかった。

翌朝、目を覚ますと、わたしの頭のほうに寝ていた西中一郎の布団は既に片づけられていて、彼の姿はなかった。あわてて起きて行くと、彼はもう食卓に向い、きちんと正座して朝食をとっていた。

彼は会社に行き、わたしはバスに乗って学校に行った。講習会には、全道から女教師たちが多数参加していて、なかなか盛会であった。わたしは、早速ハンドバッグの作り方と、ハンドバッグにペンテックスで図案を描くことを習った。帰宅すると夕食ができていて、わたしは食後の跡始末だけをした。この従祖母は料理が上手でかつ手早かった。

「おばさんの料理は札幌一です」

と、西中一郎がわたしにいったことがあったが、確かに素人ばなれしていた。彼女

はその人柄と腕を買われ、後に、ある銀行の支配人に、ご殿のような大きな寮を与えられ、銀行の客人や幹部の接待を任されるようになったほどである。

西中一郎はわたしと同じ年であった。満二十歳のわたしには同じ年齢の男性は、あまり魅力的な存在ではなかった。それに彼は美男でありすぎた。当時の彼はそんな美しさがあった。漫画に、よくパッと光るようなハンサムが描かれていることがあるが、当時の彼はそんな美しさがあった。決して美しき乙女とはいえないわたしから見ると、彼は現実ばなれしていた。彼は物語りの中の王子乙女であり、映画の中のヒーローでもあった。ハンサム過ぎるということだけで、わたしは彼を、最初から自分の生活の圏外に置いていたようである。

二、三日同じ部屋に寝起きしながら、わたしたちはさして親しくもならず、といって、よそよそしくもなかった。職場の中の一人といった程度の感じだった。

二十歳の健康な男性である彼のほうでは、同室に同じ年頃の女がいることをどう思ったか、それは知らない。彼は控え目にものをいい、動作も静かであった。夜はわたしが本を読んでいるうちに眠り、朝は常にわたしより早く起きた。

わたしが札幌に出て四日目ぐらいであったろうか、はじめての日曜日がきた。講習会も休みだったし、彼の会社も休みだった。従祖母が、

「綾ちゃん、一郎さんに植物園につれて行ってもらったら？」

といった。五、六百メートル離れた北大農学部の植物園に二人は出かけた。まだ自

動車が少なく、自転車の多い街だった。その街の中を、わたしたちはのんびりと歩いて行った。ビルも少なく駅前通りのアカシアの並木が、美しく茂っていた。いかにも詩の都といわれる札幌の街の感じだった。

日曜だというのに、植物園には人影が疎らで森閑としていた。芝生に腰をおろそうとすると、彼は大型の真白いハンカチを芝生に敷き、

「どうぞ」

とすすめてくれた。

「ありがとう」

二人は並んで芝生にすわった。芝生の向うに大樹の林がつづき、小径がその林の中に消えている。若い二人が並んですわっているだけでも、ロマンの生れそうな、ひそやかな雰囲気である。が、わたしは別のことを考えていた。

それは、その朝来たTからの手紙だった。T は、わたしが前に勤めていた炭鉱の小学校神威校の教師である。Tの優秀さをねたんで、スキャンダルをこね上げようとした者がいたことを、わたしは先に述べた。

そのTから、思いがけなく、札幌に滞在中のわたしに手紙が来たのだ。わたしは札幌の帰途、神威に立ちよるつもりで、二、三の人にその旨を知らせ、Tにも通知してあった。

Tは、私用で出札するので、会えるものなら会いたいと、その日を知らせてきたのだ。やさしさの溢れた手紙であった。が、時刻は書かずに、夕刻電話すると書いてあった。その日が、即ちその日曜日なのだ。
　Tには妻子がいる。わたしより十幾つも年長だ。にもかかわらず、Tに会えるということに、わたしは何か秘密めいたよろこびを感じた。それは、Tに対する心の傾斜か、愛する神威に対する懐しさか、定かではない。ともあれ、わたしがTを待つその時のときめきは、恋心に似ていなかったといえば嘘になる。
「今日の夕方ね、もといた学校の先生が札幌に出ていらっしゃるの」
　わたしは朝のうちに、従祖母にも一郎にも告げてあった。
「女の先生？」
　尋ねる従祖母に、
「ううん、男の先生。お世話になった先生なの」
　わたしはそういった。
　芝生の上に、二人はすわったまま、黙りこくっていた。彼が何を思っていたか、わたしは知らない。わたしが何を思っていたかを、彼が知らなかったように。静かな植物園の中では、沈黙は何の気まずさももたらさない。否、ふさわしくさえあった。時々、植物園の外を通る電車の音が聞こえ、枝を移る鳥の羽ばたきが聞こえるばかりだっ

やがて、わたしはいった。
「一郎さんは、兵隊に行くのね、いつ?」
「来年です」
 二十になれば、男が軍隊に入隊するのは当然のことであった。当然のことだが、男性にとっては、それなりの危惧も感慨もあったであろう。が、わたしには、まだそれだけの思いやりもなかった。わたしはもともと、そうした思いやりに欠ける冷酷な女だったのだろう。
「いいわね、男の人はお国のために役に立てるから」
 これが男性をほめたつもりの言葉であった。
「大した役にも立ちませんけれどね」
 彼は苦笑した。
 あとは、何を話したか記憶が定かではない。二人はただ、芝生にぼんやりとすわっていただけで、帰って来たような気がする。Tの電話が来ないかと、まだ夕食に間のある頃からそわそわしていた。食事中でも、電話がくるとビクリとした。が、Tからは何の連絡もない。

夕食が終り、あとかたづけがすみ、うす暗くなっても、電話は来ない。
「どうしたのかねえ、神威の先生は」
従祖母も気にしてくれた。
「もう、来ないかも知れないわ」
わたしは西中一郎と二人で、大通り公園に散歩に出かけた。出かけては見たが、やはり落ちつかない。こんなに遅くなって連絡がなければ、札幌には来ていないのかも知れない。そう思って諦めたものの、どうしても気になる。
会いたいのだ。恋人でも何でもなかった人なのに、むやみに恋しいのだ。こんな気持になったのは、はじめてのことで、吾ながらふしぎであった。
（わたしは、T先生が好きなのだろうか）
自分にもわからない。Tの手紙に、通り一ぺんではない優しさを感じて、わたしもまた心やさしくなっていたのだろうか。
大通り公園に出ても、気もそぞろのわたしは、すぐにまた家に戻った。と、従祖母が、
「綾ちゃん、たったいまね、T先生からお電話がありましたよ。駅前の電話ボックスの前で待っているからって。一時間ほどあとの汽車で、札幌を発つんですって」
と、あわただしくいう。わたしはあわてて再び外に出た。西中一郎があとを追って

きた。
「夜だから、駅まで送って上げますよ」
という。二人は小走りに、四、五丁先の駅に走った。駅前は人が混んでいたが、電話ボックスの前に立っているTの長身はすぐに見出せた。
「あ、あの人よ」
声をはずませて指さすと、
「よかったですね、会えて」
と、西中一郎はTに会わずに、すぐに帰って行った。その時、わたしは、
(ああ、いい人だなあ)
と思ったが、Tを目がけて駆けて行った。
「もう、会えないかと思っていたよ」
Tがうれしそうに近づいてきた。途端に、わたしはひどく索莫とした気持になった。いつも美しく額に垂れていたTの黒い髪が、すっかり刈られて、丸坊主になっていたのだ。
そこには、見たことのないTがいたのだ。垂れた髪をかき上げる時のTには、洗練された知的な感じがあり、その髪の故に、憂愁に満ちた表情が美しかったのだが、今、目の前にいるTは、ひどく平凡に見えた。わたしは、一瞬にして憑きもの

が落ちたような、乾いた心地になり、
「どうして、髪を刈ってしまったのですか」
といった。
「うん、教育召集があったんでね」
髪があろうがなかろうが、今、目の前に、丸坊主になったTを見ると、恋人を待つような思いで、今日一日朝から心待ちにしていたわたしの気持は、ふいに萎えてしまったのだ。わたしは、何となく滑稽になり、気が軽くなった。
（これが軽薄ということだ）
二十の小娘が人を好きになるという感情は、大したことがないとわたしは思った。まだ人を好きになる年ではない。これでよかったと、わたしはひそかに思いながら、わたしはさばさばとTをホームに見送った。
家に帰ると、電灯の下で従祖母が着物を縫っていた。その傍らで、従祖父が水虫の手当をしていた。西中一郎は二階にでも上ったのか、姿が見えない。二階に行ってみたが、おばあちゃんが床の上にすわって、にこにことききせるをくわえているだけである。
再び下に降りて、

「一郎さんは」
と尋ねると、従祖母はいった。
「ああ、一郎さんはね、苗穂のほうに行ったわよ」
わたしを駅まで送った彼が家の前まで来た時、どこかの老人がころんで足を捻挫したという。それで近所の店から借りたリヤカーに乗せて、送って行った。近くても半道はたっぷりあると思いながら、見知らぬ老人をその家のあたりであろう。近くても半道はたっぷりあると思いながら、見知らぬ老人をその家まで送りに行った彼の姿を、わたしは思い浮かべていた。

西中一郎とわたしは、日増しに親しくなって行った。それは、一つ部屋に寝起きする者同志としての必然な姿であったろう。が、それは、決して恋愛的なものではなかったように思われる。

札幌の街を知らないわたしを案内しようと、彼は毎日夕食後、わたしを誘ってくれた。従祖母はそんな二人を、少しもいやな目で見ないどころか、喜んでいた。もしこれが、少しでもいや味を言われれば、毎夕、散歩に出ることは憚られたであろう。そして、若い男と若い女であるわたしたちに、もっと別の感情が湧いたであろう。が、幸か不幸か、わたしは一郎に対して、親愛の情以上の気持は湧かなかった。男のきょうだい七人の中に育ったわたしは、男性をそう珍しく感じなかったのだ。

弟たちと同じ部屋に寝て育ったわたしには、彼と幾夜一つ部屋に起き伏ししても、少しも違和感が無かった。

戦時中のことである。散歩をしても、二人の間には、一人の人間の入るぐらいの距離が置かれてある。無論、現代のように簡単に男女が握手することはない。二人が腕を組むことなど、起りようがない。

が、ただ一度、こんなことがあった。ある風の日会社から帰ってきた彼は片目をつぶっている。道を歩いていて目にごみが入ったから取ってほしいという。

わたしは生徒を受持っている小学校教師だから、傷の手当や、人の目のごみを取ることなどは割合馴れている。それに、そうしたことは、好きでもあった。

二人は二階の窓辺に行った。夏の五時半頃は夕べといっても、まだまだ明るい。わたしは彼の目を開いた。涙のたまったその目のどこにも、ごみは見えない。くるりと上瞼を返すと、あった。瞼のうらに小さな炭塵に似た黒いものがつきささっている。白いハンカチを四つに折り、その先をつばでぬらして黒い異物に触れると、あっけないほど容易に取れた。

この時、二人の胸は触れ合っていたかも知れないが、わたしが感じたのは、瞼の裏が、ひどく赤いということだけだった。ごみを取り終ってから、

十日間の技芸講習が終った。この間わたしはピンセットの先でモールの猫や花をつくることを覚え、帯にペンテックスで模様を描く術を知り、ハンドバッグ作製の方法も身につけた。

今夜一晩寝て、明日は帰るという夕、一郎とわたしは、中島公園に行った。ややすぐらくなっている池に、ボートを漕ぐ人々の姿が見えた。

一郎に誘われて、わたしはおそるおそるボートに乗った。泳げないわたしは水が恐ろしい。

「大丈夫、波もないのにボートがてんぷくする筈はありませんよ」

オールを持った彼は、見ちがえるように、颯爽としていた。まくり上げたワイシャツから出た、たくましい腕も、オールのさばきも、彼をひどく男性的に見せた。大きくうねる波に磯舟をあやつって育った彼にとって、波ひとつない池に浮かぶボート遊びなどは、児戯にひとしかったであろう。

彼はオホーツクに面した斜里の街に育ったのだ。

ボートをこぎながら、白い歯を見せて笑う彼の笑顔に、わたしははっとするような男らしさを感じた。

（この人は、こんな人だったのか）

驚きにも似た思いだった。平生の彼はつつしみ深く、静かであった。が、オールを

持った彼は、開放的な、ひどく明るい感じだった。自信に似た表情が、彼をふだんの彼とちがって見せた。

（ああ、わたしは、こんな素敵な人と今、二人でボートに乗っているのだ）

わたしはふっとそう思った。

翌日、彼は札幌駅まで、送ってきてくれた。荷物を持ってくれたり、座席をとってくれたり、きびきびとそして親切であった。

発車のベルが鳴った時、彼は一寸はにかんだように、餞別ののし袋を出した。思いがけないことで、わたしは驚いた。

「……そんな……」

「ほんの気持です、取っておいて下さい」

「ありがとう。お世話になりました」

汽車が動き出した。一郎のおかげで札幌の十日間は楽しかったと思い乍ら、わたしは彼に向って手を振った。

帰途、砂川で下車したわたしは歌志内線に乗りかえ、なつかしい前任地、神威に向った。

何といっても、涙で別れの言葉さえ出なかった文珠分教場の生徒たちがなつかしい。

わたしは、汽車に乗るなり、もう熱心に窓に顔を向けていた。文珠まで、まだ三十分近くあるというのに、わたしの目は今にも現われるであろうなつかしい文珠の長屋やグラウンドや分教場が、現にそこにあるように外に向けられていたのだった。

やがてついに文珠の長屋が現われた。同じ形のハーモニカ長屋が幾列もきちんと並び、その長屋と長屋の間の空地に、子供たちの遊ぶ姿が見える。

一年前、わたしはこの街に涙の中に別れを告げたのだ。家々の窓から手を振る人たちを見、風呂敷を大きく振っていたI君を見たことを、わたしは思い出していた。汽車は街に沿ってのろのろと行く。まだ八月の十日前で、夏休みの最中である。どの道にも子供が溢れている。

鬼ごっこをしている姿、縄とびをしている姿、買物籠を下げて、母親と何か話しながら歩いている姿、それらの多くは見知らぬ子供だったが、汽車の窓から眺めるわたしには一様に愛らしい姿であった。

汽車は山腹に這い上るように建つ神威校、まっくろい川にかかった橋、黒く光るずり山を右に見て神威駅についた。夏休みの間に一度行きたいと二、三の同僚先輩に報せてはあったものの、この日、この時、わたしが神威に着くことは誰も知らない。無

論、出迎える人はいない。幾度も夢に見た神威の地に一年ぶりで降り立つわたしは感慨深かった。街の幹線は一本しか無い。
「あれっ！　堀田先生だ」
と振向く、五六年の男の子や、
（はてな！　見た顔だ）
というように立ち止る小さな子供たちに時々会いながら、わたしは、真直に文珠を指して歩いて行った。

夏休みの学校はガラン洞である。教師の大方は帰省していて、神威に住宅を持つ教師は数少ない。

そう思って、わたしは文珠に寄っても仕方が無い。

ついた。分教場にしても、夏休みであることには変りが無い。分教場に行っても教師も生徒もいないことは、神威本校と同じである。

（しまった！　夏休みに来ても、受持だった生徒全員には会えないのだ）

勢いこんでいたわたしは、いささかしゅんとなった。生徒の家を一軒一軒歩けば、全員に会えるだろう。しかし、八十名近い生徒を戸別訪問することは、とうてい不可能である。

文珠にさえ行けば生徒たちに会えると思っていた自分を、嘲いたくなった。わたし

は、暑い日盛りの中をぼそぼそと歩いて行った。
　歩きながら、わたしは心にかかっていたEのことを思った。あの無言のまま、別れたっきりである。あの無言のままの別れがEとの別れであるべきだ。一年経って二人が会うことは蛇足のような気がした。
　だが、ひょっこり、そのあたりの路上で、Eの笑顔に会いそうな気もした。いや、今頃は地底の坑内でヘッドランプの淡い光を頼りに石炭を掘っているかも知れない。わたしは地底の現場を知らない。が、石炭を掘っているEの知的な横顔を、鮮やかに目に浮かべると、やみくもにEに会いたくなった。
　一先ず分教場まで行って、帰りにわたしは長田澄子の家に寄ることにした。Eの家は長田の家のすぐ近くである。Eの消息だけでも聞くことができるかも知れない。Eの家へ行くというわたしの心は少しふくらんだ。
　しかし、この地に降りたった第一の目的は生徒たちに会うことなのだ。夏休みに分教場に行くことの無意味さを思うと、ひどく淋しくもあった。生徒たちがいなくても、あの分教場の教室に入って、子供たちの顔を一人一人思い浮かべるだけでもいい。
　わたしはついになつかしい文珠の街に入った。低い家並も、わたしの住んでいた住宅も一年前と全く同じだ。

と、向うから下駄の音をカタカタさせて走ってくる男の子の一人だった。わたしは声をかけたい思いをこらえて彼の近づくのを待った。わき見をしたら走ってきたその子が、ふいに立ち止った。

はっとした表情でわたしを凝視した。が、次の瞬間、くるりとふり返ると、彼は一目散にかけて行った。お辞儀もしない、声もかけない。嬉しそうな顔もしない。いや、それどころか泣き出しそうな顔をして、彼はすっとんで行った。

わたしはがっかりした。

「せんせえ」

と、飛びついてくるのをわたしは期待していた。あの別れの日、泣いて泣いても流れ出すかに見えたわたしの生徒たちだ。当然飛びついてくるとわたしは思っていた。

が、彼はくるりと背を向けて逃げ去ったのだ。わたしは淋しかった。これが、一年経ったということなのか。あの時二年生だった子供にとって、三年までの一年間は、長い長い月日だったのだろうか。子供たちの一日は長いのだ。子供の一年と大人の一年はちがう。そう思いながらもわたしは淋しかった。

ふと気がつくと、家のかげから、ちょろりとのぞき、ちょろりと逃げる人影がある。それが一人や二人ではない。それはまるで、時代劇の一こまのように、多勢の人間が、

あちこちのごみ箱、こちらの木、そこの井戸の陰からひょいと顔を出しては、ちょろちょろと姿を消す。と見る間に道をよぎって、向うの家かげにかくれる。みんな分教場の教え子たちだ。
　うしろを見ると、何といつの間にか、女の子や男の子がぞろぞろ列をなしてついてくる。ふり返ると、わっと家の陰にかくれる。
　どこで、いつの間に、わたしが来たのを知ったのだろう。
「どうしたの？　みんな、かくれていないで、出ておいで」
　わたしは道の真中に立ち止って、前後をちょろちょろしている子供たちに大きな声で呼びかけた。途端に、わあっと生徒たちが、わたしを取りかこんだ。一年の間何のことはない。彼らは、わたしに声をかけられるのを待っていたのだ。
　わたしに会わなかった彼らは、
「先生」
と飛びついてくるのが恥ずかしかったのだ。
　そのあたりをちょろちょろ見えかくれに走り廻っていたのは、ただ恥ずかしさと嬉しさで、どうしようもなかったのだろう。その中には無論、先ほど、一旦(いったん)、わたしの傍(そば)から逃げ出した男の子もいた。
　けて逃げ出した男の子もいた。わたしの傍に集まると、彼らは安心したように口をきった。

「先生、ひどいね。どうして早く来なかったの」
「いつきたの。知らなかったあ」
　一年前のように彼らはわたしの手を取り、口々に何か言っている。だにこにこするだけで、口を利けない子供もいる。あの顔、この顔、みんななつかしい顔ばかりである。
　そのうち、誰いうとなく、
「もとの教室へ行こう」
といい出した。みんな賛成し、わたしを取りかこんだまま、生徒たちはぞろぞろと分教場にむかった。
　彼らは三年生だ。が、もとの二年生の教室に行き、生徒たちは、もとの場所にすわった。文珠の街は広い。わたしはほんの入口のあたりを歩いたに過ぎなかったが、それでも、在籍数の七割以上の生徒が集まった。
　生徒たちは、わたしと別れてからの一年の生活を口々に語った。
　高橋栄子という、小柄な子が言った。
「先生、わたしたち、毎朝先生に会ってるよ」
「あら、どこで」
「あのね学校にくる時なの。先生とそっくりの女の人と行き会うの。わたしと田畠さ

んの幸ちゃんが、いつも、その人に会ったら、うしろから大きな声で〝堀田せんせえ
――〟って呼ぶんだよ。ねえ、幸ちゃん」
「うん、その人が遠くに行ってからね、でも、あの人、自分のことだと思わないから、
ふり返らないものね」
この高橋栄子は、のちにわたしが札幌でサイン会をした時、室蘭から出てきた。田
畠幸子は可哀そうに、若いうちに死んだ。
「ね、みんな、先生にならった歌を歌わないか」
笠折という男の子が言った。一人、一人が立ち上って、わたしにならった歌をうた
った。わたしはその歌を聞きながら、この子たちには、僅か一学期間しか教えなかっ
たのだと改めて思った。
だが、心の通いは、期間の長短の問題ではない。ベルも無く、廊下もなく、ただ、
長屋をつき通してつくった粗末な教室での四か月の生活の中で、一体彼らとわたしを
一つにしたものは何だったのだろう。
わたしは思うともなくそう思いながら、一人一人の顔を飽かず眺めた。前より丈夫
そうになった子、背がひょろりと高くなった子、肥った子など、少しずつの変化はあ
ったが、一年前と殆んど変ってはいない。
そのうち、谷地文子という女の子が立ち上った。この子は本校で一年間教えた子で、

分教場の子ではない。が、わたしの来たことを伝えきいて、彼女も一緒についてきたのだ。本校と分教場のちがいはあっても、学年は同じなのである。この子は一年生の時、舌切雀の主役雀を学芸会で演じた子だった。

彼女は、大きな目をくるりと開き、

「かきつばたの歌を歌います」

といった。実は、この「かきつばた」という歌はわたしの好きな歌で、わたしは教師時代一年生にでも高等科にでも、この歌を教えた。クラス会に招かれると、この歌を歌う子が時々いる。そして、

「この歌は、どの唱歌集にも出ていませんね。誰の歌ですか」

と尋ねられる。作詞作曲が誰のものか、わたしは知らない。広い池の中に咲いた一本のかきつばたは、夜になれば紫紺色の夢を見るだろうという意の歌である。とうてい、小学校一年生に教えても、その歌境のわかりようの無い歌であり、またメロディも微妙なのだ。

そんなむずかしい歌を、自分が好きだからといって教えるわがままな教師はあまりいないだろう。だが、わたしは、その歌をどのクラスにも教えて来たし、ふしぎに生徒たちも、好んでくれた。そのかきつばたを、谷地文子は歌ってくれるというのだ。

生徒たちは

「ああ、かきつばた!」
と声をあげた。文子は歌い出した。
「ひーろーいお池の真中に……」
きれいなつやのある声だ。舌切雀になって、舞台の上で一人歌った美しく透る声だ。みんなうっとり耳を傾けている。
「一本咲いた　かーきつーばたあ」
ふいに文子は顔をおおった。と、激しくすすり上げた。みんなしんと静まってしまった。文子は立ったまま、しゃくり上げている。わたしの胸は熱くなった。
「ありがとう、文ちゃん」
文子は坐すわった。みんなつむいている。文子の胸にある再会の感動が、他の者にも伝わった。
「じゃ、こんどは、先生が歌います」
わたしは立ち上って、文子の歌ったかきつばたを歌い出した。すると、生徒たちがすぐにわたしに合わせて歌い出した。今泣いた文子も歌っている。みんなの心が一つになった。わたしは盛上る感動の中で、しみじみ来てよかった、本当によかった、教師になってよかったと思いながら
「紫紺の夢を見るであろう」

と心をこめて歌っていた。

 思わぬ生徒たちの歓迎で、時間の経つのも忘れた。帰途寄る予定であった長田の家にも寄る時間がなかった。したがって、Ｅの消息をも、聞くことができずに旭川に帰ってきた。
 帰宅してすぐに、わたしは西中一郎に、餞別の礼状を書いた。折り返し彼から手紙が来た。
「十日も共にいた綾ちゃんが帰られて、ひどく淋しい心持です。ぼくは、犬でも猫でもいなくなると、しばらくの間、淋しく感ずる性格なのです」
 わたしは、思わず噴き出した。何だ、これでは、わたしも彼にとって犬猫並の存在じゃないか。げらげら笑ったあとで、この手紙はなかなかいいと、わたしは思った。彼は淋しいと書いた自分の言葉に照れて、犬や猫を持ち出したにちがいない。すると巧まざるユーモアが溢れて、べたついた手紙にならずに済んだ。こんな風な手紙を書くのも、なかなか、洒落ていると、私は愉しかった。
 おかげで別れの前夜、中島公園の池のボートで感じた、彼の颯爽たる美しさも、さらりとわたしの胸から忘れられそうであった。
 この西中一郎が、のちにわたしの前に現われて、わたしの婚約者になるであろうな

どとは、無論、わたしも、そして恐らく彼も思わぬことであった。

十一

二学期が始まった。昭和十七年の八月末である。ある日学校から帰ると、思いがけなく神威のEから手紙が来ていた。いや、神威ではなく、彼の住所は夕張の炭鉱になっていた。

「御無沙汰しました。この間、神威にあなたが現われたことを友人から報らせてきました。お元気の御様子で何よりです。
ミッドウェーの海戦にあなたは何を思われましたか。また、ガダルカナルの戦いをどう思っていられますか。恐らく、あなたは何も思わずに生きているのでしょう。
今、こうして、ぼくがペンを走らせている時間にも、人が戦争で死んで行く。しかも無駄な戦争で死んで行く。そう思いつつ焦燥を覚えるぼくらの口惜しさなど、あなたにはわかりますまい。
人間は、わかるべきことを、あまりにもわからなさすぎる。そうした怠惰への怒りを、ぼくはあなたにぶつけたくなる。一体それはなぜだろう。なぜあなたに怒りを覚えるのだろう。
それは、ぼくが非としていることを、あなたは是としているからだ。ぼくが命を賭

して否と叫ぶことに、あなたが無関心でいるからだ。あなたはぼくにとって無縁の人だ。ちがう世界の人だ。疾うにそう知っていながら、今更、ぼくは何を書こうとするのだろう。お元気で。そのうち、あなたも、つまらぬ男のところに嫁ぐことになるのでしょうね。

E

堀田綾子さん
わたしは二度、三度、Eの手紙を読み返した。何か強く心を惹かれる手紙だったが、それは、女としての読み方であった。
(この人は、わたしを好きなのではないか)
そういう、つまらぬ読み方だった。わたしには、一国の戦争の動きをつかむ力が無かった。興味もなかった。
「天皇陛下の赤子を育てる」
という、錦の御旗をかかげた教育の在り方に情熱は持っていても、その天皇がいかなる存在か、また、戦局がいかに動いているかを知る、聡明な触覚は持ってはいなかった。
確かに、昭和十七年のその頃の日本は、大変な事態の中にあった。前年の十二月八

日、米英に宣戦を布告した日本は、瞬く間に、西南太平洋の資源地帯の大半を、その手におさめた。
 来る日も来る日も、ラジオは、
「臨時ニュースを申し上げます、臨時ニュースを申し上げます」
と叫び、軍艦マーチのメロディと共に、戦果の大本営発表がなされた。街行く人も、ラジオ屋の店先に足をとめ、家庭に在る者も、また職場に在る者も、仕事の手をとめて耳を傾けた。
 ニュースは、今日も勝った、明日も勝ったの発表で、国民は、日本は絶対不敗の国という信念を深めるのみだった。
 それが、六月には、ミッドウェーで戦局は逆転したのだ。にもかかわらず、その敗戦の憂色を敏感に感じとる庶民は少なかった。恐らく、わたしたち庶民の百人が百人、日本は勝つと信じていた。
「ぜいたくは敵だ！」
と書いた紙が、職場に、電柱に貼られ、
「欲しがりません勝つまでは」
という標語は、小学校の一年生でも知っていた。
 流行歌は、

「見よ落下傘空を行く」
という落下傘部隊の歌や
「朝だ、朝だよ、朝日がのぼる」
というような国民を鼓舞する歌が流行っていた。
 愛国婦人会、国防婦人会などが結成され、出征兵の見送りに、婦人たちは白いタスキを、今の議員候補のように肩にかけて行ったり、時局講演会が、頻繁に行われた。
 国民は、ラジオや講演会で次第に洗脳され、ますます、日本の不敗を信じ、この戦争は聖なる戦争であると信じて行った。
 子供の多い家庭は表彰され、多産を奨励された。「人的資源」という言葉が堂々と闊歩し、人は戦争の弾丸と同様、勝つための資源とされた。と、いうことは即ち、人間も弾丸と同じく消耗品であるということであった。そして、これこそ、一番恐ろしいことだが、誰もその言葉を怪しまなかったということである。
 議会は、政府の言うなりに動く、傀儡議会に過ぎず、国民もまた、緒戦の圧倒的な戦果に酔って、大いに政府を信頼していた。が、こうしたことは、のちにわかったことで、当時、その政府や議会の在り方、また国民の姿勢を憂うることのできる人間は、はなはだ少なかったのではないかと思う。
 つまり、横沢校長やＥのように、時折他の人と異なったことをいう人間がいたとし

ても、その言葉を押し流すほどに、時の流れはとうとうとして国民全体を戦争へと向わせていた。少数者の声は多数の声にかき消されていたのだ。

わたしはEの手紙を大切にしまった。だが、読みどころを正しく捕え得ぬわたしにとって、それは、男性から来た、ただの手紙に過ぎなかった。

そして、単なる熱心な教師の生活に浸って満足するだけの毎日が、二学期と共にまた始まっていた。もう、ノートも、そう簡単に入手できない中にあって、わたしは自費で全生徒にノートを贈り、それを「お手紙ノート」とした。三行でも、五行でも、具体的な子供の姿を、わたしは親にしらせたかった。ノートには、生徒の毎日の生活が綴られていた。

「Aちゃんは今日、隣の人の鉛筆を削って上げていました。ほうたいを巻いていたのです。ほめて上げて下さい」

「K君は今日大変上手にこくごの本を読みました。声も大きく、句読点ではちゃんとやすみました。皆で拍手をしてあげました」

というような手紙である。

わたしの声が大きいせいか、子供たちの声も大きい。わたしの姿勢がよいためか、生徒たちの姿勢もよい。

「堀田先生の受持の生徒さんは、道を歩いていてもすぐわかりますよ。お辞儀の仕方

が先生にそっくりですから」

そんなことを、書いてくる親もいた。一年生というのは、そのように純真で、すぐに受持教師に似てくるのだ。だからいいところも似るようでヒヤヒヤする半面、わたしの悪いところも似る。

また、わたしの乱雑な字は、整理整頓が下手で、生徒にも似るようでヒヤヒヤすることがよくあった。また、わたしは整理整頓が下手で、生徒たちも、わたしに似てくるようで不安だった。

教師というのは、責任ある仕事だと、わたしはつくづく思うことがあった。

わたしは、しかし、生徒の成績を上げることには努力した。一クラスを四人一班で十五班に分けた。一班には班長、副班長がいる。四人一組で学習させる。宿題のわからぬところも班長が教える。

始業前に、朝早く学校に来て、班長が

「みんな宿題してきたか」

と尋ねる光景を、わたしはしばしば見た。朗読をあてられない生徒は一人もいない。必ず全員に指名する。

国語の一教科が終るまでに、わたしはしばしば見た。朗読をあてられない生徒は一人もいない。必ず全員に指名する。

算数も、その日の問題のできない者は必ず残す。残して二度も三度も教える。授業中、三通り位の程度の質問を設け、遅進児でも指名されれば答えられるようにしていた。だから授業時間の生徒の活躍も活発だった。

わたしは、はなはだきびしい教師で、叱るべき時には容赦なく叱った。当時、自分では気づかなかったが、わたしは生来、声が大きい上に、語調がきつい。生徒たちは、多分ふるえ上ったのではないか。

生徒が廊下を走ること、階段を駆けおりることは、きびしく禁止した。廊下で人にぶつかって怪我をしたり、階段からころげ落ちて思わぬ大事になることをわたしは恐れた。

その代り、授業中、居眠りする子は決して叱らなかったし、授業中トイレに行く子も叱らなかった。子供が居眠りするのは、余程疲れているか、胃腸の調子が悪いからだろうし、トイレに行きたくなるのは、(毎休憩時、必ずトイレに行くよう指導していたが)余程、体の調子が狂っているからだと判断したからだ。

が、今にして思えば、わたしは「手紙ノート」を書くよりも、生徒の成績を上げるよりも、もっと大事なことを、生徒に学ばせるべきであったのだ。

わたしは教育が何であるかを、全く知らなかった。わたしは戦争はいけないと教えるべきであった。人間は神以外のものを恐れてはならないと教えるべきであった。

(全くの話、人間は未だに神は恐れぬが、人目を恐れている。人の口を恐れている。真に恐るべきものが何かを知らぬ人間は、真の人間には権力ある人間を恐れている。真に恐るべきものが何かを知らぬ人間は、真の人間にはなれないのではないか)

真理を尊ぶべきことを教えるべきであった。愛するとは何かを教えるべきであった。
わたしは、教えるべきことの大本もわからず、実につまらぬことを口やかましく教えてきた。が、これは今の反省であって、決して当時の反省ではない。
わたしは生徒をかわいいと思い、きびしく躾けることを使命と思い、一人の生徒をも置きざりにしてはならぬと思い、自分は力の限りを出しきって働いていると思って、大いに楽しく毎日を過していた。今にして思えば何と貧しく容易な自己満足であったろう。

生徒たちは二年生になった。その生徒たちをわたしは持ち上った。
その日の放課後、わたしは彼らの図画を教室のうしろの黒板に貼りながら、思わず微笑した。一年生に入学した当初から、二年になるまでの一年間、彼らの画材は一貫して変らない。
それは、飛行機であり、戦車であった。が、その飛行機や戦車は、一年生の時のように、吹けば飛び散るような、ひょろひょろした線ではない。がっちりとした飛行機の翼や、今にも動き出しそうな戦車のキャタピラである。以前は、いつも必ず描き添えられていた太陽も、今はもうない。二年生の絵になったと思いながら、わたしは微笑したのだ。

だが、わたしはふっと思った。
(いつまでこの子たちは、戦争の絵を描きつづけるのだろう)
戦争はいつ果てるともなくつづいている。彼らが大人になるまでつづくのかも知れない。そう思いながら、一枚一枚画鋲で図画を貼って行く。もはや画用紙の不足な時代であった。ザラ紙と呼んでいたうすぐろい西洋紙に、絵は描かれていた。
と、その時、カタカタと皮靴の音をさせて、同学年を受持つ牧が入ってきた。
「あんたのクラス、絵がうまいなあ」
「そうでしょうか。うれしいわ」
「のびのびとかいてるよ」
牧は油っ気のない髪をかき上げた。一年間、共に同じ学年を受持って、わたしは牧に敬慕の念を持っていた。いつも石鹸（せっけん）で洗ったばかりのような、清潔な感じの性格である。世辞の少ないのも好ましかった。九つ年上で、ひどく大人に見えた。彼もわたしを、いつも子供扱いにしているように思われた。
「今日はもう仕事が終ったんじゃないの」
図画を貼り終ったわたしにいった。
「ええ、終りました」
わたしは時計を見た。四時である。この学校には、退庁時間などありはしない。授

業が終れば、生徒がまだ掃除をしているうちにさえ、弁当を持って、
「お先に」
と帰って行く教師がいるほどだった。牧も仕事が早く、わたしよりいつも早く帰るほうであった。
「じゃ、お茶を飲みに行こうか」
わたしはちょっと驚いたが、うなずいた。同学年受持の、妻子ある野口と、牧と、わたしの三人で喫茶店に行ったことは、それまで二、三度あった。が、牧と二人で行ったことはない。
それで、わたしは少し驚いたのだが、お茶を飲みに行くことぐらいは、重大なことではない。二人は街の喫茶店に行った。当時、まだ甘いコーヒーやぼた餅があった。
「あんたは、毎日おもしろそうだな」
牧は黙ってわたしを見ていたが、
「おもしろいわ。先生はおもしろくないんですか」
彼は、椅子の背にゆっくりとよりかかったまま、わたしを見た。
「つまらない世の中になってしまったなあ。何かおもしろいことはないかと、考えているんだけれど」
彼は本当につまらなそうであった。

その日、わたしは彼がお茶に誘ってくれたことに、何の意味も感じなかった。が、それから幾日かして、わたしは先輩の女教師に、静養室に呼ばれた。
「ごめんなさい。こんなことを申し上げて。でも、あなたは気がついていらっしゃらないようですから、申し上げるのよ。あなたを、星を眺めるように、じっとみつめていらっしゃる先生のこと、お気づきにならない?」
　言葉づかいのていねいな先輩は、未亡人でやさしい人だった。
「星を眺めるように?」
「ええ、ただ、眺めてだけいらっしゃるの。そして、どこか遠い国へ行こうかって、この間おっしゃってましたわ」
　彼女は、その人の名を明かさなかったし、わたしもあえて尋ねなかった。何となく牧の顔を思い出した。しかし、わたしを喫茶店に誘ってくれた時の表情には、そんな感情をうかがうことはできなかった。
　四月も二十日を過ぎたある日、牧は職員室の自分の席で新聞を読んでいた。わたしは、その一つ置いた隣の自分の席で、教案をつくっていた。職員室には、二、三の教師が仕事をしているだけだった。
「ああ、戦争はどうなるのかなあ」
　彼はつぶやいた。わたしにいったわけでもない。ひとりごとである。

「ガダルカナルは負けたし、どういうことになるのかなあ、日本は」

ひょいと顔を上げると、彼はわたしを見ている。

「日本は負けませんよ、先生」

確かに、日本が負けると思っている人々は少なかった。少なくとも、負けると口に出す人はほとんどなかった。

女たちは、もう和服の着流しで街を歩くことはなかった。長着の袖を切り、改良服という筒袖の上っぱりを着、その上にモンペをきりりとはいていた。スカートをはくことも許されなかった。

許されないといっても、それは別段法律化されていたわけではない。スカート姿や、着流しで歩くと、子供たちから「非国民！」と呼ばれるのである。大人たちも、口に出していないまでも、文字どおり白眼視するのだ。お互いがお互いの行動を監視していた。今考えると、岡っ引根性といおうか、狭量といおうか、いやな世相であったと思う。もっともこれは、

「アカだ！」
「反動だ！」

と、直ちにレッテルを貼る今の時代と、そう変らない国民感情なのかも知れない。世の中を住みにくくしているのは、いつの世も、こうした狭い心のお互いなのかも知

れない。
それはともかく、綿の厚く入った防空頭巾を背に、モンペ姿も勇ましく通勤する女性たちの姿に、世はようやく緊張の空気が流れはじめていた。日本が負けるなどと考えている人々は、少なくともわたしたちの廻りにはいなかった。
だから、牧の、
「どういうことになるのかなあ」
という嘆息は、わたしの耳にはふしぎにひびいた。日本は負けないというわたしに、牧はふとまじめな顔をして、
「あんた、早く結婚するといいよ。男はどんどん、戦争に取られてしまうからねえ」
といった。
「いやですよ、だって結婚した途端にでも、戦争に取られてしまうわけでしょう」
「それもそうだな。若い未亡人じゃかわいそうだ」
牧は持っていた新聞を机の上に置いた。そして机の中から紙を出し、鉛筆で何かさらさらと書いていたが、二つ折りにしてひょいとわたしの机に置き、さっさと職員室を出て行った。
「俺は南方に行く。多分、八月頃までに。戦争では死にたくない」
紙にはそう書いてあった。が、戦争では死にたくないという文字は、線で消されて

あった。その後に、更に濃く消してある字があった。判読すると、それは、
「必ず帰ってくる」
という字であった。わたしは何となくドキリとした。彼は職員室を出て、どこへ行ったのだろう。教室かも知れない。わたしは彼を探しに教室へ行った。教室には誰もいない。どこかの教室からオルガンの音が流れてくる。
「菜の花ばたけえに、入日うすれえ——」
オルガンに合わせて歌う女教師の声が、へんにものがなしくわたしの胸に響いた。わたしは、三階の屋上に上って行った。すると、そこに少し寒い四月の風に吹かれて、まだ白い大雪山をじっと眺めている牧がいた。
「牧先生」
「何しに来たの」
ちょっと咎めるように牧はいった。
「だって、南方にいらっしゃるなんて書いてあるんですもの。びっくりしたわ」
「ぼくが南方に行ったって、堀田さんには関係のない話じゃないのか」
「そんなことありません。同学年の受持ですもの」
わたしは彼に近づいて、
「先生、南方ってどこですか」

「南方か、南方はあっちさ」
と南のほうを指さした。
「南方のマーシャルかどこかで、先生をなさるの?」
彼は答えずに黙ってわたしを見た。めがね越しに見る彼の目は細いが、ひどく真実なまなざしであった。わたしは思わず、
(行っちゃいけない!)
と心の中で叫んだ。ふいに彼が貴重な存在に思われたのだ。わたしはくるりと彼に背を向けて、屋上から駆け去った。
階段を駆け降りながら、わたしは自分がずっと以前から、牧を好きだったのだと思った。わたしは自分の教室に駆けこんで戸をしめた。
「菜の花ばたけえに、入日うすれえ」
オルガンと歌は、さっきと同じところを、まだ幾度もくり返していた。

　その後幾日かたって、わたしは牧の家に訪ねて行った。暖かい春の夜だった。彼の姪が、じゃがいもの塩煮と茶を出してくれた。彼には父母がいなかった。几帳面な彼は、その教室も、職員室の机も、茶人のようにいつも清潔にし、かつ整頓していたが、自分の家はそれ以上に、きちんとしていた。

彼を訪ねてから二、三日過ぎた。わたしは見知らぬ女文字の手紙をもらった。それは、わたしにじゃがいもを出してくれた彼の姪からの手紙だった。
「叔父の手帳を見て、あなたのお名前と住所を知りました」
と冒頭にあり、自分は本州から来たばかりで、旭川には知人がないから、友人になってほしいと書いてあった。わたしはそれを読み、彼の手帳にわたしの名と住所が控えられていることを知った。

わたしは彼に誘われて、しばしば喫茶店に行くようになった。石狩川の堤防も散歩した。わたしは彼の清潔さを愛しながらも、しかし、親密にはなるまいという思いもあった。彼はやがて、南方に去ろうとしている人である。もし彼が本気でわたしを愛するならば、このまま去って行くはずはない。彼が日本を離れる感傷で、わたしと親しくしているのだとすれば、それは愛とは呼べないはずのものである。

わたしは、そのように考える自分を、冷たい人間だとも思っていた。しかしわたしは、真実の愛だけを欲する貪欲な女だった。だから、確かに牧という人間を好きだとは思いながらも、これ以上惹かれてはならぬという自制の思いも、少なからず働いていた。

今考えてみると、それは、時代と無関係ではなかったような気もする。この頃のように、すべてが無秩序なまでに自由な時代とはおよそ異なっていた。

その頃、横沢校長の健康状態が、かなり悪かった。わたしが赴任した昭和十六年の秋あたりから、肺結核の萌しがあったが、十七、十八年と次第に病状は進んでいた。わたしは時折、林という漢方医の家まで、校長の薬を取りに行った記憶がある。校長の病気が悪化したのには、理由があったらしい。

思想の弾圧が激しくなり、道内の教師たちも何人か検挙されていた。横沢校長は、その検挙された教師たち方の教師たちに弾圧の手が伸びていたらしい。わたしたち末席の女教員には明かされていなかったので、わたしなどほとんどその苦しみを知らなかったが、当時の様子を知っていた人々の話では、たびたびのこの捜索が、横沢校長の病気を悪化させたということである。

「自由主義が一番いいと思うんですがねえ」

といっていた校長のあり方は、今にして思えば正しかったのだ。が、あの時代においては受け入れられなかった。そして、何もわからずに、やみくもに皇国民の練成に励んでいたわたしなどは、いとも安穏で、警察には無縁であった。とはいっても、次々と男たちが出征し、戦争が熾烈になって行く時代の中で、わたしは恋愛に対して、臆病になっていたのかも知れない。

やがて、牧の辞職が正式に決まり、後任に、女学校出の、若い愛くるしい松本秀子

という教師も来た。

彼の発つ前夜、わたしは彼に誘われて、護国神社に参拝に行った。そして、その裏にある市営野球場で、わたしたちは語り合うつもりだった。さすがに別離の感慨があった。

二人は、土手になっている草むらを這い上り、低い板の塀を越えて野球場の観覧席に入ることにした。まっくらな、真夏の夜である。ここなら、誰に邪魔される心配もない。

が、二人がその塀を越えて中に入った途端、妙な足音が近づいて来た。二人は、はっとして闇をすかしてみた。前方の闇に大きな獣が見えた。

「馬だ！」

どちらが叫ぶともなく、あわてて塀をまたぎ、土手をすべり落ちた。

もう安心という所まで逃げて、わたしたちはげらげらと笑った。なぜなら、二人はお互いに相手のことは忘れて、吾先にと塀を乗り越え、土手をころげ落ちるように逃げたからである。

こんな傑作な幕切れになるとは、夢にも思わなかったのだ。二人は肩を並べて、さばさばと歩いた。

「北風のごとく、さっそうと生きてください」

わたしの家の前まで来て、彼はいった。
翌日、遠く南方（マーシャル群島であったと記憶している）へ彼は去って行った。
もし、あの時、馬があの野球場に放し飼いになっていなかったとしたら、わたしの運命は変っていたかも知れない。あの馬は、わたしにとって天の使いでもあったろうか。
牧が南方に去って二か月も経った秋の日の午後だった。第六時間目の最中に、給仕が来客だと告げに来た。名前を聞くのは忘れたが、男の客だという。
父兄かも知れないと思い、授業の終るまで応接室で待ってくれるようにと告げた。
わたしは、その時他のクラスの裁縫を教えていた。当時の父兄は、めったにねじこんでくることはないが、たまに酒を飲んで文句をいいにくる父兄もある。わたしは少し気になりながら、授業を終えた。
早速、応接室に行ってドアをノックした。中から返事があった。ドアをひらくと、そこには思いがけなく西中一郎が立っていた。
「まあ、しばらく」
椅子をすすめて、わたしもすわった。
彼はこれから、入隊するのだという。海軍と聞いて、
「すてきねえ」
などと、わたしは心ないことをいった。

旭川には七師団があって、陸軍の兵隊なら、小さい時から見馴れている。しかし、海軍兵の姿はほとんど見かけたことがない。
「セーラー服を着るのでしょう？　きっと一郎さんに似合うわよ」
そんなつまらぬこともわたしはいった。彼はこれから、生れてはじめての軍隊生活をするのだ。不安と緊張の中に、別れを告げに来たはずである。だが、当時のわたしには、まだそうしたことへの思いやりがなかった。
しかも、戦争は益々苛烈になって行く。彼は二度と会えぬ人かも知れないのだ。わたしは果して、やさしい言葉で彼に別れを惜しんだであろうか。三十年経った今、わたしが記憶しているのは、彼が終始おだやかな微笑を浮かべていたことと、トランクの中から、鶏めしのおにぎりを出して、
「食べませんか」
と、すすめてくれたことだけである。旭川でも、食糧事情の次第に悪くなってきた頃で、鶏めしのおにぎりはご馳走だった。わたしと西中一郎は、窓外の、黄葉した木立を眺めながら、そのおにぎりを食べた。実においしいおにぎりであった。
わたしは、かなり記憶力のいいつもりだが、なぜかこの日の会話を、ほとんど覚えていない。もう二度と相会うこともないかも知れぬ重大な時に交した言葉をすっぽり忘れていて、おにぎりの味だけは、はっきりと記憶しているのだ。何と情ないことだ

ろう。

とにかく、こうして牧も西中も遠く去って行った。当時の男性たちは、さまざまな別れの悲しみを胸に秘めて、軍隊に、戦場にと連れ去られて行ったのだと、今改めてわたしは思う。しかもそのまま、多くの人が永久に、二度と帰ることがなかったのである。

ここで、昭和十九年正月現在の、わが家の家族の様子を少しく書いておきたい。父は数え年五十五歳で、旭川の無尽会社員、母は今のわたしと同年齢であった。

昭和十四年から、北支に宣撫班として働いていた長兄道夫は、その前年引き揚げて羽田飛行場に勤務していた。次兄菊夫は、幹部候補生上りの陸軍大尉としてしばらく中支にあったが、前年秋陸大にパス、入学のため帰国した。しかし肺結核を発病、仙台宮城野原陸軍病院に入院中であった。

三兄の都志夫は、前年五月召集を受けた時、直ちに見合をし、あわただしく結婚し、結婚から入隊まで一週間もあったろうか。花嫁が何かああわれでならなかった。しかし、幸いにして、三か月後に都志夫は無事帰って来た。

この兄は、生れてはじめての軍隊生活三か月の間、只の一度も殴られることなく終

った、奇蹟的な経験の持主である。当時の軍隊は、誰か一人が悪ければ全員殴られることが珍しくなかったが、この兄は、そういう時にも殴られなかったという。日頃、温厚なこの兄を尊敬していたわたしたちきょうだいは、この話を、非常な喜びをもって聞いたものであった。十九年の正月当時、都志夫夫婦は、わたしたちと同居していたわけである。

そのほか、姉、わたし、弟たち四人、それに次兄の息子勲も共にわが家にいたから、総計十一人が同居していたことになる。

次兄の出征中、その妻が肺結核で死亡、娘も小児結核で逝き、勲だけが残されていたのだ。

当時のわが家族を見ただけでも、戦争の影が色濃いことを思わずにはいられない。

その頃、大阪の阪大附属病院に、父の妹即ちわたしの叔母が長らく入院していた。商社の重役をしていた叔父はシンガポールに勤務しており、子供のいない叔母は一人淋しく大阪に病んでいたのである。

六月になって、その叔母の容態が思わしくないという知らせが入った。そこで、誰が見舞いに行くかということになった。男たちは次々と戦争に行き、職場に男の数は少ない。当然父も兄も弟も職場を休むことはむずかしい。姉は体があまり丈夫ではない。母は大家族を抱えて、家を離れることなど到底できない。

となると、結局、わたししか行ける者はいない。職場は離れられない。しかし、ずっとつづいていた教師の視察旅行が、いよいよわたしの番という時に、打ちきりとなっていた。時局柄、旅行の予算は出ないというのである。一度、他の町や学校を見ておいてもいいという気はあったし、一人、遠い地に病んでいる叔母を思うと、見舞ってやりたかった。ついでに仙台の宮城野原に病む兄も見舞いたかった。

生徒を二分して、同学年の教師にあずけ、わたしは思い切って大阪に行くことにした。

教頭は、
「まさか、やめるんじゃないでしょうね」
といい、
「帰ってくるのなら、何日でも行っていらっしゃい」
と寛大であった。教師も不足していて、学校としても苦しい時代であった。

旅行もまた、現代とは全く事情がちがう。先ず食糧がない。米や麦を入れたずしりと重いリュックサックを背負い、おにぎりや煎り大豆を持っての旅である。無論、しゃれた服装などできるはずもない。モンペをはき、防空頭巾をリュックの上に背負っていた。

その上、汽車は混み、車中幾度か避難演習をさせられる。
「敵機襲来！」
の合図があると、目と耳をおおって、直ちに座席の下にもぐりこむのだ。モンペはたちまち汚れてしまう。こんな思いをして、混む汽車に揺られて、旭川から大阪まで行かねばならぬのだ。

それでもわたしは素早い人間で、席を取るのがうまかった。つまり人を押しのけるのが上手な、いやな奴でもあったのである。大阪までの間、立つということは一度もなかった。もともと女の一人旅だから、男たちが席を譲ってくれたということもある。無論、青函連絡船は、出港と同時に、窓という窓が全部幕で閉ざされてしまった。甲板を散歩することなど、思いもよらない。多分、津軽海峡には軍艦が多数待機していて、その数などが知られてはならなかったのだろう。

生まれてはじめて本州に渡るわたしは、連絡船に乗るのもはじめてだった。ボーイがお茶を運んできて、チップを強要した。わたしは、お茶一杯でなぜチップをやらねばならぬかが納得できず、チップをやらなかった。しかしお茶だけは飲んだ。彼は三度ほどわたしのところに来たが、わたしは知らぬふりをしていた。

何の動揺もない静かな船旅だった。わたしはリュックを枕もとにおき、ねころんで、持っていた島崎藤村の詩集を読んだ。読みながら、旭川にもう一人の自分がいるよう

な気がした。
本州に渡ると、わたしは食糧事情の一段と悪いのに気づいた。汽車の中でおにぎりを食べていると、
「うまそうだね」
と、わたしのおにぎりをじっと見つめて、視線を外らさない大人が何人かいた。今思い出しても胸の痛むひとこまである。
途中、仙台に下車、宮城野原陸軍病院に入院中の兄を見舞った。陸軍病院は食糧も豊かで、兄は少し肥ったようであった。
しかし、東京の叔母の家に一泊した時は、驚いた。この叔母は、大阪に病んでいる叔母の妹で、大阪の叔母と同様、夫はシンガポールに高給を取る技師であった。
当時、東京の沿線は、学生たちが建物をこわしていた。学生運動ではない。建物を疎開して、焼夷弾や爆弾によって広がる災害を少なくするための作業である。そうした切迫した生活の中で、東京は、食糧もまたいちじるしく欠乏していた。
久しぶりに会った叔母は、わたしを迎えて機嫌よく話をしていたが、やがて夕方になると、手枕をして横になった。十歳を頭に四人の子供たちも、母親のそばにおとなしく横になっている。長い夏の日も暮れて、次第にうす暗くなるというのに、叔母は一向に夕食の仕度をする気配がない。ただおしゃべりをしているだけである。

この叔母は、わたしたちきょうだいの姉として、共に育った人だから、わたしは遠慮なくいった。

「ねえちゃん、そろそろ夕食の仕度をしない?」

すると叔母は、

「ごめんねえ、綾ちゃん。夕食の仕度をしたいにも、お米がないのよ」

と、横になったままである。

「まあ! 本当?」

わたしは大阪の叔母のところに持って行くつもりだった米をリュックサックから出した。叔母も、子供たちも、

「わーっ」

と喚声を上げて起きあがった。

いくら何でも、旭川ではまだ、米を食べない日などはない。たとえ、いもや大豆を入れたとしても、毎日必ず米を食べていた。かわいそうに叔母や子供たちは、わずかな配給米を食べつくしたあとは、ただこうして横になっているだけの日を、既に何度も経験していたのだろう。いくらシンガポールから金がたくさん届いても、もはや、金はどれほどの役にも立たないものになっていたのだ。

農家に行って金を出しても、おいそれと米や麦を分けてはくれない。当時はミシン

や衣料品などを持って行って、物々交換をしたものだ。金があっても、着物や生活必需品をたやすく買える時代ではなかったからである。
街の店々には、衣料品らしい衣料品はほとんどなかった時代である。割り当てられた切符で、足袋や靴下なども買っていた時代である。
わたしは東京の叔母に別れて、大阪に向った。大阪駅に降りて意外に思ったのは、まだ着物を着流しにしている人や、スカートをはいている女性の目についたことだった。その点、旭川とはかなりちがっていた。バスの運転手や、トラックの運転手に女性がいたことも珍しかった。
叔母は阪大病院の七階にいた。附添を一人やとい、思ったよりも元気で、一等室に入っていた。その部屋に、闇屋の細い老女が、ほとほととドアを叩いて入って来た。そして、湯のみ茶碗に、鉄火みそを入れて来て、十円でどうだという。わたしは耳を疑った。細長い小さな湯のみ茶碗に、たった一杯の鉄火みそである。
それがなぜ十円もするのであろう。わたしの給料が五十五円なのだ。当時の十円は、今の値にすると、一万円近い額である。今の物価高も足もとにも及ばぬ恐ろしい時代であった。そして、これが戦争の一つの姿でもあった。この闇屋の女は、毎日のように顔を出し、叔母はいいなりの値で、鉄火みそを買った。

「湯葉安うしておきまっせ」
と、ニタニタ笑って入って来たり、
「なまり、いかがでっか」
と鰹を持って来たりする。黒い衣を着せ、杖を持たせたら、意地悪い魔法使いの老婆そっくりになりそうな、その闇屋の女を見ながら、わたしは大阪は恐ろしいところだと思った。

叔母が、わたしに奈良や京都の見物をしてくるようにといい、叔父の甥にその案内をさせてくれた。知恩院や清水、奈良の大仏、三十三間堂、春日神社、そして伊勢神宮など、毎日のように、わたしは案内してもらった。見舞いに行ったというより、観光に行ったような結果になってしまった。

食堂の前は、どこも行列だった。人が並んでさえいれば、わたしたちも並んだ。が、二人ほど前で締切になったり、運よく中に入って食物にありついても、水気の多い雑炊であったり、かいほうめんといって、わかめの茎のような海草が、丼の中にとぐろを巻いていたりした。だから、何を見たかというよりも、むやみやたらに空腹を感じたことのほうが、体に焼きついていて、いまだに忘れられない。戦争というものは、腹のすくもの、ひもじいものともいえる。現在の豊富な物資も、一朝戦争になれば、たちまちにしてかき消すようになくなることを若い人たちは覚えていていいと思う。

十二

わたしの勤めていた学校の運動場に、ある日一枚のポスターが貼られた。昭和十九年、戦争は益々激しくなっていた。

「征け大空へ」

ポスターには、大きくこう書かれてあった。確か、少年が空を見上げている写真が刷りこまれていたような気がする。

それは、少年航空兵の募集の広告であった。大人たちは日毎に戦場に駆り出されていた。これ以上召集すれば、国内の各職場は立ち行かないというギリギリの線まで、男性は戦場に連れて行かれた。

女性たちが、多くの職場で男性たちに取って代わった。が、それにも自ら限界があった。国内の男性を一人残らず戦場に出すことはできない。それで、まだ幼顔の残っている小学校高等科卒業生を駆り出そうとしたのである。高等科卒業は今の中学二年修了と同じ年である。今考えると、何と痛々しいことであったろう。が、それは残念なことに、今考えるとであって、当時はいささかも痛々しいことだとは思わなかったのだ。雄々しいこと、勇ましいこと、誉あることとして、疑わなかった。

そして、これもまた、多分、一人わたしのみの思いではなかった。なぜなら、その

ポスターを指さして、教師たちは、
「国のために、飛行機に乗るんだ。そして、敵をやっつけるのだ。以前は二十一にならねば兵隊に行けなかったのに、今は君たちの年齢でも行けるのだ。君たちはいい時代に生れたのだ」
などと生徒たちに説いた。
「海征かば水漬く屍　山征かば草むす屍　大君の辺にこそ死なめ　かえりみはせじ」
その頃、そんな歌もよくうたわれていた。わたしもまた、小学三年生の男の子たちに、ポスターを指し示しながら語ったものだった。
「大きくなったらね、あなたがたも、み国のために死ぬのよ」
何と愚かな教師であったことだろう。
わたしは生徒がかわいくてならなかった。だが、一体生徒がかわいいとは、どんなことであるのだろう。かわいい子に、戦争で死になさいと、何の矛盾も感じずに説く教師に、真の愛情があったであろうか。

当時の神風特攻隊の中には、十七歳の少年たちがいたと聞いている。神風特攻隊とは、爆弾を抱えて飛行機に乗って、単身敵の軍艦を求めて飛び立つ。飛び立ったが最後、彼らは永久に帰らない。なぜなら、爆弾を抱えて、飛行機もろとも敵艦に向かって

自爆するのが特攻隊の定めだったからである。
　新聞やラジオニュースで、そうした少年たちの働きを知りながら、国民は、これこそ大和魂だと讃えはしたが、哀れとも無残ともいわなかった。
　なぜ、十六や十七の少年が、敵艦めがけて死んで行くのを、わたしたちは手を叩いて眺めていることができたのであろう。つまり、そのような心境にならせるのが戦争というものなのだ。もし、このあり方を少しでも批判する者があれば、直ちに特高警察に拘引され、恐ろしい拷問にすら会った。言論の自由など、どこにもなかった。言論の自由などという言葉自体タブーなのだ。
　国家が、戦争をはじめた場合、勝つという一つの目的に向って、強引に国民を引っぱって行く。単に特高警察や憲兵が脅し、すかすだけではない。自分らが、志願さえして命を捨てに行くほどに、巧みに洗脳されてしまうのである。そして、国民全体がそれを讃美し、戦争を肯定して疑わぬ心理になって行くのである。そんなばかなことが、その時代に生きていなかった人は思うだろう。だが、「そんなばかなこと」になるのが、戦争中の思想統一の恐ろしさなのだ。
　誰が、何のために起した戦争かを国民は知らなかった。最も知らねばならぬ重要なことは、いつの時代にも庶民には秘められ、知らされなかった。庶民はいつも、ひとにぎりの資本家たちのために戦争に巻きこまれ、夫を、子供を戦場に送り、辛い思い

をして生きてきたのである。

こうした中で、わたしたち教師も、しばしば修養会や講習会に参加させられた。時には禅寺に泊まり、坐禅をくみ、修養講話を聞かされた。宗教もまた国策に添って、戦争協力に参加させられていたのである。

わたしは禅僧の話を聞きながら、宗教書を読みたいと思うことがあった。といっても、深い意味で宗教に心惹かれたわけではない。その頃のわたしは日々が満たされていた。生徒と共にある日々が楽しかった。だから多分、単純に宗教的雰囲気に惹かれたのだと思う。その頃から、わたしは白隠禅師の名や、菜根譚、親鸞、法然の名を知るようになって行った。

その昭和十九年の夏、わたしは近郊にある愛国飛行場にしばしば通うようになった。というのは、当時、各小学校下の独身女性で、女子青年団を結成していた。小学校の教師たちはその指導員ということになっていた。それで、飛行場の奉仕やその指導にもあたっていたわけである。自分と同年輩、あるいは年上の女性たちを指導するというのは、はなはだおこがましい話だが、そのように教師たちは使われたのである。

とにかく、戦時中はむやみやたらに団体が組織され、その団体に協力を強いられた。男女青年団のほかに、町内会、在郷軍人会、愛国婦人会などがあり、いずれも極めて強力な団体であった。

町内会は物資の配給や割当などを扱っていて、役員の鼻息は荒かった。町内毎に、竹槍訓練と称して、女たちも竹槍を手に、敵を突き殺す練習をさせられたが、これを指導する在郷軍人もまた鼻息が荒く、声を荒らげて怒鳴り散らすことなど珍しくなかった。

女子青年団はさすがにそのような荒々しさはなかったが、月に一度は必ず常会を開き、時事講演を聞いたり、

「爆弾ぐらいは　手で受けよう」

などという歌を歌いながら、踊ったりした。歌で思い出したが、今思うとふき出しそうな歌詞を、みんな大まじめで歌っていたものだ。

「出てこい　ニミッツ　マッカーサー
出てくりゃ　地獄にさかおとし」

そんな歌もあった。

まあ、女子青年団も、集まって踊ったり歌ったりしているうちはよかったが、当時、家事手伝いをしている娘たちは、どしどし徴用にとられた。そしてミシンで軍衣を縫ったり、軍需産業に従事させられたのだが、更に飛行場の炊事婦にも駆り出された。

デパートなどに勤務している娘たちは、不要不急の職場にある者として、職場を休んで奉仕しなければならない。その選定は、わたしたち教師に任されていて、わたし

がその係だった。

どの職場も人手が不足である。わたしはデパートの支配人に怒鳴りこまれたこともあった。とうとうどこの職場からも出てもらうのが気の毒で、やむなくわたしは、夏休みに秦艶子という若い同僚と二人で、飛行場の飯炊きに泊まりこみで行くことにした。

愛国飛行場は旭川の郊外にあった。広々とした高台一面にオーチャードやチモシーの牧草畠がつづき、その果てに十勝連峰が美しい稜線を見せて、屏風のように連なっていた。飛行場といっても、グライダーの初級と中級の訓練をする飛行場で、広い原には大きな格納庫が二棟と、宿舎が一棟建っているだけである。

ここの四人の教官の中に、Tという主任教官がいた。栃木県から来ているというその教官は、まだ二十七か八であったと思う。もの静かな語調の人で、こんな静かな人柄で、よくグライダーの主任教官が勤まると思うような人だった。

わたしはこの飛行場で、四十人分の食事の仕度をしたわけだが、ここには米も肉も砂糖も野菜も魚も、割合豊富にあった。四十人分の米を一度にといだり炊いたりしたことのないわたしには、大きな鉄鍋や釜は、ひどく重くて持ち上げることができなかった。

はじめは同僚と二人で、鍋や釜を持ち上げていたが、一週間もするうちに、自分一

人でも持ち上げることができるようになり、更に幾日かすると、少しも重くなく持ち上げられるようになった。
これは、若いわたしには大きな教訓となった。
「出せば出すほど力は出てくる」
元来怠け者のわたしが、こう思うようになったのはありがたいことだった。できないのではない。やらないのだ
飛行場の生活は、わたしには楽しかった。教官たちは、わたしたちが夏休みを利用して無料奉仕をすることに対し感謝してくれた。言葉づかいもていねいであった。彼らもわたしたち二十代の独身者である。女性はわたしたち二人で、同僚が帰ったりすると、わたし一人だけになったが、何の不安もなかった。
夜になると、自転車に乗って、近くの農家に西瓜を買いに行ったりした。月の光に照らされて自転車の輪がきらきらと光り、「荒城の月」の歌を斉唱しながら夜道を走る時、戦争はこの世のどこにもないような、平和な感じだった。
また、若い訓練生たちが、夕食後、腰まであるような丈高いオーチャードの茂りの中を、ハーモニカを吹きながら三々五々散策する姿など、何か哀愁があって、名画の一こまを見るような情景だった。
こんな平和な日々がつづいたある日、一つの事件が起きた。
ひるの後始末を終えて、わたしたちは自分たちの部屋にねころんでいた。ふとわた

しは、腕時計を忘れたことに気がついて、炊事場に行った。が、確かにここに置いたと思ったところに腕時計がない。戸棚の中や、棚の上、引き出しなどくまなく調べたが、やはりない。女持ちの時計だから、男ばかりの飛行場で、自分のものと間違う人間がいる筈はない。

あるいは、誰かが教官室に届けているかも知れないと思って、教官室に行った。しかし、もう訓練に出たのか、誰もいない。いたし方なく、わたしは百メートルほど離れている格納庫に行った。教官のうち、一人か二人は格納庫で整備か何かの仕事をしている筈なのだ。果してAという教官が、ガランとした広い格納庫の中で、カゼインを練っていた。外は暑いが、格納庫の中はひんやりと涼しい。

「すみません。わたしの時計が届いてはいないでしょうか」

わたしが尋ねると、Aはカゼインを練る手をとめた。

「時計がなくなったんですか」

「炊事場に置き忘れて、気がついたら、もうなかったものですから、もしや届けられてはいないかと思って……」

Aは、男には珍しい長いまつ毛をちょっと伏せたが、

「実は二、三日前から、ひんぴんと物がなくなりましてね。内々調べているんですが、ぼく全然わからないんです。これは部外者には口外しないでいただきたいんですが、

たちも困っていたのです。先生方の持物にまで手をつけるようではけなりませんね」
意外な返事である。
 一つ屋根の下に、他人の持物をうかがう人間がいるとは、思っただけでも無気味であった。しかも、次の日も、その次の日も誰か彼か物を紛失した。外からの侵入者ならば、施錠して防ぐこともできるが、同じ屋根の下に起居を共にしているのでは、防ぎようがない。私物の一切を始終身につけていることは不可能である。入浴も、散歩も、そして訓練もある。
 訓練生全員で建物の内外を調べたが、見つからない。広い茫々とした飛行場である。隠し場所がよければ、そう簡単にはわからない。
 その日の夕べも、炊事の仕事が終り、わたしは同僚と二人で腹這いになり、話し合っていた。そこへ主任教官のTとA教官が、
「すみませんが、ちょっと部屋の中を調べさせてください」
と入ってきた。
「どうぞ」
 わたしたちは起き上った。訓練生たちのどこを探しても盗品は出てこない。調べていない部屋は、わたしたちの部屋だけである。訓練生があの部屋も調べてみてくれと

二人の教官は、入って来て部屋を見まわしていたが、つと押入を開けた。そして懐中電灯で押入の中を照らした。その二人の表情はひどくこわばっていた。いや、刑事のようにきびしかった。その表情を見た時、わたしはようやく怒りを覚えた。
（疑われている！）
　もし二人が、わたしたちを疑っていないならば、笑いながら、
「調べてみる必要がないんですが、一応どこもかしこも調べることにしたものだから」
と、気軽にいってくれてもよいのだ。が、二人はほとんど無言で、押入の中まで懐中電灯で調べている。しかも、わたしのリュックサックを指して、
「これは、誰のです」
と尋問口調でいった。そのリュックサックは、高橋という同僚から借りてきたもので、ネームが入っていた。そのことをいうと、黙って懐中電灯で次を照らした。
　わたしは、自分たちが疑われていることに、屈辱感を覚えた。否、もっと底深い憤りといってもよいだろう。生来欠点の多いわたしではある。しかし、盗みっ気だけはないつもりである。それだけに、二人の教官の態度はぐっと胸に来たのだ。確かに、

はじめに「すみませんが」とはいったが、それだけである。女性の部屋の押入を、ものもいわずに開けたのだ。
(この御礼は必ずさせてもらいます)
わたしは本気でそう思った。今思えばこっけいな話だが、その時の心情をわたしは忘れることができない。

無論、何も盗品はでなかった。彼らはわたしたちの部屋を調べ終えて、
「失礼しました」
とはいったが、わたしは本当に彼らは自分たちが、どれほどの失礼をしたのか知っているのだろうかと思った。
責任者として、一応調べるのはかまわない。が、ふだん冗談をいっている仲である。もう少しおだやかなやり方ができなかったのか。わたしは唇を嚙んだ。
(ただではおかない)
わたしはそう思った。
これはもう、憤りというより、恨みである。わたしは元来、人を恨むということのはなはだ少ない意気地なしである。が、この時ばかりは、この二人を許すまいと思った。
いや、厳密にいえば、わたしは主任教官に対して、より強く恨みを抱いた。それは

なぜか、わたしにはわからない。彼が最高責任者であったからか。そうかも知れない。とにかく、その日以後、わたしは主任教官Tに対して、今までとはちがった目を向けるようになった。

翌日、盗品の全部が発見された。犯人は訓練生の中にいた。彼は直ちに退所させられたが、警察につき出されることはなかった。

すべてはもとに戻った。わたしの腕時計も帰ってきた。但し、わたしの心に残ったしこりは簡単には消えなかった。

わたしは、主任教官に対して、できる限り親切にした。彼は少し肺を病んでいた。時折軽い咳をしていた。それで、わたしは街に出て、まむし薬やニンニク球を買って来き、彼に贈った。

わたしは、自分を一度でも疑ったこのTの心の中に、わたしという人間を疑ったことを悔いさせようと思ったのだ。それははなはだ思い上った考えだが、わたしはその手はじめとして、彼に親切をつくすことを実行しはじめたのである。親切はつくしても、無論心から親切であったわけではない。わたしは彼の反応を冷静に見つめていた。この名医が投薬の効果を観察するように、わたしは彼に対したのは、恐らく今までのわたしの半生のような、小意地の悪い思いをもって人に対したのは、恐らく今までのわたしの半生においては、殆んどないことであった。それほど、わたしは彼らのその時の態度を許

すことができなかったのだ。
Tがもともと静かな性格であったことは、既に述べた。そのTが、わたしを見ると、ふっとはにかんだ微笑を見せるようになった。わたしの贈ったニンニク球やまむしの粉を、彼が喜んで食後に服用しているということは、他の教官たちからも聞いていた。
そんなある日、Tはわたしを物かげに呼んで、紙に包んだ包みを手渡した。
「つまらないものですが、使ってください」
部屋で開いてみると、その頃ではもうほとんど入手困難な、真っ白なガーゼとさらし木綿が一反ずつ入っていた。彼のきょうだいに医師がいて、そこから送ってきたものだという。わたしは、そのガーゼとさらし木綿を膝の上に置いたまま、複雑な感情であった。
その後、彼はまた生みたての卵を一箱持ってきて、
「ご両親にさしあげてください」
といったりした。そんな時の彼は、少女のように顔をあからめて、見ていて気の毒なくらいであった。
そんなことが幾度かある中に、わたしの彼に対する恨みは、いつしか消えて行った。多分彼は、あの時、独身女性の部屋を検分するという、生れてはじめての経験に緊張しきっていたのではないか。そのために、彼も、同伴の教官も、つい無言となり、

怒ったようなきびしい表情を見せていたのではないか。わたしはそんなふうに考えるようになっていた。
「いつか憎む日があるかも知れぬと思って愛せよ。いつか愛する日があるかも知れぬと思って憎め」
という意味の言葉を聞いたことがある。
（ただではおかぬ）
と思った相手だったが、Tは誠実な男であった。
　後で述べるつもりだが、一年後に彼は、わたしとの結婚を望んで、わたしの父母に申しこんだ。父は彼の人柄に好感を抱き、認めてくれた。わたしは彼と婚約した。が、わたしはすぐそのあとで現われた西中一郎とも婚約している。それらは、敗戦直後のことで、わたしが虚無的になっていたための出来事であった。
　Tは郷里に帰って、二年後に結核で死んだ。わたしと西中一郎との婚約を知って、彼は淋しく死んで行ったのだが、彼の棺の中には、わたしの手紙を入れて焼いたという便りが、遺族から届いた。わたしはこのように不誠実な女であった。

　話は、再びTが生きていた昭和十九年に戻る。
　朝日新聞社から出版されている『日本百年の歩み』でその年の世相を見ると、先ず

戦局が不利になった責任をとって東条内閣が総辞職をし、小磯内閣がこれに代っている。

三月には新聞の夕刊が廃止になり、雑誌「中央公論」「婦人公論」「改造」などが休刊になった。歌舞伎座、帝劇、日劇は閉鎖し、映画は「陸軍」「加藤隼 戦闘隊」「あの旗を射て」などという戦争物ばかりとなり、流行歌もまた「一億総進軍の歌」「荒鷲のうた」「ラバウル小唄」など、同様に軍国ものばかりである。なお、流行語は「鬼畜米英」「月月火水木金金」で、後者は当時の流行歌、

「月月火水木金金、土曜、日曜あるものか」

の歌詞から流行語となったものである。

七月にはサイパン島守備隊の悲惨な玉砕があり、十一月には東京大空襲があった。

この『日本百年の歩み』には、

「わが連合艦隊は十月米軍のレイテ上陸の機会を捉えて米国艦隊に最後の決戦を挑んだが、遂に殲滅的大敗北をこうむり、十一月にはマリアナを基地とする空の要塞B29の大編隊によって、帝都は初の大空襲に見舞われ、国民の不安動揺はますます高まるばかりであった」

とある。

だが、何ということだろう。北海道のわたしたちの周囲には、それほどの不安動揺

はなかった。まだわたしたちは日本は負けると思っていなかった。

この年、北海道の洞爺に昭和新山が盛り上り、十二月には東南海地方に大地震が起り、六メートルもの津浪に襲われ、九百九十八名もの死者を出したが、この二つの事件は報道されなかったようにわたしは記憶している。あるいは報道されても、それは極めて小さく、さり気なく報道されたのではないか。

軍は、敗戦の色濃い時に、このような事件は不吉なこととして、葬り去りたかったのではないかということを、後になってわたしは聞いた。なぜ、新しい山の出現が不吉なことか理解に苦しむが、負け戦さに向っている時は、すべてを不吉に受けとる人間性を見通してのことであったかも知れない。

北海道にいてさえ、昭和新山のことをわたしたちは知らなかったくらいだから、地震のことも知らなかった。それは、東京大空襲の実態も知らされず、戦局の動きも、それほど落ち目になっているとは知らされていなかったのと同様であった。

とはいえ、冷静に世の中を見れば、日本の国力はわかるはずであった。それは日常の生活にも如実に現われている。生徒たちは、冬になっても満足に長靴も履けなくなった。みんな破れた長靴をつっかけて学校にくる。成長ざかりの彼らは年々足が大きくなって行くというのに、長靴は市販されてはいない。時々思い出したように、学校に配給になる。それも、一クラス六十人のところに、六足か七足というありさまなの

だ。靴のない子供を集め、抽せんで生徒に配給する。長靴の配給だというと、生徒たちは目の色を変える。勉強好きな子も嫌いな子も、一様にチカチカと光る目でくじを引く。

「先生、ぼくに当ててよ。頼むから」

と哀願する子がいるかと思うと、

「どうか当りますように」

と、神妙に手を合わせて祈ってからくじを引く子もいる。

旭川の冬はきびしい。長靴がなければ、凍った雪道をどうやって歩いたらいいのか。くじに外れた生徒の中には、見る見る目に一杯涙をためる子もいる。その子の辛さが身に沁みて、わたしも泣きたくなるのだが、しかしわたしには靴を抽せんで配給するより、能がないのだ。

こんなわけだから、靴を盗まれる生徒も多かった。

「先生、ぼくの靴がなくなりました」

といわれて学校中をくまなく探しまわることも一再ならずあった。にもかかわらず、こんな状態に追いこんだ者は誰かという疑問さえ、わたしは抱かなかったのだ。凍りつくような廊下の上を、上靴のない子は靴下のまま歩く。今のようにナイロンのない時代で、毛糸の靴下はたちまち切れる。靴下の上に、

母親手製のカバーを履いているのだが、そのカバーも、すり切れた古毛布などで作っているので、すぐに破れてしまう。毛糸も布もろくにない家の子は、はだしで学校に来ることもある。

わたしは、自分の上靴を、上靴のない子に貸し、素足の子に自分のソックスを貸して、靴下一枚で真冬の廊下を歩き、その冷たさにふるえ上ったことがあった。こんなに板の廊下が冷たいものだとは知らなかった。

あの頃の生徒たちの苦労を思うと、わたしは胸をかきむしられる思いがする。履物だけならまだよい。次第に食べる物もなくなっていた。自伝『道ありき』にも少しふれているが、わたしは既に、一年前から校長の承認を得て味噌汁の給食をしていた。これは恐らく、全国で最初の給食ではないかと思っているが、あるいは他に、既に始めていた人があったかも知れない。

給食といっても給食費はとらない。金などあっても、物の買えない時代である。生徒は、各家庭での朝の味噌汁の実を、ほんのひとつまみと、味噌少々を持参して登校する。その、六十人の子供たちが持ってきた実と味噌を、教室のストーブにかけた大きな鉄鍋にぶちこむのだ。わたしの労力は、ただ鉄鍋を洗い、水を入れ、ストーブにかけるだけで、授業には何の支障もない。何しろ六十人分の汁の弁当の時間には、生徒たちが持参した椀に味噌汁を分ける。

実である。馬鈴薯、大根、白菜、キャベツ、油揚などなど、種類が多いから実においしい。味噌汁の嫌いな子も好きになり、親たちにも喜ばれた。
　その時間、わたしは生徒たちのおかずを必ず見て廻った。漬物だけの子供もいる。発育盛りの子に、味噌汁一杯だけでは栄養が不足する。
　ある日、そう貧しい家庭の子ではないのに、おかずを持ってこない男の子がいた。
「どうしたの？　おかず忘れたの？」
こっくりと彼はうなずき、上目づかいにわたしを見ている。わたしは、てんぷらかまぼこの煮付を彼に与えた。その途端、彼はニコッとし、いいようもないうれしそうな笑顔を見せた。
　その日のひる休み、彼が大声でいっているのを、わたしは聞いた。
「先生のおかず、うまかったぞォ。お前食べたことあるか」
　どうやら、彼はわたしからおかずをもらいたくて、おかずを持ってこなかったようである。
　翌年四月、わたしはまたもや持上りで、四年生になった彼らの担任になった。
　旭川の冬は雪に覆われている。飛行場もその間は雪の下に無人となる。本州の郷里に帰っていた主任教官のＴも、四月になって帰ってきた。

飛行場は再開され、わたしは女子青年団員を二名、炊事班として差し向け、土曜の放課後などには飛行場を訪れた。行っても、Tと話をするひまなどはない。彼は滑空訓練に忙しく、わたしも炊事班員との打合せがある。

「堀田(ほった)先生、今飛んでいるのはTさんですよ」

と若い教官がわたしに知らせてくれたこともある。その態度の中には、Tとわたしへの好意が溢れていた。

見上げると、青空に中級グライダーが音もなく、滑(そう)るように八十メートルほどの高さを飛んでいる。わたしはその時ふと空中に一人操縦桿を握る男の孤独を感じた。わたしは、教官たちのつくるグライダー前部の模型をもらい教室に持ちこんだ。男の生徒たちは大喜びで、操縦席にすわり操縦桿(そうじゅうかん)を握って、降下や上昇の動かし方を習う。こうしてわたしは、彼らの軍国熱を煽(あふ)っていた。

ある日わたしが飛行場に行った時、一人の教官が中級機で空を飛んで見ないかという。わたしは初級の訓練も受けてはいない。

「大丈夫です。ただ乗っていたらいいんです。ただし操縦桿にはさわらないでくださいよ」

Tもそういってすすめる。わたしは心が動いた。わたしはカーキー色の戦闘帽をかぶり、グライダーに乗った。グライダーのワイヤーはトラックのウインチで巻かれて

行く。訓練生たちが見守る中で、わたしの乗るグライダーは中空に舞い上った。地平線が斜めに傾き、見る間に人々が眼下になった。
（あ、わたしは空にいる！）
しかも、たった一人だ。その時のふしぎな感覚は何といったらよいのであろう。生れてはじめて地上を離れた感慨とでもいおうか。が、その感慨に浸りきる前にグライダーはもはや地上に向っていた。
この時の写真が、今もわたしのアルバムにおさめられているが、そのわたしの横顔がどこか淋し気なのは、一体なぜであったろう。

十三

わたしの勤務する啓明小学校に、高射砲中隊が駐屯することになったのは、確か昭和二十年の春であった。職員室、音楽室、静養室、理科室などの、一棟の半分が兵舎となった。校庭には、軍の荷物が山と積まれ、また兵士たちの洗濯物がひらめくようになり、何となく校内の雰囲気が上ずってきた。高射砲は、一キロ程離れた高台に据えられた。
既に、前年から、東京をはじめ日本本土への爆撃が激しく繰り返されていた。特に二十年三月十日の東京、同じく十二日の名古屋、十四日大阪、十七日神戸の大空襲は

峻烈であった。が、北海道の旭川や札幌は一度も空襲を受けたことがなかった。そんな旭川で、空襲に備えての高射砲隊と学校が同居することになったのだから、俄かに戦争が身近なものとなった。それでも、日本の敗戦を予測する声はまだわたしの周囲にはなかった。

四月二十八日ムッソリーニの処刑、つづいて四月三十日ヒトラーの自殺、五月八日ドイツ無条件降伏と、日本と手をつないでいた国々のこのような動きの中で、ひとり日本だけが勝ち残れるわけがない。今考えると、こんな、あまりにも明白な敗戦のきざしの中にあって、なぜ人々は敗戦を信じなかったのだろう。前にも書いたとおり、このように正しい判断を狂わせるものが、戦争の一つの姿であり、恐ろしさである。

教科書には、日本に神代時代のあることが書かれてあった。そして、その神の御裔の万世一系の天皇が治める日本は、神国日本である。日清、日露、第一次大戦と、日本は一度も敗けたことはない。いざという時「天佑神助」があり、「神風」が吹くという「神国日本」の思想が一貫していた。そして人々は、それ故に日本の不敗を信じきっていた。

「なあに、日本は負けやしない。これからが日本の底力を見せる時だ。必ず神風が吹くよ」

学校に駐屯した中隊の兵士たちも、本気でわたしたちに語っていた。そして愚かに

その頃、わたしの受持クラスに、加藤敏夫（仮名）という生徒が途中入学してきた。背の低い、色白の子で、細い目に人なつっこい愛敬があった。この子は、関西に育ったが、親を失って以来、転々と親戚に預けられた後、加藤という家にもらわれて来たのである。
「先生」
と、彼は甘えて、よくわたしの膝に抱かれた。ある日、この子の親が来て、
「敏夫は卑しくて、つまみ食いをするんです。叱ってやってください」
という。育ち盛りの、小学校四年の男の子が、つまみ食いもせずにいられるわけはない。第一わたし自身、戸棚を開けていつもつまみ食いをしていた。そんなことを叱る気にもなれないし、わざわざ教師の前に持ち出す問題だとも思わない。だから、敏夫には何の注意もしなかった。すると、ある日彼は目をどすぐろくはらして、学校に来た。義母が一緒について来たので、
「どうしました？　その目は」
と尋ねると、母親は、
「どうしたの？　敏夫、お前いってごらん」
だが、敏夫は黙っていた。

「さあ、いいなさい。夜中に寝呆けてお便所に行こうとしたら、柱にぶつかったのでしょ？ ね、そうでしょ？」

敏夫はおどおどとうなずいた。

こんなことはあったが、敏夫は天性明るい性格だったのだろう。ある時、母親がわたしにいった。

「この間、うんと叱りつけましたらね。窓ぎわに行ってひっそりしているので、かわいそうに思って近づいてみましたら、ね先生、あの子ったら、アノネ・オッサン（当時の喜劇俳優、高勢実乗の当り役の名）の似顔絵をかいているんですよ」

アノネ・オッサンの似顔をかくことで、自分を慰さめている心情を思うと、わたしは敏夫をかわいがらずにはいられなかった。彼の、

「先生、これ、ペケやね」

「あかん、あかん。そんなのあかんでえ」

などという関西弁が、級友たちにも愛された。

敏夫は、始終高射砲の中隊にも遊びに行っていた。将校室でもどこでも、遠慮なく入りこんで、兵隊たちに愛されていた。ある日わたしは、高射砲隊が整列行進する前で、

「ここまでおいで、そろそろおいで」

と、赤子をあやすように両手を前に出して、うしろ向きに歩いている敏夫を見て、思わずふき出した。兵隊たちは怒りもせず、まじめな顔で、敏夫の、
「ここまでおいで」
という声に従って歩いているように見え、わたしは制止することも忘れて眺めた。両親を失い、必ずしも住心地のよくない養父母のもとにありながら、こんなに屈托なく生きている敏夫がいじらしく思われてならなかった。
　翌年三月だったろうか。この子は突然学校を退めた。わたしには何の挨拶もさせず、養父母が勝手に札幌の親戚に送り返してしまったのだ。わたしはこの時、激しい怒りを覚えた。
　小学校四年生の子を、附添もなく唯一人札幌にやったことにも、級友や受持教師と別れの言葉を交わさせなかったことにも、憤りを覚えた。
　わたしは直ちに札幌に行き、彼の新しい受持教師に会い、彼のことを頼み、そして半日彼と札幌の街を歩いた。そして、彼の買ってほしいというものは、何でも買ってやった。といっても、何ほども品物のない頃だった。ふしぎに、札幌のある店に、彼がほしいといった紙芝居があり、それを買ったことは今も覚えている。
　昨年八月、わたしは稚内に講演に行った。講演が終って会場を出ようとすると、がっちりした体格の、三十代の男が立っていて、

「先生、ぼくを知っていますか」
という。わたしは彼をじっと見たが、見おぼえがない。
「さあ、どこでお会いしたかしら」
「ぼく、四年生の時、啓明小学校で教えていただいた加藤敏夫です」
「えっ!? あなたが敏夫ちゃん!」
わたしはまじまじと彼を見た。そういえば幼な顔が甦ってくる。その後いかに暮らしているかと時折三浦に話していたわたしは、思わず彼の手を取った。
彼は、今幸せに暮らしているといい、美しい妻と、かわいい子供二人と一緒に写した写真を見せてくれた。わたしは涙がこぼれた。彼の少年時代が大変であっただけに、幸せそうな写真がいいようもなくうれしかった。
「あなたの家、大変だったわね」
しみじみというわたしに、彼は淡々といった。
「いや、そんなこと……。あの人たちも仕方がなかったのでしょう」
一言の恨みがましいこともいわず、あの人たちも仕方がなかったのでしょうと、その後のことを語った。その態度にわたしは心打たれた。あの目ぶたをどすぐ
「ぼくは今、多賀野という姓になっています。この家ではかわいがられて、学校も出してもらいました」

ろくはらした彼の少年の日の姿が、鮮やかに目に浮かんだ。彼は立派な人間になっていた。

話をもどそう。

六月頃になると、旭川にも警戒警報がたびたび出るようになった。わたしは刺子(剣道着)を着、モンペをはき、防空頭巾をかぶり、リュックサックには煎り大豆や、干飯などの食糧を入れて、自転車に乗って通勤していた。

もし旭川が空襲される時には、わたしは職場にいなければならないと決意していた。敵機が、道東からでも、道南からでも北海道に進入すると、直ちに警戒警報が発令される。敵機はどの方面に向うかわからないが、この時点で学校に駆けつければ、旭川が空襲の時には、必ず職場にいることができる。どうせ死ぬのなら職場で死にたい。わたしはそう真剣に思っていた。

だから、ラジオはスイッチを入れっ放しにして寝た。しかも、すぐ駆けつけられるように、着のみ着のままで寝た。わたしには、そういう馬鹿げた真面目さがあった。それは必ずしも、わたしの人格そのものが真面目ということではない。むしろ、いい加減なところ、不誠実なところを多分に持っているわたしにも、こんな奇妙な真面目さがあったということなのである。

その夏、遂に旭川にも空襲警報が発令された。それはまだ午前五時か六時であった

ろうか。つけっ放しのラジオが鳴った。ラジオのすぐ傍に寝ていたわたしは、パッと飛び起きた。
襟裳岬から敵機が侵入したという。わたしは直ちに枕もとのリュックサックを背負い、防空頭巾をかぶって家を出た。姉が、
「大丈夫よ、旭川に空襲はないわ」
といってくれたが、
「でも、空襲警報だから」
と、自転車に乗った。道路にはほとんど人影もない。こんな早朝、一人懸命にペダルを踏んでいる自分の姿が、ふっと滑稽にも思われた。が、とにかく空襲警報なのだ。襟裳岬から侵入した米機は、三十分も経たぬうちに旭川に来襲するかも知れないのだ。二キロ余の道を力一杯ペダルを踏みつづけて、わたしは学校に飛びこんだ。

当直の和田という教師が一人いるだけで、まだ誰もかけつけてはいない。学校の近所に住む教師たちも姿を見せない。高射砲隊は、既に高台に向ったのであろう。兵隊の姿はなかった。
「やあ、ご苦労さん」
「敵機は来ないでしょうか」

と言葉を交わす間もなく、頭上に飛行機の爆音がひびいた。同時にキーンという低空飛行の音と共に、バリバリという機銃掃射の音がした。

「来た！」

和田先生が叫んだ。機銃掃射は、ミシンの縫目のように一定の間隔を置いて、文字どおり掃射すると聞いている。二人は屋内運動場に走った。屋内運動場の中には、先ず機銃掃射に厚い壁に取り囲まれたステージがある。このステージの中にいれば、先ず機銃掃射の弾丸程度は当るまいと思ったのだ。

校庭に弾丸の射ちこまれる音が、バラバラと聞える。わたしたち二人は身を寄せ合うようにして、敵機の過ぎるのを待った。

その日の午後、教師たちも駆り出されて、中隊の弾薬箱運びをさせられた。重い弾薬箱をトラックに運び入れながら、わたしは愕然としていた。何と弾薬箱は、山と積まれてあったのだ。シートをかぶせてあったので、まさかそんな危険なものが、子供たちの遊びまわる校庭に積まれていようとは、学校側でも知らぬところであった。

高射砲隊は、旭川には空襲はあるまいと、多分タカをくくっていたのだろう。それが機銃掃射にあって、狼狽したにちがいない。万一、敵の弾丸がこの弾薬箱の一つにでも当れば、一大爆発を起したかも知れないのだ。それであわてて、弾薬箱を高台に

移すことにしたのだろう。

それとも知らずに、ここなら安全と、わたしと当直の教師は、弾薬箱のすぐ傍のステージに避難したのだ。軍隊も随分ルーズで無責任であることをその時わたしは知った。それでも軍隊に食ってかかる教師もいなかった。軍とは、そんな抵抗を許さぬ絶対的存在であったのである。

それから何日目かにB29の空襲があったが、国策パルプ工場が爆撃された程度で、この二度の空襲で死んだ市民はいなかったようである。その程度の空襲であったにもかかわらず、あれから二十八年後、いまだにわたしは、敵機に襲われる夢をよく見る。あっという間に米機が次々と飛来して、市民の自由を奪ったり、かと思うと、ソ連の重爆撃機が、家と家の間に隠れているわたしを目がけて、じりじりと迫ってくるのを、息をつめて見つめている夢なのだ。旭川のような死人一人出なかった程度の、おどかしに過ぎない空襲を受けてさえ、その恐怖はかくも根深い。ましてや原爆や直撃弾に肉親を奪われ、火焰に家財を失った人々の心に残った傷は、どのように深いことであろうか。

この二度の空襲が終ってから、わたしは飛行場に行ってみた。旭川から僅か二、三キロ離れた地点にある飛行場では、空襲はよそごとであった。

「パルプ工場の燃えるのがよく見えたよ」

「おもしろかったなあ」
などという訓練生たちもいた。
 この日、教官室で日本の勝敗が論じられた。五人の教官のうち、二人は負けるかも知れないといい、三人は絶対勝つといった。主任教官のTもわたしも勝つといった。勝利の根拠は何もない。
「神国日本絶対不敗」
という、神がかり的信念にすぎなかった。
 中央公論社発行『日本の歴史』太平洋戦争の項三三一頁には、清沢洌（きよさわきよし）の次のような日記が引用されている。
「昨夜、国際関係研究会で『戦後の日本の外交政策』を研究する筈であった。しかるに、この信ずべき人々（びと）の間でも、『日本がもし敗れたならば』という前提の下には何人も話さない。三人以上いるところで話したことは必ず憲兵隊に洩れるそうだ。重臣と閣僚の間でも、真実を話さない。日本には正直に政治を語る機会は全くないのである」と。
 とにかく、反戦的、反政府的発言者は、高官といえども戦線に追いやられたという時代にあって、「神国日本絶対不敗」の神がかり信念に誰しもまきこまれていったのであろう。

学校では、生徒たちに野草を取らせたり、菜園をつくらせたり、また校庭の美しい立木を伐って、防空壕をつくらせたり、防空訓練をさせたりして、何となく毎日がざわついていた。それでも、北海道の児童たちは、東京、大阪の大都市の児童と比べると幸せであった。大都市は空襲にさらされるので、地方に親戚のある者は縁故疎開、そうでない者は団体疎開をさせられた。
まだ母の膝の恋しい小学生が、父母のもとから離れて、見知らぬ地で暮らさねばならなかった。

母ちゃんの顔が、見たい
母ちゃんの目が、大きかったか
小さかったか
ぼくは、忘れてしまいそうだ。
いつも、ぼくを叱っていたけれど
母ちゃんのそばが、一番いい。
野村君だって、佐藤君だって
夜、毛布の中で泣いている。
やっぱり、みんなも母ちゃんの

顔がみたいんだな。

多くの子供たちは、父母を離れて、歯を食いしばってその淋しさに耐えた。父母もまた、幼ない子を遠くに手離して、辛い想いに耐えていた。中には、それが親子の別れで、親は空襲に会い爆弾を受けて死んで行った例も珍しくはない。

北海道と本州の児童の生活がちがうように、大人の生活も本州と北海道では大きな差があった。本州では北海道とは比較にならぬ呻きが発せられていた。前に掲げた『日本の歴史』太平洋戦争の項の中には、その例が幾つか示されている。

「諸君、国内の現状で戦争に勝てると思うか。軍人官吏や戦争成金共だけが不自由なく暮らして行って、滅び行く中産階級は食うに米なく衣物なく……」

そんな落書が、劇場に書かれてあったというのも、その一例である。なぜ、わたしたちは、あの戦争の最中に、この落書の主のような目を持ち得なかったのか、残念とも愚かともいいようがない。

日本は勝つ、日本は勝つ、と思いつづけていた八月六日、あの原子爆弾が広島に投下された。軍はこの爆撃を翌日発表した。但し、はなはだ簡単な発表で、

「相当の被害を生じた」

「新型爆弾を使用せるものの如し」

ぐらいのことであったようだ。
「広島は七十五年、草木も生えない」
という発表は、大分後のことであったように思う。とにかく、恐ろしい爆弾が落ちたとは聞いても、それが即ち敗戦に結びつくとは思わず、戦いぬくつもりであったのだから情ない。
 が、八月八日ソ連が攻撃を開始し、八月九日再び原爆が長崎に投下され、遂に十五日「終戦」、いや「敗戦」となったのである。
 十五日朝、食事をとっているわたしの耳に、
「正午に玉音放送があります」
という声が入った。わたしは持っていた箸を置き、
「天皇陛下のお声が聞ける！」
と喜び、
「昨日死んだ人はかわいそうに。天皇のお声を聞けなくて」
といったことを今でも憶えている。夏休みで、その日、わたしは出勤する必要はなかった。が、この重大な放送を、わたしは職場で聞きたいと思った。
 正午前にわたしは学校に行った。既にわたしと同じ思いなのであろう。校長をはじめ、何人かの同僚が学校に集まっていた。みな、緊張した面持だった。

「どんな重大発表なのかしら」
「一億団結して戦えというお言葉でしょう」
みんなは、多分そうだろうと語り合った。
いよいよその時刻が来た。一同はラジオのある用務員室の前に直立不動の姿勢をとった。

放送は始まったが、雑音が甚だしい。その雑音の合間に、天皇のオクターブ高い声が途切れ途切れに聞える。が意味はさっぱりわからない。声は聞えても、雑音に妨げられて、不明瞭なのだ。これは終戦に反対の陸軍将校たちの妨害によるものとのちに聞かされた。

この聞きとれぬ天皇の言葉に、わたしたちは直立不動のまま一心に耳を傾けた。とにかく、畏れ多くも「玉音」が放送されているのである。ああ、これがわれらの天皇の御声かと、感動の面持で誰もが耳を傾けている。

それは、ひどく長い放送に思われた。が実際は十分か十五分であったかも知れない。

言葉がききとれぬままに、
「国民は、一層奮励努力せよ」
と放送されているのだと、わたしは思って、かしこんで聞いていた。
やがて「玉音」は消えた。と同時に「雑音」もややうすらぎ、アナウンサーの上ず

った声が、いく分明瞭に聞こえてきた。
「国体は護持されました。国体は護持されました」
そんな言葉が耳に残った。とにかくこうして聞きとりがたい玉音放送は終った。
戸惑い乍らも、感動の面持で立っているわたしたちに横沢校長は、
「戦争は終りましたね。日本は負けました」
と静かに言った。
(負けた⁉)
わたしは、耳を疑った。
が、校長の悲痛な顔を見て、そうか日本は負けたのかとようやくわたしはその事実を知った。
わたしは、他の教師たちと共に、屋内運動場にある御真影（当時、天皇、皇后の写真をこういった。戦時中、この写真が焼けたため、自殺した校長も何人かいた）のある奉安殿の前に行ってひれふした。
自分たちの力足らずに戦争は負けた。それを陛下にお詫びするという真情であったろう。そしてまた、陛下と、この悲嘆を共にするという思いでもあったろう。
(天皇がおいたわしい)
そう思ってわたしたちは、運動場の床板にその時ひたいをすりつけて泣いた。

わたしたちは知らなかったが同じ時、宮城前の広場にひれふして、多くの国民が同じ思いに泣いていたのである。
泣くだけ泣くと、わたしの胸はひどく空虚になった。
(神風は吹きはしなかったじゃないか)
神国日本に神風は必ず吹く。日本は不敗の国だと言っていたのはどうしたのか。
わたしは空虚な思いをいだいて、茶道の師匠の家に行った。茶を点てたかった。茶が空虚さをうめてくれはしないかと思った。
ここの師匠は夫を戦争で失っていた。同居していたその妹は職業軍人の夫を戦地に送っていた。師匠はその白い顔を伏せたまま、だまって茶を点てていたが、その妹は、
「恩給ももらえなくなる」
としきりにくどくどと愚痴をこぼしていた。
師匠はわたしにだけ聞える声で
「死んだ人もいるのに、恩給なんて……」
と一言いった。
師匠のあとにわたしが茶を点てた。
釜にたぎる湯の音が、他人のように思われた。
わたしは先程激しく泣いていた自分が、わたしの心を深閑とさせ限りなくむなしく、限りなく無力だった。そのくせ茶筅をさばき、泡立つみどりの

茶を、茶わんの中に見つめた時、わたしはこれが茶をたてるということなのだと思った。

そして次の瞬間
（生きているって、一体何なのだろう）
と思った。

敗戦という事実が、わたし自身と、どういう形でかかわりがあるのか、その時点では、まだわたしにはわからなかった。

手を組んでいたイタリー、ドイツが敗れ、いずれの地においても日本軍は敗北し、更に本土の大都市が空襲で焼野原になり、その上、原爆を落とされてもなお、わたしたちは日本の無条件降伏が納得できなかったのである。日本という国のあらゆる層の愚かさだけの愚かさではない。だがこれは、あながち庶民だけの愚かさではなく、日本という国のあらゆる層の愚かさでもあった。当時の梅津参謀長が、

「降伏という字は日本軍人の辞書にはない。軍隊教育では武器を失ったら手で戦え、手を失ったら足で戦え、手足が使えなくなったならば口で食いつけ、いよいよ駄目なら舌をかみ切って死ねと教えてきた。この教育を受けた軍隊に、武器を捨てて降伏せよという命令が、果して前線で命令通りに行くかどうか」
といい、阿南陸相も、

「一億が枕をならべて斃れても、大義に生くべきだ。あくまで戦争は継続すべし。充分戦い得る自信がある」
といい切ったと『日本の歴史』には書いてある。
　森近衛第一師団長は、戦争強行派の一隊に、八月十四日夜半暗殺されている。そして、この強行派は国民の中にもたくさんおり、もし投票させたら、わたしもまた降伏を非として戦うほうにまわったであろうことは、まちがいない。
　戦争とは、かくも多数の人間を盲にさせ、狂気にさせるものなのである。その恐ろしさを、わたしは、戦争を知らない人たちに、何万遍でもくり返しいいたいのである。あなたもあの時期に生きていたら、この愚かな仲間の一人になっていなかったとはいえないのだ。

十四

　敗戦後、たちまちわたしは、規律あるはずの日本軍の変貌を知った。というのは、校舎に駐屯していた兵士たちの、昨日までの規律がみるみる乱れはじめたのだ。軍隊は絶対服従の場であった。それが、酒に酔った兵が上官を殴るのを見た。兵隊の中には、中隊の砂糖やバターを持ち出すものもいるという噂が立った。
「どうせ軍隊はなくなったんだ」

と大声でいう声も聞いた。他の中隊、大隊では、隊長がいち早く軍の物資をトラックで自宅に運び、あるいは隠とくしたという話も聞いた。わたしは、軍の規律というものが、一体何によって守られていたのかと、考えるようになっていった。
やがて高射砲隊は解散した。僅かに与えられた毛布一枚を背負って、帰還してくる兵士たちが街に目立ちはじめた。その兵士に石を投げる者もいたという。誰もが石を投げるべき相手を知らなかったのだ。

八月三十日、マッカーサーが厚木の飛行場に降り立ち、進駐が開始された。占領という言葉を、進駐というあいまいな言葉に変えて使ったのは、国民感情を刺激しないための政治的配慮からであったろうか。言葉をいかに変えようと、要するに日本は降参し、負けたために占領されたのだ。このあいまいな言葉を使ったために、敗戦のなまなましい実感は殺がれた。それは敗戦という言葉の代りに、終戦という言葉を使ったことと同様、日本人をふやけさせたのではないだろうか。それとも、もともと日本人は敗戦を敗戦としてしっかりと受けとめられない程弱い精神しか持ち得ない脆弱な民族であったのであろうか。

進駐軍の命令は絶対的であった。それは、昨日までの日本軍が絶対的であったのと、同様であった。わたしたち国民は、いずれにしても服従しなければならぬあわれな存在であることには、変りがなかった。

ある日、わたしたち教師は、進駐軍からの指令により、生徒たちの使用している教科書を、墨で消させなければならぬということになった。教師たちは、その指令に格別騒ぎたてもしなかった。

ある教師は、教師であることに疑問を持ち、ある教師は早速に英語の勉強をしはじめ、ある教師は実業界に身を転じようとし、ある教師は生きる意欲を失っていた。だから、敗戦は、決して一様の影響を教師たちに与えていたとはいえない。従って、進駐軍の指令も、一人一人異った思いで受けとったかも知れない。

わたしは教室に入って、生徒たちの顔を見た。生徒たちはいつものように礼をした。
「硯を出してください」
予め用意されていた硯を彼らは出した。水が配られ、生徒たちは一心に墨をすりはじめた。

(子供たちは、何をさせられるかを知らないのだ)
わたしは涙が溢れそうな思いであった。先ず修身の本を出させ、何行目まで消すようにと、わたしは指示した。生徒たちは素直に、いわれたとおり筆に墨を含ませてぬり消して行く。誰も何もいわない。なぜこんなことをするのかとは、誰も問わない。

修身の本が終って、国語の本に墨を塗る。教科書は汚してはならない。大事に扱わ

ねばならないと教えてきた。その教科書に墨を塗らせる生徒たちの姿を見ながら、かつて、日本の教師たちの中に、このような作業を生徒にさせた者がいたであろうかと思った。昨日まで、しっかりと教えて来た教科書の中に、教えてはならぬことがあった。生徒の目に触れさせてはならぬ個所があった。教師にとって、これほどの屈辱があろうか。
（本当に今まで教えてきたことは誤りだったのか）
（それとも、アメリカ軍のいうことが正しいのだろうか）
それとも、そのどちらも誤っているのだろうか。わたしは七年間、生徒に真剣に打ちこんできたはずだった。その真剣に教えてきたことが誤りだったとしたら、わたしはこの七年を無駄に過ごしてしまったのか。
いや、無駄ならよい。だが誤りだとしたら、わたしは生徒たちに、何といって謝まるべきであろう。そう思うと、わたしは生徒の前に大きな顔をして、教師として立っていることが苦痛になった。
わたしは急速に自信を失っていった。
わたしは生徒たちに自習をさせたり、クラス会を開かせて歌わせたり、踊らせたり、劇をさせたりした。教えることなど、何もなかった。わたしは、洗濯だらいを教室に

持ちこみ、洗濯をするようにさえなった。

グライダーの訓練所も閉鎖され、主任教官のTも故郷に帰ることになった。前に述べたように、帰郷に当り彼はわたしに結婚を申しこみ、わたしの父母にも会った。その穏やかな静かな態度に、わたしの父母は大いに好感を持った。二年後ぐらいには、迎えにくることができるかも知れないとTはいい、再会を約して故郷に帰って行った。

わたしは実の話、彼を嫌いではなかった。が、どうしても彼と結婚したいという気持でもなかった。生徒に誤ったことを教えるよりは、誰かのお嫁さんにでもなろうかといった、はなはだ無責任な考えであった。結婚という一大事を一大事として考えることのできぬ程、わたしはいい加減な人間であった。自分の人生の中で、結婚は真剣にものごとを考える第一の機会であろう。が、わたしはこのように自分をも相手をも、いい加減に扱う人間に堕落していた。敗戦が、わたしを虚無に陥れていたのである。

彼が帰ってどれほども経たぬある日の午後、授業を終って職員室に行くと、校長がいった。

「西中さんという人から、電話が幾度もきていましたよ」

しばらく胸の悪かった校長は、敗戦のショックで、逆に小康を保っていた。

(西中さん?)

と、そこにまた電話がきた。
わたしは咄嗟にはそれが誰か、頭に浮かばなかった。
「もしもし、しばらくでした。ぼく、西中ですが……」
「あの……西中さんって……」
「西中一郎ですよ、札幌の……」
「ああ、一郎さん、ご無事でお帰りになったのですね」
「ええ、今、故郷へ帰る途中です。ちょっとお会いしたいんですが」
わたしは、俳優のように美しい顔立ちの西中を思い出し、会ってみてもいいと思った。但し、特に積極的な気持でもなかった。わずかに心が動いたに過ぎなかった。

それは、彼に対する好悪の情からではない。これもまたTに対するのと同様、生徒の教科書に墨を塗らせて以来、わたしはすべてのことに、ひどく無気力に、消極的に、そしていい加減になっていたからである。

約束のマルイデパートの前に行くと、水兵服姿の西中一郎が、やさしい微笑を浮かべて立っていた。少し陽にやけて逞ましくなったと思いながら、わたしは近づいて行った。

水兵服の西中一郎と、わたしは肩を並べて街を歩いた。わたしは彼を伴って、再び

勤務先の啓明小学校に行った。ひっそりとした放課後の屋上に、伝書鳩の啼く声がくぐもって聞えた。
　その屋上では彼はちょっとはにかんだように言った。
「札幌の小母さんのところに寄ったら、綾ちゃんがまだ結婚しないのは、ぼくを待っているからじゃないかって、いっていましたよ」
　意外な言葉だった。
　札幌の従祖母の家の一室で、彼とわたしが十日程寝起きを共にしたことがあったのは、前にも書いた。が、二人の間には何の感情も起らぬままに過ぎてきたのである。
　しかし、意外な言葉を聞いた途端（もし、わたしが待っていたといえば、この人はどう答えるだろう）と、わたしは思った。いずれにせよ、無事に軍隊から帰還し、明日は故郷に帰って行く人なのだ。わたしはそう思いながら、
「そうよ、小母さんのおっしゃったとおりよ」
といった。
　彼は沈黙した。黙ったまま、屋上にめぐらしてある金網越しに、じっと一点をみつめている。思いがけないほど真剣な横顔を見せたまま、彼はどのくらい沈黙していたことだろう。
　僅か二、三分であったかも知れない。が、わたしには、ひどく長い沈黙

「ぼくはね、誰か待っていてくれたら、嬉しいだろうなあと、隊にいた時思っていたんですよ」
 やがて彼はいった。
に思われた。
（誰でもよかったんだ、この人は。待っていてくれる人さえいたなら）
 わたしはそう思い、ふっと、結婚の約束をしたTの顔を思い出した。
（わたしにしたって、Tでも、この人でも、どちらでもいいような気がするもの）
 これが、敗戦によって「信ずる」ことを失ったわたしの正直な心情であった。敗戦によって、わたしは何が真実か、何を信ずべきか、わからなくなっていた。
 昨日まで教えていた教科書に墨をぬらせたということは、わたしをして、単に国家や政治への不信ばかりではなく、すべての人間への不信に追いやっていたのである。
 その上、わたしは少女の頃から、結婚というものに、あまり夢を持ってはいなかった。結婚によって女が幸福になるなどとは信じていなかった。むしろ、結婚によって不幸になった女性を、わたしは見過ぎていた。だからわたしは、どの男と結婚したところで、要するに不幸になるのだろうと思っていた。
 西中一郎と、グライダーの教官であったTを較べると、西中のほうがTより美男で、若くかつ体格がよかった。性格もTより親切で暖かかった。

しかし、二人を較べて、わたしはTにより強く惹かれるものがあった。それは、彼が今肺結核を病んでいるということであった。わたしは、病んでいる人間に、なぜか心が惹かれたのだ。多分、わたしは、その弱さや痛みに対して、自分が何らかの慰め、いたわりを注ぐことができると、殊勝にも思っていたのかも知れない。

とにかく、わたしはTと婚約していたのだ。それは、いわゆる結納をとりかわすという形ではなかったが、Tはわたしの父母に会い、結婚の許しも得ているのである。今更、わたしが西中一郎と彼を比較することは、許されないのだろう。西中一郎とも、にもかかわらず、わたしは何ということをしてしまったのだ。結婚の約束をしてしまったのである。

軽薄とも、不真実とも、いいようがない。当時のわたしの心理に、わたしは決して、自己嫌悪にも陥容することができない。しかも恥ずかしいことに、わたしは決して、自己嫌悪にも陥らず、後悔もしていなかった。一体、あの時の心理は、どういう状態であったのだろう。自分自身にもわからない。わたしはTという人間を、はっきりと裏切ったのである。その上、裏切ったとも思っていなかったのだ。

遠く離れて病んでいるTに、わたしは今までと同様、時折手紙を書いていた。ということは、西中一郎を裏切っていたということでもある。同時に二人を裏切りながら、しかしわたしは、そのどちらにも背信の責めを感じていなかった。これが、わたしと

その頃、鉄道に勤めていた弟の昭夫が、職場で見てきた占いの「コックリさん」を、家族に披露した。紙に五十音を書き、立てた割箸の頭に軽く手を置き、
「コックリさん、コックリさん、わたしは希望校に入れますか」
などと聞くのである。すると割箸が動いて五十音の上を歩き、答えが示される。恐らくどの地方にもある他愛のない遊びで、むろん取るに足らないものだが、一時流行した。

この時昭夫は、わたしがどこに住むようになるかと伺いを立てた。
「Ｓ町ですか」
西中の住む町の名をいったが、割箸は動いて、
「ス、メ、ナ、イ」
と答えた。札幌か、東京かと聞いても、答えは同じで、最後に旭川かと尋ねると、そうだと答えた。
「変だねえ。綾ちゃん、一郎さんのところにお嫁に行けないねえ」
母が笑った。
父母は、Ｔとわたしが、何かの事情で不仲になり、一郎と結婚することになったのだと察していたようだった。多分、あまり詮索してはかわいそうだと思って、事情は

いう人間の偽らざる姿であったのだ。

尋ねなかったのだろう。まさか、自分の娘がTを裏切っているとは知らなかったようである。
「本当ねえ」
わたしも笑いながら、どうなってもいいという、なげやりな思いもあった。
わたしは、七年間、精魂こめて生徒に対してきたつもりであった。生徒たちを心から愛し、教壇に倒れるなら、本望だと思って生きてきた。その七年間に教えたことが、敗戦によって、「教科書に墨をぬる」という形で終止符を打ったのだ。
わたしの胸中に常に在るのは、従順に教科書に墨をぬっていた生徒たちの姿だった。その姿が、わたしをやりきれない想いにさせた。
（乞食になりたい）
わたしは本気でそう思い、路傍にすわって、人に物を乞うている自分を想像した。真実を教えるべき教師が、誤ったことを教えた罰は、乞食こそ最もふさわしい罰ではないか。なまじ教師であったればこそ、その言葉を生徒は信用したのだ。乞食の言葉なら、信じはすまい。この世に何の発言権もない乞食の姿が、わたしには清しくもまた賢く思われた。乞食ほど、この世に害毒を流さぬ存在はないような気もした。政治や教育家のほうが人を害する。が、乞食はただすわって、恵んでくれる金をありがたくもらっているだけなのだ。

乞食に金をくれたために、生活に困ったという話も聞かない。利益のためには不正も意に介しない商人などと較べたら、乞食は何と人の害にならない存在だろう。第一、誰一人尊敬してくれるはずのない存在というのは、これはもう、それだけで立派ではないか。人に尊敬されたいというみみっちさがないだけでも、聖人君子などより立派ではないか。

そんなことをわたしは考え、真剣に乞食をしたいと思って日を送っていた。それは結局は、七年間教壇に立っていたことに対する自責の念にかられてのことだった。が、その真剣な自責の念も、半年ほどつづくと、いつしか萎えていた。それは、ぴんと緊張していたゴムひもも、緊張がつづけば、やがては弾力を失うのと同じ状態かも知れなかった。

「教壇に情熱を失ったら、直ちに退職する」
わたしは常々そういっていたが、何を教えるべきかを見失ったわたしは、遂に敗戦の翌年三月退職した。

わたしは六十余名の生徒の一人一人に、毎夜心をこめて手紙を書き、別れの日に手渡した。それは、恋人に別れの手紙を書くような、切ない思いをこめて書いた手紙だった。

朝礼時に、わたしは全校生徒の前で、別れの言葉を告げた。が、かつて文珠の分教

場で、別れの言葉もいい得ずに、ただ泣いたまま立ち往生した時のような、甘く胸苦しいような惜別の情はなかった。

わたしは淡々と別れの言葉を告げた。

ひどく淋しく、かつむなしかった。悲しみよりも、いい難い寂寥感で一杯であった。七年間、若い情熱を注ぎ、真剣に、力を尽して教えてきたというのに、何の充実感も誇りもない。臆面もなく、まちがったことを真剣に教えてきたという恥ずかしさが、わたしをむなしくさせていた。

朝礼を終えて教室に入ると、生徒たちは男子も女子も声を上げて泣いていた。机を打ち叩くようにして泣いている男の子もいた。そんな彼らの姿を見ると、わたしはなおのこと、決して再び教師にはなるまいと思った。

生徒たちはその日、わたしを送ってついてきた。

「もう帰りなさい」

雪どけ道を歩きながら、幾度かわたしはそういった。が、彼らはしょんぼりと首をふって、どこまでもついてきた。

わたしは決して優しい教師ではなかった。ひどくきびしい教師であった。しかし、子供が好きで好きでならぬ教師でもあった。

彼らの大半は、遂に学校から二キロ以上離れたわが家までついてきた。

退職したわたしは、それからしばらくの間、放心したように学校のまわりをうろう

ろとうろついた。それは別れた恋人を慕うような未練な姿だった。生徒たちに会いた
くてうろうろはしても、わたしはしかし決して会いはしなかった。会うことは後任の
教師に対して、非礼であったからである。
　四月十七日、その日は啄木忌であった。
　この日、西中一郎の兄が、結納を持って来た。途端にわたしは、脳貧血を起して、
床についてしまった。わたしが脳貧血を起したことは、それまで一度もないことであ
った。暗い淵に引き入れられるように、昏々と眠って醒めた時、既に彼の兄は帰って
い、床の間には水引をかけた結納の紙袋が飾られてあった。
　わたしはその時、
（この婚約は、何ものかに罰せられている！）
と思った。決して祝福されていないと思った。ふっと、Tのことが思われた。そし
てその時はじめて、Tに申し訳ないと思ったのである。と同時に、ふしぎなことに、
西中一郎に対して、わたしは婚約者らしいやさしさを抱いたのであった。
　これはやはり、わたしという人間の、でたらめさであったろうか。わたしは改めて、
西中一郎と過ごしたあの四年前の札幌の、十日間を思い出した。同じ部屋に寝起きし
ながら、決して狎れることのない礼儀正しさ、指一本触れようとしなかった清潔さな

まだ何の花も咲いてはいない。黒土だけがある、いわば「黒い春の季節」であった。

寒い北国は、ようやく雪がとけたばかりで、

どが思われた。

わたしは、彼と婚約したことを、Tに知らせるべきではないかと思いながら、ぐずぐずしていた。さすがに、わたしを信じきって、遠くの地で療養しているTに、背信の事実を突きつけることはできなかった。

わたしがTを嫌いになったわけではない。それなのに、なぜ一郎と婚約したのか。それが自分にもわからない。そんなでたらめな自分を、その時もまだわたしは許していた。

わたしは裁縫を習ったり、茶を習ったり、一人前に結婚の準備を進めていた。時々ひどく肩が凝った。どこか、体の底深いところに、疲労が澱のようによどんでいる朝があった。長い間の教育生活の疲労が、やめたいま出て来たのだと、わたしはあまりその肩凝りにも疲れにも、気をとめなかった。

六月一日は、啓明小学校の運動会であった。わたしはその日を楽しみにしていた。いわば、天下晴れてわたしは学校を訪れることができるのだ。

生徒たちからも、学校からも招待が来ていた。

受持教師が変っても、生徒たちの中には、五人六人と連れ立って、わが家に宿題を見てもらいにくる子もあった。運動会では、一クラス全部の子に会えるのだ。

遂に、待ちに待っていた六月一日が来た。だが、その朝目がさめたわたしは、ひど

く胸苦しいのに気づいた。どうもおかしい。体も変に熱っぽい。計ってみると、熱は四十度近かった。わたしは運動会に行くことを諦めた。
この日以来自分が十三年、病まねばならぬとは、むろん思いもよらぬことであった。翌日熱は七度まで下ったが、全身の節々が痛い。歩くことも坐ることも苦痛なほどで、リウマチになったかと思った。人力車で医者に通い、ザルブロの注射をしてもらううちに痛みが止まった。それでも微熱はとれない。
保健所に行って診断をしてもらうと、眼鏡をかけた四十近い所長は、じっとレントゲン写真を見つめていたが、
「右の上葉に影がありますね。肺浸潤です。すぐ療養所にお入りなさい」
といった。
「すぐ入らなければ、あんた、死にますよ。明後日お入りなさい」
「どのくらい入らなければならないのでしょう」
「三か月です」
あとで知ったことだが、ほとんどの人が三か月といわれて入所し、何年も病んでいた。中には、六か月といわれた人たちもいるが、この人たちは例外なく、一年か二年のうちに死んだ。
わたしは六月の光眩しい道を、赤い傘をさして、ぶらぶらと歩いて帰った。

(とうとうわたしも肺病になった)

内心、「ざまあみろ！」と自分を嘲笑したい気持だった。当時肺結核の宣告は、癌の宣告にも似たものであった。米も満足に配給されず、何の特効薬もない頃であった。が、わたしには悲しみも絶望もなかった。どこか、胸の中で、これで計算がきっちり合ったというような、割り切れた思いがあった。

生徒たちに、大きな顔をして、誤った教育をした七年間の罪。そして、肺を病むTを裏切って西中一郎と婚約した罪。それらに口をぬぐったまま、無事に結婚できる筈はない。

(ざまあみろ！)

幾度か、胸の中で自嘲しながらわたしは家に帰った。

もしあの時、わたしが病気にならず、西中一郎と結婚していたら、一体どんな生活をしたことだろう。いつも思うことだが、人生の曲り角と思われる事件の背後には、実に配慮の行き届いた神の愛が働いていると思わざるを得ないことが多い。

市内の外れにある療養所に入って、わたしは改めて、病んでいるTを思いやった。

一方、西中一郎は、早速十何時間も汽車に揺られて見舞いに来てくれた。わたしは一郎のためにも、今こそはっきりと、婚約の事実をTに告げ、背信の謝罪をするべきだと思った。

そう思ってTに手紙を出したが、しばらく返事が来ない。あのまま返事が来なくても当り前かも知れないと思っていたら、二十日ほどして返事が届いた。
「……何となく、そんな予感もしていたら、やはり、非常に淋しい思いで、何日かぼんやりと過ごしていました。何をする元気も出ないのです。しかし、今更何をいっても仕方のないことですから、何も申し上げません。ただ、幸せになってください。お体が悪くて療養所に入られた由、咳があるのでしたら、もし咳があるのでしたら、同封の咳止めご試用ください。多分効き目がある筈です。よろしければ、こちらからお送りしますから、おっしゃってください」
要約すれば、以上のような手紙であった。その冒頭に、
「庭の百合を眺めながら、あなたといつこの庭を眺める時がくるかと思っていましたら、あなたからの郵便で、急ぎ封を切りました」
という言葉が書いてあったのを、今も憶（おぼ）えている。
わたしは、同封してあった咳止めの薬包を掌にのせて、何ともいえない思いであった。その後も彼は、当時薬不足でなかなか手に入りにくいカルシュウムや、ビタミン剤などを送ってよこした。Tのきょうだいが医師だったからである。
わたしの体は次第に衰弱した。トイレに行くことも辛（つら）くなり、その年の十一月わが家に帰った。当時の療養所は、人手不足と食糧不足で、食事が出ず、自炊しなければ

ならなかったから、自宅のほうが安静にできたのである。今考えると、あの療養所で自炊したために死んだ患者もいたのではないかと思う。いかに、すべてに乏しい時代とはいえ、患者に自炊をさせていた療養所のあり方にも、多くの問題があった。

翌昭和二十二年三月、わたしはTの家族から手紙をもらった。何か胸さわぎを覚えて封を切ると、思いがけなくTの死亡通知であった。

「何よりも大事にしていたあなた様からのお手紙は、全部棺の中に入れてやりました」

手紙にはそんな言葉も書かれてあった。わたしは呆然とした。あまりにも早い死であった。不実なわたしの手紙と共に焼かれた彼を思ってわたしは打ちのめされた思いだった。わたしの背信を恨むこともなく死んで行ったそのやさしさに打ちのめされたのである。

それから幾日かして、わたしは夢を見た。枕もとに骸骨が立っている。その骸骨が、静かに膝を折って、寝ているわたしの体を横抱きに抱いた。骨がからからと音をたてた。わたしは、

（ああ、Tさんだ）

と思い、何かいおうとして目が醒めた。醒めてからも、その骸骨がひどく優しく思

われてならなかった。
　自宅に帰って約二年後の昭和二十三年八月、わたしは再び結核療養所に入所することになった。自炊が可能になったからである。戦後三年、まだ旭川のその療養所には、炊事婦も掃除夫もいなかった。
　敗戦から三年経ったとはいえ、敗戦後流行した「虚脱状態」という言葉は、まだ世に生きていた。食糧事情も急にはよくならないながらも、飢えて死ぬ人も、空腹を抱えてさまよう人もいなくはなった。が、男娼や、ストリップ・ショウの出現は、形を変えた虚脱状態であり、新興宗教が流行したのも、それに対応した姿であったろう。命
太宰治が情死したのは、確かこの年であった。わたしは太宰治に羨望を感じた。命を自ら断つということは、真実な人間のすることに思えた。
　わたしは、敗戦の時以来、依然として、この世の何が真実かを見失っていた。敗戦に打ちひしがれてわたしは学校を退めたが、学校教育は早くもカリキュラムという流行語さえ生みながら、方向を変えて行った。
　何を教えることが真実か、教師たちは迷わずにいることができるのかと、わたしは何か不安な思いで眺めていた。
　(要するに、生きるということは、押し流されることなのか)
　軍国主義教育に忠実だった同僚が、民主主義教育に鮮やかに転進して行く姿を見る

と、わたしはふっとそう思った。占領軍は、戦後いち早く教科書に墨をぬらせたよう に、次々と指令を発しては、日本の教育を変えて行くのだろう。それがわたしには恐 ろしく思われた。

(一体、何が信じられることなのだろう？)

それは、Tという一人の男性を裏切った自分の内部から、自分自身に鋭く問いつめ る声でもあった。

療養所内で、学生たちと話している時、ある青年が、

「ぼくは自分自身以外、絶対信じない」

と自信ありげに言いきった時、わたしは驚きの目で、まじまじと彼を見た。

(この人は自分を信じられるのだ)

西中一郎と婚約し、Tを裏切ったわたしである。生徒の信頼を裏切って、誤った教 育をしたわたしである。そんなわたしにとって、自分を信ずるということは、全く不 可能だった。

いつまた人を裏切るか、いつまた誤った思想を持つようになるか、わたしはびくび くし自分をみつめていたのだ。そのくせ、いや、その故にわたしは信ずべきものがほ しかった。

「何もかも信じられない」

というわたしの言葉は、信じたいというねがいの現われでもあった。
また、療養所の中では、「堕落論」が盛んにたたかわされた。
「要するに、人間一度は、堕ちるだけ堕ちてみるといいんだ。すると、これ以上堕ちられないところまで堕ちて、はじめて浮かび上ることができるんだよ」
何かの文芸雑誌からの受売りでもあったろうか。そんな中にあって、わたしは、人間に堕落の限界などはない。堕落はあくまでも堕落であって、また浮かび上って来ることのできるような堕ち方は、堕落ではないなどといい張った。
わたしには本当にそう思われた。堕落論などを、唾を飛ばして語っている連中は、まだまだ健全な精神の持主で、この人たちは虚無の恐ろしさも、堕落の恐ろしさも知らないと思ったりした。
わたしの病室には、大学生たちのほかに、新聞記者、会社員、教師たちも集まるようになった。誰も彼も、結核患者ばかりだった。患者といっても、勤務しながら療養している者もいた。その中には共産党員もいれば、詩人もいた。仏教信者もいればヒューマニストもいた。が、わたしには一様に不安定に見えた。揺らいで見えた。話し合えば合うほど、わたしは渇きを覚えて行った。
「この世に、これだけは絶対といえるものがあるかしら」
ある日わたしはこういった。すると一人の青年が即座に、

「あるよ、綾さん」
といった。
「なあに？　絶対といえるものはなあに？」
彼はにやにやと笑った。彼は詩人で、
「ふらんすに行きたい。ふらんすに行きたい」
と、いつもいっていた。彼はまた、
「ぼくのふらんすは、かたかなのフランスじゃない」
ともいっていた。フランスに何をしに行きたいのかと尋ねると、
「帽子を買いにさ」
と、とぼける青年だった。その彼が、絶対といえるものがあるという。
「まさか、神などとはいわないでしょうね」
「いいやしませんよ、綾さん。絶対といえること、それはね、綾さんは必ず死ぬ、ぼくも死ぬ、人間は例外なくみんな死ぬ、ということですよ」
わたしはなるほどと思った。わかりきっていることだが、こういわれてみると、全くその通りだと思った。
それ以来、わたしは行きずりの幼い子を見ても、この子もいつか死ぬと思い、電車に乗っても、ここにいる人々の最期はどのようであろうと思い、みんな骸骨が着物を

着て坐っているような感じがしてならなかった。
（わたしは何のために生きているのだろうか）
 わたしは漠然とそう思った。明日死ぬと宣言されれば、恐怖に打ちのめされる筈の人間が、何の苦もなく大声で笑ったり、取るに足らぬ問題でくよくよ悩んだりしていることがふしぎだった。確かに明日死ぬかも知れないのだ。しかも、誰も彼もが、大事を二の次にして生きている。それはわたし自身も同様なのだ。
 わたしには、自分が何を一義として生きるべきか、わからなかった。そのくせ、強いてわかろうともしなかった。この世には、考えるに価することなど何もないように、わたしには思われた。
 そんな冬のある日、わたしは二百メートル程離れたわが家に、探しものがあって帰った。自分のタンスの中を探していると、タンスの底に敷いた新聞紙が破れて、封書が一通、その新聞紙の破れ目から覗いていた。
（誰からのだろう）
 手にとってみると、それは神威校の文珠分教場にいた頃知り合ったEからの、古い手紙だった。それは昭和十七年八月二十七日付の手紙であった。わたしはEを懐しく思い出しながら読んで行った。
「御無沙汰しました。この間、神威にあなたが現われたことを友人から報らせてきま

した。お元気の御様子で何よりです。
　ミッドウェーの海戦にあなたは何を思われましたか。また、ガダルカナルの戦いをどう思っていられますか。恐らく、あなたは何も思わずに生きているのでしょう。
　今、こうして、ぼくがペンを走らせている時間にも、人が戦争で死んで行く。しかも無駄な戦争で死んで行く。そう思いつつ焦燥を覚えるぼくらの口惜しさなど、あなたにはわかりますまい。
　人間は、わかるべきことを、あまりにもわからなさすぎる。そうした怠惰への怒りを、ぼくはあなたにぶつけたくなる。一体それはなぜだろう。なぜあなたに怒りを覚えるのだろう。
　それは、ぼくが非としていることを、あなたは是としているからだ。ぼくが命を賭して否と叫ぶことに、あなたが無関心でいるからだ。
　あなたはぼくにとって無縁の人だ。ちがう世界の人だ。疾うにそう知っていながら、今更、ぼくは何を書こうとするのだろう。
　お元気で。そのうち、あなたも、つまらぬ男のところに嫁ぐことになるのでしょうね」
　読み終えたわたしはしたたかな一撃をくらったような気がした。七年前に読んだ筈の手紙だが、その時はじめて読んだかのように強烈だった。

七年前には見えなかったものが、今ははっきりと見えるのだ。
「無駄な戦争で死んで行く」
わたしはこの言葉を再び読み、三度見つめた。
わたしもまた「無駄な戦争」に青春の情熱をかけて過ごしたのだ。何人かの異性に会いながら、その誰一人にも真実な愛を捧げ得なかったわたしも、天皇への忠誠だけはひたすらだった。そしてその結果得たものは、この癒やしがたいむなしさと、肺結核なのだ。
　わたしはふいに、自分が路傍の小さな石ころのように思われた。いや、それはわたしだけではない。同時代に生きた多くの人の姿なのだ。石ころは踏まれ、蹴られて何の顧みられるところもない。如何に一心に生きているつもりでも、結局は路傍の石に過ぎない。わたしは、自分が蹴られて、溝の中に落ちた小さな石だと思った。
　石ころのわたしの青春は、何と愚かで軽薄で、しかし一途であったことだろう。わたしは、今も石ころであることに変わりはない。が、幸いわたしは、聖書を知った。そして聖書の中の次の言葉を知った。
「このともがら黙さば石叫ぶべし」(ルカ伝十九章四十節)
　弟子の口を封じようとした人々に、キリストの答えた言葉である。故に、わたしはこの書を記した。叫ぶほどではなくても、どんなつまらない石ころ

もまた、歌うものであることを人々に知ってほしいが故に。そして、すべての石ころをおしつぶすブルドーザーのような権力の非情さを知ってほしいが故に。

解説

　三浦文学の中で『石ころのうた』はどんな位置にあるのだろうか。『石ころのうた』は執筆順では自伝四作の中で最後だが、三浦綾子の生涯に沿って並べかえると二番目に位置している。

(1)「草のうた」——誕生から尋常小学校六年生、昭和十三年まで。小学館「女学生の友」誌連載（昭和四十二年四月号～四十三年三月号）。未刊。

(2)『石ころのうた』——高等女学校＝ほぼ今の中学・高校＝入学から戦後の二十三年まで。角川書店「短歌」誌連載（四十七年四月号～四十八年八月号）。四十九年四月刊。

(3)『道ありき』——二十一年四月から三十四年五月の成婚まで。「主婦の友」誌連載（四十二年一月号～四十三年十二月号）。四十四年一月刊。

(4)『この土の器をも』——道ありき第二部。三十四年五月の新生活から三十九年の「氷点」入選まで。「主婦の友」誌連載（四十四年九月号～四十五年十二月号）。四十五年十二月刊。

「草のうた」はハイティーンの少女向きに書かれた少女期までの自伝、『道ありき』

『この土の器をも』は連続した戦後期の自伝小説であって、『石ころのうた』は新たに構想された独立の、戦中・戦後期を扱った自伝小説である。それは成立の経過によっても理解される。内容からいっても、この三年間は『石ころのうた』完結のためにも必要な期間であって、この点からも新たな構想によった作品であることがわかる。

この間の事情を少し見てみよう。

『道ありき』には、戦後の二十一年三月に七年間の教員生活を退いてから、六月に結核発病、以降十三年間の闘病生活が描かれている。軍国教師としての挫折が心身の深い病いを生んだが、結核療養者・前川正によって愛と信仰と文学に導かれる。そして前川の死。同じく療養者でありクリスチャンである三浦光世の出現による愛と生きる力の再生。このように、心身の病いの最底辺から愛と信仰の力によって回復に進み、闘病生活にようやくピリオドを打って新生活に向う感動的な物語である。『この土の器をも』は、光世・綾子の貧しい療養者夫婦の生活物語で、信仰の証として「氷点」が懸賞小説に入選したところで終っている。『道ありき』に接続してさらに上昇する幸福感あふれる物語となっている。

このように連作二篇は、たんにある作家の自伝であることを越えて、愛と信仰と福音の書として完結している。

ところが、連作の完成から二年余りおいて新たに書かれた『石ころのうた』は、一転して下降する物語である。軍国少女であり軍国の小学校教師であって、死の軍国教育を行なった三浦綾子の自己断罪の書である。また少女として成熟した女性として、いかに世間や社会や歴史に対して無知であり、死に赴く同世代の身近な異性に対してつれなく思いやりがなかったかという懺悔である。従って敗戦による価値観の転換は、「天皇の赤子を育てる」ことに教育の信念を据え、「天皇への忠誠だけはひたすらだった」堀田綾子にとって、全身的な衝撃であった。堀田教師は、国家や政治への不信、すべての人間への不信にとらえられただけでなく、深い自己不信に陥る。こうした精神の崩壊は肉体の崩壊を招く。教師をやめて三か月後の二十一年六月、二十四歳で発病。堀田綾子は肺病を病んだことを知って、罪に対する罰と甘受する。そして虚無的な療養生活。

このように『石ころのうた』には、三浦綾子の生涯の最暗部が描かれていて、三浦文学の地獄篇をなしている。

『石ころのうた』が成立した必然を三浦文学の流れに沿って考えることは控えるが、ただ一つ、『この土の器をも』と『石ころのうた』執筆の中間の昭和四十六年秋、三浦綾子が血小板減少症という難病にかかっていて、それが『石ころのうた』誕生の大きな契機となったという推測を述べておきたい。この病気の症状は、出血が止まらな

いどころか不時の出血を見るという特徴を持つ。内出血のため紫斑を生じることもある。女性であれば月々の生理のため特に深刻だろう。むろん生命にかかわり、長期加療を要する。想像を加えれば、この難病による衰弱、症状は三浦綾子に死を思わせた。こうして、神に対するいまわの懺悔、伝道の対象である読者へのいまわの贖罪として『石ころのうた』は書かれた。

『石ころのうた』と同時期の仕事に『生命に刻まれし愛のかたみ』（四十八年五月刊）がある。前川正との往復書簡、前川正の日記・小説・短歌・メモ・遺言、それに師友の弔詞などが収められている。この作業も、死の予感を前にして新生の導者である前川正の遺業を顕彰し、併せて二人の「愛のかたみ」を世に残そうとするもので、その意味で『石ころのうた』と同位置にある。この二著作は三浦文学の再出発点に並んでいる。

また『石ころのうた』に『道ありき』『この土の器をも』を併せたとき、近現代の自伝文学の中で有数の質量を備えていることも、言い添えておきたいことである。

以後、光世氏の献身的な協力もあって病いは良好のようで、小説作品について言っても、『細川ガラシャ夫人』、『天北原野』上下、小説集『毒麦の季』、『泥流地帯』正続と、三浦文学は成熟・完成の裡にある。

三浦綾子は大正十一年生で、戦中・戦後期に自己形成を行なったということでは、大正半ばから昭和十年前後にかけて生まれた世代と共通である。言葉をかえれば、この世代はみんなそれぞれの「石ころのうた」を持っている。

今日もっとも大衆に愛される女流を五指折ると、齢の順に、三浦綾子・瀬戸内晴美・田辺聖子・有吉佐和子・曾野綾子ということになるという。女性に限って数例見てみよう。有吉については知識がないので措くとして、瀬戸内も田辺も曾野もそれぞれの「石ころのうた」を書いている。

大正十一年五月十五日、三浦綾子に二十日ほど遅れて徳島市に生まれた瀬戸内には『いずこより』がある。そこには、東京女子大学の自由平穏な校風に反撥して、学業もそこそこに聖戦のジャンヌ・ダルクさながら、敗色いちじるしい十八年九月に戦地北京に花嫁行を遂げる軍国女性が描かれている。戦後の瀬戸内を襲ったのも心身の昏迷であった。昭和三年三月二十七日大阪市生の田辺には『私の大阪八景』『欲しがりません勝つまでは』がある。そこには少女らしい、下町の娘らしい女性的価値をひそかに守りながらも軍国の男性的価値にひき込まれ、神国の少国民として完成する自画像が描かれている。昭和六年九月十七日東京市生の曾野綾子も『黎明』を書いている。

戦中の、大げさで、声の大きいもの腕力の強いものが力を振う、男上位軍人絶対の家

庭と学校と社会の中で、ひたすらこらえるよりない山の手の少女像である。疎開先の金沢で終戦を迎えた十代半ばの少女にとって、戦後とは「黎明」の時であった。三者の場合に触れたが、これは一例に過ぎない。

三浦・瀬戸内・田辺・曾野、それに後述のいぬいとみこも加えて、戦中・戦後に自己形成を行なった女流の文学の特徴に、庶民、弱者、小さき者への愛情がある。見た通り、庶民、弱者、小さき者というのは実に彼女たちのことで、そこから不正や虚偽や差別などに感じやすい作品も生まれてくる。教育や女性啓蒙についての深い関心もその体験に拠っている。三浦文学に教育ないし教職者を扱った作品がとりわけ多いのはむろんである。

『石ころのうた』を軍国教師の自伝として見た場合、類書は少ない。男性のものでも手近には荻野末『ある教師の昭和史』、金沢嘉市『ある小学校長の回想』、師井恒男『教師にとって愚直とはなにか』、氷上正『私の教師生活の回想』を数える程度である。ここではひぐらしゆきこ『光の消えた日』をいぬいとみこ『女教師と小さな兵隊』、いぬいとみこ『光の消えた日』を紹介しよう。

ひぐらしは明治四十四年千葉生で、いぬいは大正十三年三月三日東京市生まれ。ひぐらしも高等女学校を出て昭和十三年から小学校に勤めた。三十年間の教員生活であるる。ひぐらしは、戦後の価値転換にさいしては「ああこれで本当の勉強ができる」と

納得している。戦時教育についての反省は持ちながらも、小学校時代に学んだ大正デモクラシー自由教育の復活継続と考えて戦後教育にあたろう、という納得の仕方である。彼女は何よりも子供と一所懸命すごすことの好きな独身教師であった。クリスチャンのいぬいは終戦を挟んだ半年ほどの、疎開地柳井市での保母体験を書いている。信徒としての自己主張は死につながる戦時下のこと、反戦婦人であったわけでは決してない。いぬいは男であれば学徒出陣世代で、出征する友人への思慕を断念する、あるいは教会に立寄った軍服姿の青年をつらく悲しく見送るというふうに、自己を抑圧する形で「誉(ほまれ)の子」の保育に当っている。

教師に近いということで、いぬいの保母体験をも引いたが、それほど戦後に刊行された軍国教師の自伝・回想は目にとまらない。彼等はむしろ教え子たちの作品や回想に登場する。このように見たとき、加害者としての戦争犯罪人としての自己告発を行なった『石ころのうた』が、いかに現代の思想史や教育史や精神史や女性史の資料としても重要な位置を占めるのか理解できる。赤裸で誠実、勇気ある真摯(しんし)な自己批判という意味では、荻野末『ある教師の昭和史』と双璧(そうへき)をなしている。

昭和五十四年四月十五日

田宮　裕三

本書は角川文庫（昭和五十四年）を底本としました。
本文中には、盲、発狂、キ印、びっこ、支那、小使、知恵遅れ、遅進児、乞食といった現代では使うべきではない差別語、並びに今日の医療知識や人権擁護、また歴史認識の見地に照らして不当・不適切と思われる表現がありますが、作品発表時の時代的背景と、著者が故人であるという事情に鑑（かんが）み、一部を改めるにとどめました。

　　　　　　　　　　　　　　　　　　　　　　編集部

石ころのうた

三浦綾子

昭和54年 5月25日	初版発行
平成24年 4月25日	改版初版発行
令和7年 10月10日	改版17版発行

発行者●山下直久

発行●株式会社KADOKAWA
〒102-8177　東京都千代田区富士見2-13-3
電話　0570-002-301(ナビダイヤル)

角川文庫 17368

印刷所●株式会社KADOKAWA
製本所●株式会社KADOKAWA

表紙画●和田三造

◎本書の無断複製(コピー、スキャン、デジタル化等)並びに無断複製物の譲渡および配信は、著作権法上での例外を除き禁じられています。また、本書を代行業者等の第三者に依頼して複製する行為は、たとえ個人や家庭内での利用であっても一切認められておりません。
◎定価はカバーに表示してあります。

●お問い合わせ
https://www.kadokawa.co.jp/　(「お問い合わせ」へお進みください)
※内容によっては、お答えできない場合があります。
※サポートは日本国内のみとさせていただきます。
※Japanese text only

©Ayako Miura 1979, 2012　Printed in Japan
ISBN978-4-04-100241-4　C0193

角川文庫発刊に際して

角川源義

　第二次世界大戦の敗北は、軍事力の敗北であった以上に、私たちの若い文化力の敗退であった。私たちの文化が戦争に対して如何に無力であり、単なるあだ花に過ぎなかったかを、私たちは身を以て体験し痛感した。西洋近代文化の摂取にとって、明治以後八十年の歳月は決して短かすぎたとは言えない。にもかかわらず、近代文化の伝統を確立し、自由な批判と柔軟な良識に富む文化層として自らを形成することに私たちは失敗して来た。そしてこれは、各層への文化の普及滲透を任務とする出版人の責任でもあった。

　一九四五年以来、私たちは再び振出しに戻り、第一歩から踏み出すことを余儀なくされた。これは大きな不幸ではあるが、反面、これまでの混沌・未熟・歪曲の中にあった我が国の文化に秩序と確たる基礎を齎らすためには絶好の機会でもある。角川書店は、このような祖国の文化的危機にあたり、微力をも顧みず再建の礎石たるべき抱負と決意とをもって出発したが、ここに創立以来の念願を果すべく角川文庫を発刊する。これまで刊行されたあらゆる全集叢書文庫類の長所と短所とを検討し、古今東西の不朽の典籍を、良心的編集のもとに、廉価に、そして書架にふさわしい美本として、多くのひとびとに提供しようとする。しかし私たちは徒らに百科全書的な知識のジレッタントを作ることを目的とせず、あくまで祖国の文化に秩序と再建への道を示し、この文庫を角川書店の栄ある事業として、今後永久に継続発展せしめ、学芸と教養との殿堂として大成せんことを期したい。多くの読書子の愛情ある忠言と支持とによって、この希望と抱負とを完遂せしめられんことを願う。

一九四九年五月三日